Sergio Bambaren

Der Traum des Leuchtturmwärters
Das weiße Segel

Zwei Bestseller in einem Band

Aus dem Englischen von
Gaby Wurster und Barbara Röhl

Piper München Zürich

Von Sergio Bambaren liegen in der Serie Piper vor:
Der träumende Delphin (2941)
Ein Strand für meine Träume (3229)
Samantha (3611)
Der Traum des Leuchtturmwärters (3643, 4300)
Das weiße Segel (3711)
Stella. Ein Weihnachtsmärchen (4003)
Die Botschaft des Meeres (4284)
Der Traum des Leuchtturmwärters/Das weiße Segel (Doppelband, 4579)

Dieses Taschenbuch wurde auf FSC-zertifiziertem Papier gedruckt.
FSC (Forest Stewardship Council) ist eine nichtstaatliche, gemeinnützige
Organisation, die sich für eine ökologische und sozialverantwortliche
Nutzung der Wälder unserer Erde einsetzt (vgl. Logo auf der Umschlagrückseite).

Taschenbuchsonderausgabe
Dezember 2005
© von »Der Traum des Leuchtturmwärters«:
2002 Piper Verlag GmbH, München
Englischer Originaltitel:
»The Guardian of the Light. Tales of a Lighthouse Love«
© von »Das weiße Segel«:
2000 Sergio Bambaren Roggero
Titel der englischen Originalausgabe:
»Distant Winds«
© der deutschsprachigen Ausgabe:
2001 Piper Verlag GmbH, München
Umschlag: Büro Hamburg
Heike Dehning, Charlotte Wippermann,
Alke Bücking, Kathrin Hilse
Umschlagabbildung: Edward Hopper (»The long leg«; Bridgeman Giraudon)
Foto Umschlagrückseite: Peter von Felbert
Papier: Munken Print von Arctic Paper Munkedals AB, Schweden
Gesamtherstellung: Clausen & Bosse, Leck
Printed in Germany
ISBN-13: 978-3-492-24579-1
ISBN-10: 3-492-24579-X

www.piper.de

SERIE PIPER

Der Traum des Leuchtturmwärters

Für Paola,
die im wahren Licht steht

Alles hat seine Zeit. Auch die Liebe.
Und das Gefühl für das, was man fühlen sollte.
Elvira

Wer nichts riskiert, setzt alles aufs Spiel.
Samuel

Vorbemerkung des Autors

Nie werde ich vergessen, wie ich zum erstenmal einen Leuchtturm sah.

Ich war damals ein Kind von fünf oder sechs Jahren und machte große Augen vor Ehrfurcht. Dieser Wächter am Rande der Klippen, der Schiffe und erschöpfte Matrosen sicher durch tückische Gewässer führte, sprach sofort mein Herz an. Wie konnte ein einzelnes Licht für so viele Menschen von so großer Bedeutung sein? Wie konnten so viele Menschen diesem Licht und jenen vertrauen, die darüber wachten?

Wenn ich heute, als Erwachsener, Leuchttürme betrachte, verstehe ich, warum mich diese wundervollen Warntürme stets so fasziniert haben. Ich bin tief beeindruckt von dem gleißenden Lichtstrahl und dem Zweck, den er erfüllt: Schiffe und ihre Besatzungen zu leiten. Bei Regen und Sturm, bei Nebel und Dunst – das Licht ist immer da, hinter der Glaslinse und der Glaswand, die das Licht bündeln und weit hinaustragen.

Trotzdem strahlt das Licht erst dann heller, wenn es die gläserne Wand durchbrochen hat.

Solche Wände stellt das Leben auch vor uns auf.

Gläserne Wände. Sie sind überall. Wir können sie nicht sehen, aber wir wissen, daß sie da sind. Sie machen den Weg zu unserer Bestimmung noch steiniger, noch schmerzlicher. Könnten wir die einengenden Grenzen überschreiten, würden wir im helleren Licht stehen und alles ganz klar sehen, dann würden wir die Wahrheit erkennen, wie sie wirklich ist: nackt und wunderbar.

Leichter gesagt als getan.

Und doch gibt es die gläsernen Wände nur in unseren Köpfen und in unseren Herzen.

Indem die Welt immer mehr zusammenwächst und erfundene

≈

7

Grenzen durch die Globalisierung an Bedeutung verlieren, können wir merken, daß der beste Weg, unser wundervolles Abenteuer Leben zu genießen, Ehrlichkeit mit uns selbst ist. Wir können es schaffen, wir selbst zu sein, unseren Überzeugungen zu vertrauen und sie mit anderen zu teilen; wir können das Leben, das wir uns erträumten, ans Licht bringen. Und uns von den Ketten befreien, die wir einzig und allein in unseren Köpfen und in unseren Herzen tragen.

Wir können wie Leuchttürme sein, deren Strahl die gläserne Wand durchdringt und zur Wahrheit führt.

Santiago

Geschäftsreisen muß man machen, auch wenn sie öde sind. Um die nötigen Auslandskontakte herzustellen und ein Geschäft zum Laufen zu bringen, muß man eben reisen.

Mein Ziel war Santiago de Chile, eine moderne, geschäftige Stadt am Fuße der Anden. Ich lebte damals in Lima, wo ich mich einige Monate zuvor niedergelassen hatte. Geboren bin ich in Sydney, dort wurde ich zum passionierten Surfer, und nach dem weit entfernten Peru war ich ausgewandert, weil ich gehört hatte, daß dort die tollsten Wellen an die Küste schlagen.

Der Hauptgrund für den Umzug war jedoch mein Wunsch, meinem Leben einen Sinn zu geben, ich wollte Menschen helfen, die im Erreichen ihrer Ziele nicht soviel Glück hatten wie ich. Nachdem ich so viele Geschichten gehört hatte über Armut und Not und den Überlebenskampf gegen alle Widrigkeiten, wollte ich wissen, wie Menschen in einem unterentwickelten Land leben. Ich war Anfang Vierzig, finanziell unabhängig, und ich hatte den Traum, anderen zu helfen, indem ich das berufliche Können anwandte und weitergab, das ich mir in zwanzig Jahren im Bereich Marketing und Verkauf von Lebensmitteln angeeignet hatte. Ich wollte eine Firma gründen, wo unterprivilegierte Menschen neue Fähigkeiten erwerben könnten und so die Möglichkeit hätten, für sich und ihre Familie eine vielversprechende Zukunft aufzubauen. Mit den Gewinnen der Firma wollte ich Schulen für Bedürftige bauen, wo sie einen guten Start ins Leben bekommen sollten.

Wenn es in diesem wundervollen, fremden Land, dem Land der Inka, eine gute Dünung gab, surfte ich regelmäßig nach der Arbeit, wie ich es als Kind an den fernen Stränden von Oz getan hatte. Immer noch gleite ich begeistert über Wellenkämme; das schenkt mir ein einzigartiges Gefühl, das Gefühl, lebendig zu sein, ewig zu leben, in guten wie in schlechten Zeiten.

Doch es war mir unangenehm, an einem Ort zum Surfen zu gehen, wo mich so viel Armut umgab. Ich fand es nicht fair. Ich war in einem hochentwickelten Land geboren und konnte den Gedanken nicht ertragen, ein bequemes Leben zu haben, wo es so viel Hunger gab, so viel Not. Mit der Zeit gewöhnt man sich an alles, und viele Menschen in Dritte-Welt-Ländern schenken Kindern, die um ein paar Münzen oder eine Brotrinde betteln und auf der Straße verhungern, überhaupt keine Beachtung mehr. In solchen Gesellschaften ist es normal, daß Arm und Reich nebeneinander leben. Ich konnte es jedoch nicht mit ansehen, ich wollte etwas dagegen tun. Der einzige Schatz im Herzen der Armen ist die Hoffnung, daß ihnen irgendwann einmal jemand die Chance gibt, ihre Lebensqualität zu verbessern. Anstatt also auf die Abgeklärten zu hören, die mir sagten: »Das Problem ist zu groß, du kannst nichts ausrichten«, sagte ich mir: »Lebe deinen Traum, Martin, schaffe etwas aus dem Nichts, hilf denen, die nicht soviel Glück hatten wie du selbst. Und wenn es schwierig wird, laß dich immer von deinem Traum leiten.«

Und so kam ich nach Santiago de Chile, um Geschäftskontakte zu knüpfen, die ich für die Verwirklichung meines Traums brauchte.

In Lima hatte ich eine kleine Firma gegründet; ich importierte Käse und Wein aus Australien, wo es hervorragenden Wein und ausgezeichnete Milchprodukte gibt. Um nun mein Käsesortiment mit chilenischen Produkten zu erweitern, reiste ich nach Santiago.

Doch auf Geschäftsreisen langweilt man sich manchmal und fühlt sich schrecklich allein.

Nachdem ich alle Termine wahrgenommen hatte, hatte ich vor dem Rückflug nach Lima noch einen freien Abend. In Santiago war es schon Sommer, die Tage waren heiß und schwül, die Abende jedoch angenehm kühl.

≈

Ich war hundert Kilometer im Landesinneren und fühlte mich wie immer verloren, wenn ich so weit vom Meer entfernt war. Da ich nichts Besseres zu tun hatte, ging ich zu Fuß in ein Stadtviertel, das mir der Hotelangestellte empfohlen hatte; dort gebe es Restaurants, Bars und Cafés, wo ich bei einem Glas ausgezeichneten chilenischen Weins das Treiben beobachten könnte.

So kam ich in die Calle Suecia, eine Straße voller Lokale, wo die Einheimischen sich nach der Arbeit treffen.

Ich schlenderte eine Weile herum und setzte mich schließlich auf die Terrasse eines ruhigen, aber ansprechenden Cafés.

»Was darf's sein, Señor?« fragte der Kellner freundlich.

»Ein Glas chilenischen Rotwein. Können Sie mir etwas empfehlen?«

»Oh, wir haben einen vorzüglichen *Caliterra* Cabernet Sauvignon von 1998, an Körper reich, kräftiges Bukett. Dazu würde am besten eine Käseplatte passen.«

»Hervorragend!«

»Sehr wohl, Señor.«

Kaum fünf Minuten später kam der Kellner mit einer kleinen Auswahl einheimischer Käsesorten und einer Flasche Wein wieder. Behutsam zog er den Korken, ließ den Wein einen Augenblick atmen und schenkte ein. »Es gibt keine bessere Gesellschaft als ein gutes Glas Wein. Zum Wohl!«

»Das ist wahr. Danke.«

Und tatsächlich, der Wein war kraftvoll: kirschrot, Eichennote, intensives Bukett, langer Abgang.

»Eine ausgezeichnete Empfehlung«, sagte ich zum Kellner.

»Danke, Señor.«

Ich saß eine gute halbe Stunde in der wohltuend frischen Luft und dachte, wie sehr ich Käse und Wein doch liebte.

Ich trank aus und bat um die Rechnung. Ich wollte ins Hotel zurückspazieren, früh zu Bett gehen und am nächsten Morgen mein Flugzeug nehmen.

»Kaufen Sie meine Rose, Señor!«

≈

»Wie bitte?«

»Kaufen Sie meine Rose, Señor, es ist meine letzte. Wenn ich sie verkauft habe, darf ich nach Hause gehen.«

Ich blickte das kleine Mädchen an. Sie war nicht älter als fünf oder sechs, ihre Kleider waren zerrissen, sie sah schmutzig und hungrig aus und hatte für ein paar Pesos wohl den ganzen Tag in glühender Hitze und im kalten Abendwind gearbeitet, um ihre Familie zu unterstützen. Wie immer wollte ich zuerst sagen: »Nein, danke«, doch dann wurde mir klar, daß man die Welt nicht mit Worten, sondern nur mit Taten besser macht. Wenn ich also anderen helfen wollte, wie ich es mir vorgenommen hatte, gab es kein Nein mehr, vor allem nicht für ein Mädchen dieses Alters, das eigentlich in die Schule gehen oder mit Freunden spielen sollte. Sie hatte eine schlechte Ausgangsposition im Leben, aber immerhin bettelte sie nicht, sondern arbeitete.

»Gut, ich nehme die Rose.«

»Gracias, Señor.« Ihre Augen strahlten, und sie lächelte, wie nur Kinder lächeln können.

»Wieviel?«

»Mil Pesos, Señor.«

Ich gab ihr das Geld. »Und jetzt geh nach Hause.«

»Wem soll ich sie geben?«

»Wie bitte?«

»Die Rose, Señor. Wem soll ich sie geben?«

»Ich weiß nicht.«

Am Nebentisch saßen vier junge Damen, Chileninnen, wie ich hörte, denn sie sprachen, wie es nur die Menschen dieses wundervollen Landes tun – sie sprachen nicht, sie sangen.

»Gib sie einer Dame am Nebentisch. Aber sag nicht, von wem sie ist.«

»In Ordnung, Señor.«

Das Mädchen tat, wie geheißen. Ich sah nicht, wem sie die Rose gab, ich dachte nur an den Rückweg zum Hotel.

≈

Die Rose

Die vier Damen waren allem Anschein nach alte Freundinnen, die sich nach einem harten Arbeitstag entspannten.

»Señorita?«

»Ja?« sagte eine der vier.

»Die Rose ist für Sie, Señorita.« Das Mädchen gab ihr die Blume.

»Danke. Von wem?«

»Das darf ich nicht sagen.«

»Warum nicht?«

»Der Señor will es nicht.«

»Hm. Gut. Dann geh jetzt nach Hause, es ist spät. Danke noch mal.«

Ich hatte mittlerweile bezahlt und stand auf.

»Señor?« Noch einmal das kleine Mädchen.

»Bist du immer noch da? Du solltest längst zu Hause sein, du hast sicherlich einen weiten Weg und ...«

»Señor, die Damen am Nebentisch lassen fragen, ob Sie ihnen Gesellschaft leisten wollen.«

»Was?«

Zwei von ihnen winkten herüber.

»Ich habe dir doch gesagt, daß du nicht verraten sollst, von wem die Rose ist!«

Aber nun war es raus. Schüchtern, wie ich bin, und mit zitternden Knien ging ich zu ihrem Tisch.

»Bitte, setzen Sie sich doch!« sagte eine mit der melodischen Aussprache der Chilenen.

»Danke, ich bin Martin.«

»Maria Soledad, Maria Pia, Maria Loreto und Maria Paola – ob Sie es glauben oder nicht, so heißen wir.«

≈

13

»Die vier Marien?«

»Ja!«

Wir lachten.

Maria Paola sagte: »Danke für die schöne Rose.«

»Welche Rose?«

»Die Sie mir schicken ließen.«

Ich sah mich um, und das Mädchen rannte lachend weg.

»Sie hat es Ihnen gesagt!«

»Nun, ja. Aber es war nicht einfach, es aus ihr herauszubekommen. Als ich sie fragte, von wem die Rose sei, sagte sie, das dürfe sie nicht verraten. Doch nach einer Minute kam sie wieder zurück. ›Was ist?‹ fragte ich. ›Señorita‹, sagte sie, ›ich habe den ganzen Tag gearbeitet und habe immer noch eine Rose übrig, wenn ich sie verkauft habe, kann ich nach Hause gehen. Bitte, kaufen Sie die Rose, und dann sage ich Ihnen auch, von wem die andere Rose ist ...‹«

Paola

So trat Paola in mein Leben. Dafür danke ich dem armen, unschuldigen, aber schlauen Kind.

Die Zeit verging schnell an jenem Abend. Wir unterhielten uns bestens, die vier Chileninnen waren eine wundervolle Gesellschaft, wir hatten viel Spaß miteinander. Wir tranken ein zweites Glas und schließlich ein drittes.

Mein Vorsatz, früh zu Bett zu gehen, verflüchtigte sich, aber ich dachte: Egal, ich kann ja im Flugzeug schlafen.

Während des Gesprächs merkte ich, daß Paola mich so ansah, wie auch ich sie ansah. Als wären die drei anderen gar nicht mehr da, hatte ich nur noch Augen für sie. Und ich spürte, daß es ihr genauso erging.

Doch die Zeit ist unerbittlich. Die Stunden vergingen, am nächsten Tag müßte ein jeder wieder seiner Arbeit nachgehen, auch ich. Und ich durfte mein Flugzeug nicht verpassen.

Die vier Marien verabschiedeten sich von mir nach lateinamerikanischer Sitte mit einem Kuß auf die Wange, und ich dankte ihnen für den schönen Abend. Paola war die letzte.

»Kann ich Sie wiedersehen?« fragte ich.

»Wie bitte?«

»Kann ich Sie wiedersehen?«

»Ich ... ich muß meine Freundinnen nach Hause fahren. Morgen ist Mittwoch, ich muß früh aufstehen ...«

»Ich meine, kann ich Sie *heute nacht* wiedersehen?«

Sie lächelte. »Mal sehen ...«

»Großartig! Ich warte hier.«

Sie ging, und ich dachte: Sie kommt nicht wieder. Wir kennen einander ja kaum. Sie wohnt in Santiago, ich in Lima. Ich fliege morgen zurück, sie geht in ihr Leben zurück.

≈

Es war lächerlich. Aber so lächerlich viele Dinge auch erscheinen mögen, die Welt ist voller Wunder für diejenigen, die auf ihr Herz hören. Also wartete ich. Und wartete. Und wartete. Schließlich zahlte ich und ...

»Martin?«

Ich drehte mich um. Da war sie. Langsam kam sie auf mich zu und holte tief Luft. Ich stand auf und küßte sie zärtlich auf die Wange.

»Ich dachte, Sie würden nicht zurückkommen.«

»Der Duft haftet dem an, der eine Rose bekommt«, sagte sie. »Danke.«

Wir setzten uns, tranken noch ein Glas und erzählten uns gegenseitig unser Leben. Für den Rest der Nacht zählten nur noch Paolas strahlende, lebhafte Augen.

Sie war einunddreißig und arbeitete seit ihrem Studium in einem Architekturbüro in Santiago. Sie war diese Arbeit leid und brauchte eine Veränderung. Und sie wollte von zu Hause ausziehen, denn sie lebte immer noch bei ihren Eltern im »Nest«. Sie hatte das Gefühl, es sei an der Zeit, flügge zu werden und ihr eigenes Leben zu beginnen. Doch zu allem Unglück hatte ihr Vater vor einigen Jahren einen Herzinfarkt, die Mutter vor kurzem einen Schlaganfall erlitten, und Paola fühlte sich verpflichtet, bei ihnen zu bleiben und sich um sie zu kümmern.

Und sie erzählte mir auch, daß sie in drei Tagen Geburtstag hätte. So gaben wir uns an jenem Abend gegenseitig ein Versprechen. Auf einer Serviette verfaßte ich ein paar Worte, unterschrieb und gab sie ihr. Sie lächelte und unterschrieb auch. Und als wir uns verabschiedeten, bauschte der kühle Wind von Santiago die Serviette, auf der geschrieben stand:

Paola, ich verspreche, daß ich zu Deinem Geburtstag nach Santiago komme.
Ich warte auf Dich. Versprochen, Martin.

≈

16

Schicksal

Beim Aufwachen konnte ich nur an eines denken: Ich mußte Paola wiedersehen, bevor ich nach Lima zurückflog.

Ich rief die Nummer an, die Paola mir am Abend gegeben hatte. Es läutete viermal, dann hörte ich eine verschlafene Stimme: »Ja?«

»Hallo, Paola.«

»Hallo, Martin.«

»War es schön für dich gestern abend?«

»Mehr als das, es war phantastisch! Ich habe mich schon lange nicht mehr so gut mit jemandem verstanden.«

»Ich auch nicht.« Trotz des Telefons fühlte ich mich ihr so nahe wie am Abend zuvor. Ich hielt eine Sekunde inne, holte tief Luft und fragte: »Was hast du heute vor?«

»Ich will dich sehen.«

Ich war sprachlos. Plötzlich fühlte ich mich wie fünfzehn!

»Ich rufe dich in fünf Minuten wieder an.«

»Ich warte«, sagte sie.

Die Wege des Lebens sind manchmal unergründlich. Ich weiß nicht, warum, aber in jenem Moment, als Paola sagte: »Ich will dich sehen«, klangen diese vier Wörter so selbstverständlich, so richtig, so herzlich, daß ich wußte: Sie ist es. Sie ist diejenige, die ich so lange gesucht hatte.

Ich rief bei LAN-Chile an.

»Guten Morgen, was kann ich für Sie tun?«

»Ich hatte eine Reservierung für 11.30 Uhr nach Lima. Kann ich umbuchen und die Abendmaschine nehmen?«

»Ich fürchte fast, das geht nicht mehr, Sir.«

»Bitte versuchen Sie es! Wissen Sie, ich habe gestern abend die

≈

17

Liebe meines Lebens getroffen, und ich habe ihr versprochen, daß wir den Tag zusammen verbringen.«

Die Dame am anderen Ende der Leitung lachte. Sie fragte nach meinem Namen und der Flugnummer. »Warten Sie bitte, Señor.«

Ich wartete und dachte: Es ist schon seltsam. Wenn die Abendmaschine ausgebucht ist, muß ich Paola verlassen und werde sie vielleicht nie mehr wiedersehen. Aber wenn ich noch einen Platz bekomme, haben wir einen wundervollen Tag vor uns, und das ist vielleicht der Beginn einer wundervollen Liebe.

Schicksal. Was heißt das? Ein bißchen Glück, ein bißchen Vertrauen? Eine starke Hand, die irgendwo im Himmel eine Entscheidung für uns trifft?

»Sie haben Glück, Sir«, meldete sich die Dame wieder. »Wir haben noch einen Platz in der Abendmaschine, es ist der letzte.«

»Ich nehme ihn!«

»Geht in Ordnung, Sir.«

»Vielen Dank.«

»Keine Ursache, Sir. Haben Sie einen schönen Tag in Santiago!«

»Bestimmt!«

»Sir?«

»Ja?«

»Hoffentlich ist es auch die Liebe Ihres Lebens.«

»Das hoffe ich auch! Viele Menschen suchen ihr Leben lang ihre Herzensliebe und finden sie nicht.«

»Wenn Sie an das Schicksal glauben, Sir, muß ich Ihnen etwas sagen: Als ich die Passagierliste der Abendmaschine checkte, war alles belegt. Und gerade als ich Ihnen das sagen wollte, rief jemand an und hat storniert.«

Ich brachte keinen Ton heraus.

»Sir? Sir?«

Glück? Vertrauen? Die starke Hand Gottes?

Ich werde es wohl nie erfahren, ich weiß nur, daß es Wunder gibt und daß die Wege des Lebens manchmal unergründlich sind, aber wundervoll.

≈

Ich rief Paola an und sagte ihr, daß ich umgebucht hätte und wir den Tag zusammen verbringen könnten.

Ich duschte, zog frische Jeans an, ein braunes Hemd und braune Lederschuhe, ich kämmte mich und ging hinunter in den Speisesaal, dessen Fenster auf den Hotelparkplatz hinausgingen. Aus einer kleinen bemalten Tasse trank ich schwarzen Kaffee und wartete auf Paola. Auch andere Hotelgäste saßen schon beim Frühstück. Der Tag war klar und strahlend blau, kein Wölkchen trübte den Himmel.

Ich las die Lokalzeitung, da hörte ich einen Wagen kommen. Es war Paola. Das Adrenalin schoß durch meinen ganzen Körper.

Sie stieg aus, schloß den Wagen ab und betrat den Speisesaal. Sie lächelte, als sie mich sah. Ich lächelte auch.

»Hallo.«

»Hallo.« Ich stand auf und küßte sie. Ich sah, daß sie Gänsehaut bekam.

Sie war sehr groß, ihr langes braunes Haar glänzte wie Gold in der Morgensonne Santiagos. Sie war atemberaubend schön, aber am schönsten waren ihre Augen. Wer in diese Augen blickte, schaute den Himmel!

»Hast du gut geschlafen?« fragte ich.

»Ja, auch wenn es eine kurze Nacht war.«

»Wohin gehen wir?«

»Magst du moderne Kunst?«

»O ja.«

»Dann gehen wir in den Park am Mapocho, dort stehen tolle Skulpturen von Künstlern aus der Stadt.«

Wir fuhren zehn Minuten mit ihrem Wagen, parkten, stiegen aus und gingen zum schimmernden Río hinunter, der durch Santiago fließt. Hinter alten Bäumen führte ein Pfad in einen kleinen Park, wo man den Eindruck hatte, man sei auf dem Land und nicht mitten in einer der größten Städte Lateinamerikas. Wir schlenderten durch die Anlage, wo wunderschöne Plastiken aus Granit und Holz ausgestellt waren. Am besten gefiel

≈

mir, daß die Werke so sorgfältig plaziert waren und wie ein integraler Teil der Landschaft wirkten. Vögel huschten zwischen Bäumen und Plastiken umher, wo sie auch ihre Nester hatten, und die roten, blauen und gelben Farbtupfer verliehen der Szenerie noch zusätzlich Lebendigkeit. Kolibris saugten Nektar aus leuchtend bunten Blumen, die hohen Bäume spendeten Schatten, die kühle Brise vom Fluß machte aus dem Park den Himmel auf Erden.

Wir setzten uns auf eine Bank am Fluß, ich sah in die wirbelnden Wellen.

»Gefällt es dir hier?« fragte Paola.

»Es ist wunderschön!«

»Hierher komme ich, wenn ich den Sorgen der Welt entfliehen will.«

»Ist es deine geheime Zuflucht?«

»Ja. Manchmal fehlt mir das Meer so schrecklich.«

»Magst du das Meer?«

»Ich liebe es! Als ich klein war, bin ich mit meinen Eltern und meinen Schwestern immer an den Strand gefahren, nach Viña del Mar, ein Feriendorf hundert Kilometer westlich von hier. Mein Großvater hatte dort eine Wohnung. Noch heute sind die Erinnerungen an damals meine glücklichsten!«

»Fährst du denn nicht mehr dorthin?«

»Selten. Ich habe viel zu tun und kann nicht oft ans Meer fahren; zwei Stunden Fahrt ist zuviel.«

Erinnerung ist das Festhalten von Dingen, die wir lieben und niemals vergessen wollen, dachte ich. Für Paola und mich war das Meer der Ort, wo wir so viele zauberhafte Momente und so viele wundervolle Dinge erleben durften.

Ich sah sie an. »Paola?«

»Ja?«

»Ich würde dir gerne etwas erzählen.«

»Erzähl!«

»Vor einiger Zeit war ich in Portugal surfen. Dort nahm ich

≈

mir vor, in ein unterentwickeltes Land zu ziehen und meinen Traum wahr zu machen.«

»Und was ist dieser Traum?«

»Ich will meine beruflichen Fähigkeiten weitergeben und Menschen helfen, die nicht soviel Glück im Leben hatten. In meiner Firma bilde ich Leute aus, damit sie bessere Lebenschancen bekommen und ihre eigenen Träume verwirklichen können.«

Sie stand auf und sah mich an. »Du arbeitest also für nichts?«

»Ganz im Gegenteil! Ich arbeite für etwas, das wichtiger ist als Geld, ich arbeite an meinem Traum. Und ich habe das Glück, am Meer leben und auf meinen geliebten Wellen reiten zu dürfen.«

Paolas Augen leuchteten.

»Hast du auch einen Traum?«

»Ja«, sagte sie.

Ich hielt ihre Hände und umarmte sie, sie küßte mich zärtlich.

Und dann geschah ein Wunder. Ich kannte sie noch nicht einmal vierundzwanzig Stunden, aber als ich in ihre wunderschönen braunen Augen sah, sprach mein Herz zu ihr: »Ich habe so lange auf dich gewartet, Paola.«

Sie lächelte und küßte mich wieder.

»Ich habe mein ganzes Leben auf dich gewartet, Martin.«

Ein Ort zum Träumen

Wie versprochen kehrte ich nach zwei hektischen Tagen nach Santiago zurück. Doch in jenen zwei arbeitsreichen Tagen in Lima fühlte ich mich wie neugeboren; ein Gefühl, das ich lange nicht mehr gehabt hatte, füllte mich nun wieder aus.

Ich muß nicht sagen, daß Paola mehr war, als ich je vom Leben erwartet hatte. Sie war klug, sie war brillant, sie war atemberaubend schön und sie war eine wundervolle Gesprächspartnerin, kurz, sie war alles, was ich mir je erträumt hatte.

Wieder einmal hatte mich mein Gespür nicht im Stich gelassen. Mit ihr könnte ich mein Leben verbringen, und so eine Frau wie sie würde ich nie wieder finden.

Ihren Geburtstag feierten wir bei ihren Eltern. Sie hatte ihre engsten Freunde eingeladen, auch die drei anderen »Marien«. Wir verbrachten einen wunderschönen Abend, und ich hatte Gelegenheit, Paolas Welt zu entdecken.

Von Anfang an jedoch spürte ich, daß ihre Eltern gegen unsere Verbindung waren. Es kam für sie völlig unerwartet, daß sich ihre Tochter in einen Fremden, noch dazu in einen Ausländer verliebt hatte.

Wenn Paola mit ihren Eltern zusammen war, wirkte sie sehr unsicher, denn sie hatte nie die Möglichkeit gehabt, sich als eigenständigen Menschen kennenzulernen. Ihr Alltag war bestimmt von ihrer Arbeit und von ihren Eltern. Ihr Vater war sehr autoritär und konservativ und benahm sich eher als Chef denn als Vater.

Zuerst maß ich dieser Tatsache keine große Bedeutung bei, ich glaubte, es spielte keine Rolle, doch mit der Zeit mußte ich begreifen, wie sehr ich mich geirrt hatte.

≈

Unsere Liebe erblühte mit dem Jahr. Paola war entzückt von all den Geschichten, die ich ihr über meine Surfurlaube auf der ganzen Welt, über meine Abenteuer und meine Träume erzählte. Und sie hatte genauso viele Träume wie ich. Sie wollte am Meer leben, wollte eine Familie haben und ein Haus, das sie als Architektin selbst entwerfen würde, und sie wollte ihr Leben mit einem Menschen teilen, den sie liebte. Wie alle Menschen hatte auch Paola viele Ziele, die ihr am Herzen lagen, und in der Tiefe unserer Liebe schien sie einen Weg zu diesen Zielen und Träumen gefunden zu haben. Und so genossen wir jeden Tag, den das Leben uns schenkte, wir lebten im Hier und Jetzt, erinnerten uns mit Freude an die Vergangenheit und planten die Zukunft.

Nachdem wir über ein Jahr zusammen waren, reisten wir nach Europa. Ich wollte ihr zeigen, wie groß die Welt war, daß es unzählige Möglichkeiten gab, das Leben zu leben, und daß sie nicht auf den einen Pfad beschränkt war, der ihr als Lebensweg aufgezeigt worden war. Traurig waren wir immer nur dann, wenn die Reise zu Ende ging und ein jeder wieder in seine eigene Welt zurückkehren mußte. Sie ging zurück zu ihren Eltern, die sie so sehr brauchten, ich ging zurück nach Lima und kümmerte mich ums Geschäft.

Aufgrund ihrer konservativen Haltung waren die Eltern gegen unsere langen, weiten Reisen. Sie waren der Meinung, nur verheiratete Paare sollten zusammen verreisen. In einer Gesellschaft wie der ihren war vor allem der äußere Schein wichtig, die Meinung anderer zog sich noch immer bestimmend durch das Alltagsleben wie ein Fossil.

»Warum fühlst du dich schuldig? Warum nimmst du Rücksicht auf die Meinung deiner Eltern?« fragte ich sie immer. »Du bist einunddreißig Jahre alt, du bist eine wundervolle Frau, du tust nichts Böses. Ist es denn schlimm, wenn wir die Liebe leben, die wir füreinander empfinden?«

»Sie sehen es eben anders. Und aus irgendeinem Grund fühle ich mich schuldig.«

≈

Ich kannte den Grund. Sie hatte die Nabelschnur nie durch-
trennen können, sie war immer noch das Kind ihrer Eltern und
mußte sich nach den Regeln richten, die man ihr vorgegeben
hatte. Sie hatte nicht den Mut, die Glaswand zu durchschreiten
und sich bewußt zu machen, wer sie war und welches Leben sie
führen wollte.

»Unsere Seelen sind miteinander verbunden«, sagte sie einmal zu
mir, »deshalb tut jede Trennung so weh. Wenn wir zusammen
sind, kann ich mich frei ausdrücken und werde dafür geschätzt.«
    Sie hatte recht. Unsere Liebe war stärker denn je, und in unse-
ren Herzen wußten wir, daß es Zeit war, einen Ort zu finden, an
dem wir immer zusammensein könnten, einen kleinen Ort auf
dieser Erde, den wir unser Zuhause nennen und an dem wir unseren eigenen und einzigartigen Himmel erbauen könnten.
    Ich hatte gehört, daß es in Südchile eine tolle Brandung gibt –
was nur wenige wissen. »Das Wasser ist zu kalt«, sagen die einen,
»es ist zu gefährlich«, die anderen. Aber die Wahrheit sieht nur,
wer mit eigenen Augen schaut. Also packte ich die wenigen Hab-
seligkeiten zusammen, die ich beim Surfen brauche – mein treues
Brett, meinen Neoprenanzug und meine Gitarre –, und machte
Urlaub mit meinem chilenischen Freund Max, den ich in Viña
del Mar kennengelernt hatte.

Nach mehrstündiger Fahrt über die Küstenstraße kamen wir
schließlich in die kleine Ortschaft Curanipe. Alex, der Arzt des
Orts, selbst ein Surfer, hieß uns herzlich willkommen. Es war später Nachmittag, ein Gewitter hatte kurz zuvor das helle Tageslicht
in matt schimmerndes Gold verwandelt, das ich so gerne in eine
Flasche gefüllt und für immer aufbewahrt hätte.
    »Und? Gute Wellen hier?« fragte ich.
    »Das mußt du selbst erleben.« Er deutete in die Ferne.
    Ich konnte es nicht glauben. Vor seinem Haus rollte sich eine
perfekte Welle immer wieder ein.

≈

»Wow!« rief ich mit der typischen Begeisterung eines Surfers, der einen neuen Platz entdeckt hat.

»Es kommt noch besser!« sagte Max. »Es gibt ein paar Stellen in der Nähe, wo das ganze Jahr hindurch dieselbe Dünung herrscht.«

Ich konnte es nicht glauben. Lachend umarmte ich die beiden Chilenen, die mir ihr privates Stückchen vom Paradies gezeigt hatten.

»Aber erzähl's nicht herum!« baten sie. »Zeige diesen Ort nur Leuten, die ihn auch zu schätzen wissen. Genießen wir es, solange es geht. Und nimm Rücksicht auf die hiesigen Surfer.«

Es ist ein ungeschriebenes Gesetz, daß man in einem fremden Land den Einheimischen den Vortritt läßt. Dann teilen sie auch ihre Wellen und ihre Geschichten mit den Gästen: die größte Welle des Südens, die vor einigen Jahren heranrollte und jedes Brett und jeden Surfer verschlang, der sich in die Brandung wagte; oder damals, als sich lauter Delphine und Seelöwen im Wasser tummelten und alle Surfer diese wundervollen Geschöpfen bestaunten . . .

»Das ist das Glück, oder?« fragte ich.

Max drehte sich um und sagte: »Martin, wer das Meer in seiner ganzen Tiefe ausgelotet hat, ist danach nicht mehr derselbe.«

Diese Worte werde ich niemals vergessen.

Am selben Tag noch eilte ich nach einem wundervollen Surfabenteuer mit Max und Alex ans Telefon und rief Paola in Santiago an.

»Hallo, Martin.«

»Ich hab's gefunden, Paola!«

»Wirklich? Wie sind die Wellen?«

»Tausendmal toller, als ich dachte.«

»Und die Landschaft?«

»Unglaublich! Überall Pinienwälder, steile Klippen – es wird dir die Sprache verschlagen, du wirst es lieben!« Ich hielt einen Moment inne, dann sagte ich: »Nun können wir immer zusammensein und gemeinsam unseren Traum leben.«

≈

»Bist du sicher?«

»Paola, wer nichts im Leben riskiert, setzt alles aufs Spiel, meinst du nicht auch?« Mehr konnte ich nicht sagen. Tränen liefen mir übers Gesicht.

Paola am anderen Ende der Leitung weinte auch.

»Wir werden frei sein zu träumen. Für immer.«

Die Suche

Wir suchten einen Ort, an dem ich meinen Gedanken und Träumen nachhängen konnte, einen Ort am Meer und in der Nähe dieser phantastischen Surfplätze, die ich »entdeckt« hatte. Als Architektin und Künstlerin suchte auch Paola einen magischen Ort, wo sie sich entfalten konnte.

Wir beide liebten Buchhandlungen. Stundenlang konnten wir in den Regalen stöbern. Aus irgendeinem Grund haben mich Bücher schon immer gefesselt, und ganz tief in meinem Inneren hoffte ich, eines Tages selbst ein Buch zu schreiben. Paola verzog sich immer leise in die Abteilung »Kunstgewerbe«. Einmal suchte ich sie dort auf und fragte:

»Was liest du?«

»Ach, nichts Bestimmtes, ich seh' mich nur um und . . .«

Behutsam nahm ich ihr das Buch aus der Hand. *Mosaiken selber machen.* »Das interessiert dich also so sehr.«

»Nun ja, ich finde es toll, was man aus diesen kleinen Stückchen Stein oder Fliesen erschaffen kann.«

»Warum machst du so etwas dann nicht selbst?«

»Bislang ist es nur ein Gedanke.«

»Ein Gedanke? Das glaube ich nicht.«

»Und warum nicht?«

»Einen Gedanken hast du im Kopf, mein Schatz. Aber nun hältst du ein Buch in Händen, und es ist nicht das erste Buch über Mosaiken.«

»Das stimmt.«

»Also?«

»Also was?«

»Liebst du Mosaiken?«

»Sie gefallen mir.«

≈

»Du hast meine Frage nicht beantwortet: Liebst du sie?«

Sie sah mich an und lächelte. »Ja, ich liebe sie.«

»Dann solltest du die Mosaiken, von denen du schon lange träumst, auch erschaffen, Paola.«

»Ich weiß nicht. Ich glaube nicht, daß man davon leben kann.«

»Meine schöne Prinzessin, wenn ich eins im Leben gelernt habe, dann das: Wenn du etwas liebst, sollst du es auch tun. Denk nicht ans Geld, das kommt vielleicht mit der Zeit – tu es, weil es dich glücklich macht. Einen besseren Grund als dein Glück gibt es nicht.«

Weiße Wolken zogen langsam über den Abendhimmel, der Mondschein überzog sie mit silbernem Glanz. Sie lächelte mich an. »Gut. Ich werde eine Heimat für dich und mich schaffen, ein Heim voller Mosaiken von Delphinen, Möwen und Walen, ein Haus mit ganz großen Fenstern, damit du freien Blick auf den Strand hast, und wir werden einander immer lieben. Wir werden unsere Träume verwirklichen und ein erfülltes Leben haben.«

»Für den, der bereit ist, ein Risiko einzugehen, ist jeder Tag ein Abenteuer.«

Sie lächelte. »Abgemacht?«

Ich lächelte auch und umarmte sie.

»Abgemacht.«

≈

Brecher

Vor zwei Wochen war ich nach Lima zurückgekehrt.

Die Geschäfte liefen gut, Wein und Käse aus Australien verkauften sich gut auf dem lokalen Markt. Aber ich mußte mich um alles Wichtige selbst kümmern. Wie bei vielen jungen Unternehmen waren auch unsere Gewinne noch dürftig, und die Konkurrenz schlief nicht; schließlich hatten wir ein Marktsegment erobert. Wir mußten eine Strategie ausarbeiten, mit der wir uns nach anfänglichem Erfolg konstant am Markt halten könnten.

Ich wußte, daß ich mich eines Tages zurückziehen würde und einen Partner finden mußte, der meinen Traum am Leben hielt, der von denselben Motiven geleitet wurde und nach den Prinzipien arbeitete, die ich meinen Angestellten vermitteln wollte. Dann könnte ich das Geschäft von Chile aus leiten und müßte nur sicherstellen, daß alles seinen Gang ging.

Ein geschäftiger Tag. Ich arbeitete an einem Plan zur Öffnung neuer lokaler Märkte für australischen Wein und Käse. Eine neue Schiffsladung war auf dem Weg.

Ich hatte ein gutes Team. Adolfo, ein peruanischer Unternehmer, der meine Ideale teilte, war mein Partner und Geschäftsführer, außerdem hatte ich in Janet und Fabiola zwei junge, patente Mitarbeiterinnen.

Plötzlich läutete das Telefon.

»Hallo?«

»Hallo, mein Schatz, ich bin's.«

»Paola!«

Janet, meine Sekretärin, lächelte, sammelte die Notizen ein, die sie gemacht hatte, und schloß leise die Tür hinter sich.

»Liebste, ich denke immerzu an dich!«

≈

»Ich habe ihn gefunden!« sagte sie.

»Wen gefunden?«

»Unseren Platz in der Welt.«

»Wie meinst du das?«

»Martin, bitte komm so schnell du kannst nach Chile! Ich bin die Küste und die ganzen Surfplätze abgefahren, von denen du mir erzählt hast, dann bin ich in einen Weg eingebogen – und da war es! Ein wunderbares Stück Land, es steht zum Verkauf.«

»Bist du sicher?«

»Ja, Martin, ich bin sicher, ich bin auch sicher, daß du es lieben wirst! Es ist am Meer, es ist unser Himmel auf Erden!«

Ich war sprachlos.

»Martin? Martin?«

Ich konnte in jenem Moment nur an eines denken: »Wir können unsere Träume wahr machen, Paola, das weißt du.«

Sie lachte. »Ja, nun weiß ich es.«

Nach dem Gespräch mit Paola hüpfte mein Herz – da gab es nur eines für mich: Surfen.

Ich packte meinen Neoprenanzug ein, band mein Brett auf den Dachständer meines alten, treuen Corolla und fuhr nach Süden, wo es die beste Dünung gibt.

Punta Rocas ist mein Lieblingsplatz in Peru. Die großen Wellen brechen sich sanft am Strand, aber wenn man ihre Gewalt unterschätzt, können sie erbarmungslos sein.

Ich zog den Anzug an, wachste mein Brett und watete hinaus. Die Wellen waren zweieinhalb Meter hoch, nur wenige Einheimische waren auf dem Wasser. Ich surfte zwei Stunden lang, und jede Welle brachte mir die Kindheitserinnerungen an meinen ersten Ritt auf den Wellen zurück.

Es wurde spät, die Sonne glitt langsam hinter den Horizont. Die anderen Surfer verließen nacheinander das Wasser, ich blieb. Ich dachte an das Gespräch mit Paola, und als ich wieder aus meinen Gedanken auftauchte, standen schon die ersten Sterne am

≈

Himmel. Ich konnte mich nur noch an den flackernden Lichtern der Strandhotels orientieren.

Der Himmel über Lima ist normalerweise grau, doch diese Nacht war glasklar, die Sterne funkelten wie Diamanten, es war so klar, daß ich sogar die wuchtigen Wellen sehen konnte. Ich setzte mich an einen ruhigen Platz am Strand und sah in den Himmel. Das Kreuz des Südens und die Gürtelsterne des Orion strahlten in all ihrer Pracht, die Milchstraße schien sich über mich zu ergießen. Ich verlor mich in der Schönheit des Nachthimmels, bis mein Nacken schmerzte. Da saß ich, allein, und war der Natur so nah, wie ich es nur sein konnte. Ich erinnerte mich an das Versprechen, das ich mir selbst vor langer Zeit gegeben hatte:

Unter dem Mond,
Unter den Sternen,
Unter dem Himmel
Will ich nicht auf den Verstand hören,
Nur auf mein Herz,
Das mir sagt, was ihm Erfüllung bringt.

Und nun erfüllte tiefer Frieden mein Herz.

Was ist Heimat? dachte ich. Der Ort, an dem man ißt und schläft? Oder das Glück, das ich nun empfinde?

Ich kannte die Antwort. Ich hoffte nur von ganzem Herzen, daß Paola eines Tages dasselbe empfinden würde: daß es keine Sünde ist, wenn sie sie selbst ist, egal, was die anderen denken.

≈

Die Rückkehr

Ich kam planmäßig in Santiago an. Der Flug war ruhig gewesen, die Sonne strahlte über der Stadt und wärmte den Spätnachmittag. In den Anden am fernen Horizont schmolz der Schnee.

Paola holte mich vom Flughafen ab. Wir umarmten uns, und ich merkte, wie sehr sie mir gefehlt hatte, wie unvollständig mein Leben ohne sie war. Nur mit ihr hatte ich das Gefühl, daß mein Leben ausgefüllt war.

»Du mußt es dir gleich ansehen!« sagte sie. »Es ist phantastisch, ganz in der Nähe der tollen Strände, die du entdeckt hast, umgeben von Pinienwäldern. Und das Beste: Die Schnellstraße nach Santiago ist nur zehn Minuten entfernt, ich kann also jederzeit meine Familie besuchen!«

»Toll! Fahren wir.«

Ich holte mein Gepäck, und wir gingen zu ihrem braunen Golf.

Nach zwei Stunden Fahrt über die Schnellstraße bogen wir in einen Feldweg Richtung Küste ein. Die Landschaft veränderte sich schlagartig. Wir hatten die Weinanbaugebiete hinter uns gelassen und fuhren nun durch schattige Wälder, die immer dichter wurden. Nach zehn Minuten waren wir da – wie ein Wunder tat sich in aller Schönheit eine wunderbare Klippe mit einem spektakulären Blick auf den gleißenden Ozean vor uns auf. Prachtvolle Pinien säumten die Klippen, an denen sich vollkommene Wellen im Takt brachen.

Ein Schauder durchlief mich. Da ist also meine Zukunft! dachte ich, der Ort, an dem so viele Träume wahr werden! Das Meer und unsere Liebe! Konnte ich denn mehr verlangen?

Dann erinnerte ich mich an das, was meine geliebte, weise Mutter immer gesagt und wonach sie auch gelebt hatte: »*Wenn du*

wirklich Erfolg haben willst, Martin, dann mußt du früher oder spä-
ter auf trügerische Sicherheiten verzichten, du mußt zu deinem
Traum segeln und all die Risiken eingehen, die die Eroberung des
wahren Glücks und die Entdeckung deines wahren Selbst birgt.«

Ich umarmte Paola und küßte sie zärtlich.

»Danke, meine Prinzessin!«

»Ich danke dir. Du hast mich gelehrt, zu lieben, die Angst zu
überwinden und ich selbst zu werden.«

»Du mußt nur auf dein Herz hören, Paola, wenn es zu dir
spricht, auch wenn du Angst vor der Zukunft hast.«

»Ja, ich hatte solche Angst, jemanden so sehr zu lieben, daß ich
am Ende fast das Wichtigste im Leben verpaßt hätte. Aber nun
will ich der Liebe und dem Leben eine Chance geben.«

»Ich weiß, Liebste. Und glaub mir: Wer dir sagt, man könne
dieses oder jenes nicht erreichen, wird von denen übertönt, die
sich entschlossen haben, zu handeln und das Risiko einzugehen,
über ihre scheinbaren Grenzen hinauszuträumen. Hab Geduld,
Paola. Es kommt die Zeit, da wirst du spüren, daß du dich selbst
erkennen, deine eigenen Wege gehen und deine eigenen Träume
leben mußt.«

Wir gingen zu der Stelle, wo wir das Haus unserer Träume bauen
wollten, an jenem Ort, wo wir uns auf ewig lieben würden. Umgeben von Pinien mit einem wundervollen Blick auf das leuchtend blaue Meer und die perfekten Wellen, die ich wieder und
wieder reiten würde. Unser Paradies auf Erden.

Und als wir zur Klippe gingen und unser Land der Träume betraten, da sah ich ihn ...

≈

Das Licht

Auf der Klippe stand wie ein stummer Zeuge zahlloser Stürme und Schiffbrüche ein halb zerfallener Leuchtturm. Er war an die dreißig Meter hoch, die starken Winde, die an diese Ecke der südlichen Meere fegten, hatten die Westwand angegriffen. Nun wehte eine leichte Brise salzige Luft heran.

»Komm, nur noch ein paar hundert Meter, und wir sind da.«

Paola war müde. »Martin, was willst du denn dort? Der Leuchtturm ist alt und aufgelassen. Wahrscheinlich ist er auch abgeschlossen. Wir haben einen Platz gesucht, wo wir eine Heimat finden können, und dieser Platz ist ganz bestimmt nicht hier.«

»Wer weiß? Dieser Leuchtturm hat etwas Magisches, ich muß da einfach rein, ich weiß es.«

Paola sah mich irritiert an, kam aber mit.

Und sie hatte recht. Die alte Holztür war mit einem verrosteten Schloß gesichert.

Ich versuchte, es aufzubrechen, aber es war robust. »Es hat keinen Wert, es weiter zu versuchen. Gehen wir.«

Wir gingen zurück zum Wagen, ich war ein bißchen enttäuscht. Die Stimme meines Herzens sagte mir, daß der alte Leuchtturm etwas mit mir und mit meiner Zukunft zu tun hatte, aber ich konnte keinen Zusammenhang herstellen.

Ich schloß den Wagen auf, Paola stieg ein, und ich wollte auch schon einsteigen – da sah ich einen Mann auf den Klippen sitzen und zum Horizont blicken.

Ich hatte plötzlich ein ganz untrügliches Gefühl.

»Warte kurz, ja?«

»Was hast du vor?«

»Nichts, warte bitte.«

»Gut, aber mach nicht zu lange, es wird langsam kühl.«

≈

Zu dieser Jahreszeit wurde es abends kalt, in der Ferne zog sogar ein Unwetter herauf. Ich müßte mich beeilen, wenn ich nicht naß werden wollte.

Ich ging zu dem Mann, der auf den gefährlichen Klippen saß.

»Vorsicht!« warnte ich ihn.

»Keine Sorge«, gab er zurück. »Ich komme schon lange hierher. Es gibt nichts Schöneres, als den salzigen Wind im Gesicht zu spüren.«

Er war an die sechzig, und mit seinem langen Bart sah er aus wie ein typischer chilenischer Fischer.

»Morgen ist ein guter Tag zum Fischen«, sagte er.

»Woher wissen Sie das?«

»Es wird kühl, der Südwind wird stärker, Sturm kommt auf. Morgen ist wieder alles ruhig, aber der Sturm wühlt das Meer auf, und dann machen die Fischer in Küstennähe gute Beute.«

»Sie fischen wahrscheinlich schon lange.«

»Mein ganzes Leben lang.« Er sah mich an. »Sie wollten in den Leuchtturm.«

»Ja, das stimmt.«

»Warum?«

»Aus Neugierde. Ich dachte, vielleicht würde ich drinnen etwas Interessantes finden.«

»Er ist verlassen«, sagte der Fischer. »Früher war es ein hoher, stolzer Turm, der die Schiffe von den Klippen ferngehalten hat.«

»Wie lange ist das her?«

»Ach, viele Jahre. Und heute braucht man ihn nicht mehr, die meisten Schiffe haben ja inzwischen Radar.«

Er sah wieder zum Horizont. »Ich kann mich an Zeiten erinnern, da war ein Leuchtturm das wichtigste Instrument für einen Seemann, immer hat er ihn sicher in den Hafen geführt. Und als der Admiral dort Dienst tat, konnte man sich felsenfest darauf verlassen.«

»Der Admiral?«

»Ja. Komischer Kauz, der Admiral. Man erzählt sich, daß er

≈

35

sein ganzes Leben im Leuchtturm verbrachte, mit seiner Frau. Und daß es sein Lebensinhalt war, Schiffe zu leiten. Aber als er alt wurde, konnte er sich nicht mehr um den Leuchtturm kümmern. Manche sagen, er sei übergeschnappt, als seine Frau starb, und man hätte ihn in ein Heim gebracht.«

»Wohin?«

»Irgendwo in Santiago.« Er blickte aufs Meer. »Er liebte die See mehr als sein Leben.«

»Glauben Sie auch, daß er wahnsinnig war?«

»Was ist das, Wahnsinn? Manche Leute würden sagen, daß Sie und ich wahnsinnig sind, weil wir uns trotz des nahenden Sturms auf diesen gefährlichen Klippen unterhalten. Aber wir wissen beide, daß das nicht stimmt. Oder?«

»Da haben Sie recht.«

»Ich würde sagen, der Admiral war anders als andere Leute, aber er war nicht verrückt. Vielleicht sah und hörte er Dinge, die andere nicht wahrnehmen konnten. Deshalb haben sie ihn wohl auch ins Irrenhaus gebracht.«

Ich mußte gehen, es hatte angefangen zu regnen, und Paola winkte ungeduldig. Wir mußten die Schnellstraße erreichen, bevor sich der Weg in ein Meer aus Schlamm verwandelte.

»Auf Wiedersehen«, sagte ich.

»Auf Wiedersehen.«

Und als ich mich umdrehte, sagte er: »Ich glaube, Sie sollten den Admiral kennenlernen.«

»Und warum?«

»Sie sehen so aus, als liebten Sie die See genausosehr wie er. Die Art, wie Sie aufs Meer sahen, sagt mir, daß das Meer Ihr Leben ist. Und es war auch sein Leben.«

»Das ist wahr«, sagte ich. »Aber ich muß jetzt trotzdem gehen. Es hat mich gefreut, Sie kennenzulernen.« Ich ging zum Wagen.

Kurz bevor ich einstieg, hörte ich ihn rufen: »Hospital Santa Cruz.« Ich drehte mich um und wollte mich bedanken – doch an der Stelle, wo der Fischer gesessen hatte, war niemand mehr.

≈

Der Admiral

Señora Gonzales, die Oberschwester, führte uns zum Admiral. Er saß in einem alten Rollstuhl und starrte durchs Fenster, sein Blick verlor sich in der Ferne.

Ich hatte keinerlei Vorstellung gehabt, was für einen Menschen ich in dem Heim antreffen würde. Vielleicht war er alt und senil und schlurfte durch die Korridore, oder vielleicht brabbelte er zusammenhangloses Zeug. Mein Vater war Psychiater, ich hatte ihn als Kind gelegentlich begleitet und wußte, daß es ganz unterschiedliche psychische und geistige Störungen gab – Alzheimer, Depressionen, Phobien, Schizophrenie und andere Krankheiten. Aber dieser Mann hier saß ganz still da. Er trug einen weißen Klinikbademantel. Er war um die siebzig, hatte schütteres graues Haar und tiefliegende dunkle Augen, die eher traurig als irr blickten.

Ich zog einen Stuhl heran und setzte mich zu ihm.

»Hallo, Admiral.«

Keine Antwort.

»Er redet schon lange nicht mehr«, sagte die Schwester.

»Wie lange?«

»Ach, seit Jahren ... Wenn ich mich recht entsinne, wurde er eingeliefert, als seine Frau starb, das war vor einigen Jahren. Er hat sich wohl nie von dem Schock erholt.«

»Was tun Sie mit ihm?« fragte ich.

»Ich füttere ihn, bade ihn und pflege ihn. Mehr können wir nicht tun.«

»Haben Sie eine Therapie ausprobiert?«

»Alle – Physiotherapien, Psychotherapien, alles, was Sie sich vorstellen können. Er starrt nur durchs Fenster, Tag für Tag, Nacht für Nacht. Nur manchmal malt er.«

≈

»Er malt?«

»Ja, immer das gleiche Bild, aber er macht keines fertig. Nur wenn er malt, sehe ich manchmal einen Schimmer Leben in seinen Augen.«

»Darf ich die Bilder sehen?«

»Natürlich. Ich bringe sie Ihnen. Aber das wird nichts helfen. Der arme alte Mann ...«

Nach fünf Minuten kam sie mit ein paar zerknitterten Blättern zurück.

Ich nahm die Bilder und betrachtete sie.

Und fiel fast vom Stuhl. Ich konnte es nicht glauben!

Es war immer dasselbe Motiv, nur Tages- und Jahreszeit variierten. Doch ob es nun Sommer war, Winter, Frühjahr oder Herbst – eine Sache war immer gleich: der Leuchtturm. Der Leuchtturm, den ich auf den Klippen gesehen hatte.

Ich zeigte dem Admiral ein Bild, das er selbst gemalt hatte. Für einen Moment heftete er den Blick darauf, lächelte und sah mich an, dann versank er wieder in seiner eigenen Welt, in der er schon so lange lebte.

»Wir müssen ihn zum Leuchtturm bringen«, sagte ich zu Paola.

»Warum?«

»Ich weiß es nicht, aber ich spüre, daß etwas passiert, wenn er den Leuchtturm sieht.«

»Wie soll das gehen?«

»Es ist nur so eine Ahnung. Ich habe mein ganzes Leben nach dem gelebt, was mein Herz mir sagt, und du wirst nicht glauben, was du alles erleben kannst, wenn du auf dein Herz hörst!«

Am nächsten Morgen sagte ich alle geschäftlichen Termine ab. Ich hatte noch einen Tag Zeit vor meiner Rückkehr nach Lima, also ersuchte ich um die Erlaubnis, den Admiral abzuholen. Ich wollte ihn zum Leuchtturm bringen.

Eine Erlaubnis zu bekommen war gar nicht so einfach, wie wir

≈

gedacht hatten. Der Admiral hatte keine Familie, folglich konnte auch niemand diese Erlaubnis erteilen. Doch Paola konnte einen Trumpf ausspielen; sie war an der Planung eines neuen Krankenhauses beteiligt, einem Teil des Klinikkomplexes, in dem auch der Admiral untergebracht war. Nach ein paar Telefonaten und nachdem wir unterschreiben mußten, daß wir ihn noch am selben Tag zurückbrachten, durften wir ihn mitnehmen.

Señora Gonzales war erfreut. »Ein bißchen frische Luft wird ihm bestimmt nicht schaden. Einem Mann des Meeres tut es gut, wenn ihm der Seewind um die Nase weht.«

»Ein Mann des Meeres?« fragte ich. »Woher wissen Sie das?«

»Nur so eine Idee. Er malt ja immer diesen Leuchtturm, also hat er früher wohl etwas damit zu tun gehabt.«

Ich sagte nichts.

Paola sah mich an. »Gehen wir?«

Ich schob den rostigen Rollstuhl. Am Anfang wollte der Admiral gar nicht mitkommen, aber Paola strich zärtlich über sein weißes Haar, und mit all der Liebe, die sie anderen zeigen konnte, drückte sie ihm einen Kuß auf die Wange. Sein Widerstand war gebrochen.

≈

39

Daheim

Die Fahrt über die kurvenreichen Straßen von Südchile ist ein unvergeßliches Erlebnis.

Hat man erst einmal den Smog über Santiago hinter sich gelassen, kommt man in eine Landschaft, in der einige der schönsten Weinanbaugebiete der Welt liegen. Tunnel führen durch grüne Hügel, und immer, wenn man aus einem Tunnel herauskommt, wird man aufs neue überrascht von zauberhaften Tälern mit Weinbergen, wo allerlei Sorten gedeihen – Cabernet Sauvignon, Merlot, Chardonnay. Aus dem Trank der Götter konnte sich hier ein prosperierender Wirtschaftszweig entwickeln.

Weiter südlich ändert sich die Landschaft – üppig bewaldete Hügel mit Pinien, Gummibäumen und unzähligen anderen Pflanzen. Es ist ein betörendes Schauspiel, denn man weiß nie, was hinter der nächsten Kurve liegt – vielleicht ein einsames Bauernhaus, aus dessen Kamin als einziges Zeichen von Leben ringsum Rauch aufsteigt.

Bald erstreckten sich zu beiden Seiten der Straße wunderschöne grüne Weiden, und an der Küste schlugen wilde Wellen an schroffe, steile Klippen. Nach zwei Stunden Fahrt durch Tausende Hektar Weinberge und saftige grüne Hügel näherten wir uns dem Meer.

Während der ganzen Zeit hatten wir vergeblich versucht, mit dem Admiral zu sprechen, er saß einfach nur da wie im Heim, sein Blick in ferne Erinnerungen verloren.

Auf den letzten Kilometern begann der Admiral zu zittern. Paola meinte, vielleicht sollten wir ihn zurückbringen; wenn ihm etwas passierte, während er in unserer Obhut war, könnten wir ziemliche Schwierigkeiten bekommen.

≈

Doch dieses Zittern war mir nicht fremd, ich hatte es oft bei mir selbst erlebt, zum Beispiel bei den letzten Schritten auf einem langen Weg, wenn ich fast schon aufgeben wollte und mich zwingen mußte weiterzugehen, unabhängig davon, was mein Verstand sagte. Denn nur so erreicht man sein Ziel, nur so macht man seinen Traum wahr.

Wir kamen zum Leuchtturm, den der Admiral so oft gemalt hatte, und zu den Klippen, die aus dem Meer ragten.

Wir parkten den Wagen so nah wie möglich am Leuchtturm, damit der Admiral ihn auch gut sehen konnte. Wir standen etwa fünfzig Meter entfernt, und auf den ersten Blick wirkte der Turm wie ein altes, verlassenes Gebäude. Es sah zwar völlig unbewohnbar aus, aber ich spürte, daß er eine ruhmreiche Vergangenheit hatte. Das gleißende Sonnenlicht, das von den Felsen reflektiert wurde, umgab den Leuchtturm mit einer geheimnisvollen Aura. Es ist mir immer noch ein Rätsel, wie die Sonne manchen Dingen so einen Zauber verleihen kann. Sie ist so hell und strahlend und so warm wie nichts auf dieser Welt.

Wir hoben den Admiral vorsichtig aus dem Wagen und setzten ihn in den Rollstuhl. Wir vergewisserten uns, daß er auch sicher saß, und machten uns auf dem Weg hinunter zum Leuchtturm.

Das rostige alte Schloß an der Tür war immer noch hartnäckig; ich konnte machen, was ich wollte, es ging einfach nicht auf.

»Was nun?« fragte Paola.

»Keine Ahnung.«

»Laß uns zurückfahren. Es passiert sowieso nichts, und es wird kühl. Ich glaube, das ist nicht sehr gesund für den Admiral.«

»Wahrscheinlich hast du recht. Zumindest haben wir es versucht. Gehen wir.«

Wir wollten den Rollstuhl wieder den kurvigen Weg hinaufschieben, doch plötzlich blieb er stehen.

»Was ist denn los?« fragte Paola.

»Ich weiß nicht, der Rollstuhl klemmt. Ich sehe mal nach den

Rädern und ...« Ich starrte Paola an. Ich traute meinen Augen nicht.

Stur und mit angestrengter Miene hielt der Admiral die Bremse fest.

»Alles in Ordnung?« fragte ich ihn.

Keine Antwort.

Und nun? Ich sah Paola an und wartete auf eine Antwort.

Doch die Antwort gab nicht Paola, sondern der Admiral.

»Bringen Sie mich zurück!«

Paola und ich sahen uns verblüfft an.

»Bitte, bringen Sie mich zurück!« sagte der alte Mann.

Und da wußte ich, was ich zu tun hatte.

»Gut, Admiral, gehen wir.«

»Bist du sicher?« Paola sah mich an, sie war müde.

»Ja. Frag mich nicht, warum, aber ich habe so eine Ahnung, daß uns der Admiral in eine Welt führen wird, die nur er kennt.«

»Und wo ist diese Welt?«

»In seinem Herzen, in seiner Erinnerung.«

Im Nu waren wir wieder beim Leuchtturm. Wieder standen wir vor dem Schloß.

»Und nun?« fragte Paola.

»Warten wir.«

Wir schwiegen. Eine Ewigkeit schien zu vergehen. Paola und ich spazierten über die schroffen Felsen, wir waren gespannt, was der Admiral als nächstes tun würde. Möwen glitten über den Himmel, die Sonne ging allmählich unter, Seelöwen robbten nach einem Tag Jagd im Meer auf die Felsen am Strand.

»Eine schöne Stelle für ein Haus!« sagte Paola.

»Du meinst, unser Heim?«

»Ist das ein Unterschied?«

»Und ob! Ein Haus kann jeder bauen – ein Heim zu schaffen ist schon schwieriger. Eine Heimat zum Träumen, nicht nur eine Schlafstatt. Die Heimat einer Familie, die in Glück und Liebe

≈

42

schwimmt. Ein Ort, wo man nicht nur vor Kälte geschützt ist, sondern den Wechsel der Jahreszeiten bewundern kann, wo man nicht nur seine Zeit verbringt, sondern sein Leben genießt.«

Paola sah ein wenig traurig aus.

»Was ist denn?«

»Ach, nichts«, sagte sie, »nur, als du von der Familie gesprochen hast, die in Glück und Liebe schwimmt ... das habe ich mir für meine Familie immer gewünscht.«

Ich sagte nichts, ich wußte, was sie dachte. Wenn ich sie bei ihren Eltern in Santiago besuchte, erlebte ich ihre Familie. Sie aßen zwar zusammen, aber man spürte überhaupt keine Liebe zwischen ihnen. Ich hatte nie gesehen, daß ihr Vater sie in den Arm nahm und ihr einen Kuß gab. Das fand ich erstaunlich.

»Du könntest den ersten Schritt machen«, sagte ich.

»Wie meinst du das?«

»Du könntest deinem Vater zeigen, daß du ihn liebst. Nimm ihn in den Arm, küsse ihn, sage ihm, daß du ihn liebst.«

»Das kann ich nicht.«

»Und warum nicht?«

»Ich weiß nicht. Ich glaube, das geht nicht, weil er immer so autoritär und gefühlskalt mit uns allen umging.«

»War er herrschsüchtig?«

»Ja, aber nicht nur das. Ihm konnte ich nie sagen, wer ich bin oder was ich denke. Alles muß immer nach seinem Kopf gehen, oder es ist sowieso falsch. Immer wenn wir etwas von ihm wollen, gehen wir zuerst zu Mutter.«

»Und hältst du das für gut?«

»Nein.«

»Vielleicht liegt es daran, daß er so konservativ erzogen wurde. Aber du bist eine erwachsene Frau, Paola, du mußt deine Entscheidungen selber treffen. Du mußt ihm sagen, was du empfindest, und mußt nach deinen eigenen Prinzipien leben.«

Sie sah mich ganz traurig an. »Dazu habe ich nicht den Mut. Es ist, als hätte er die Kontrolle über alle meine Handlungen.«

≈

»Paola, der einzige Mensch, der daran etwas ändern kann, bist du selbst, ich kann dich lediglich dabei unterstützen, die Entscheidung mußt du selbst treffen.«

Tränen rannen über ihre Wangen. »Hilfst du mir?«

Ich nahm sie in den Arm. »Natürlich helfe ich dir. Aber am Ende liegt es allein an dir.«

»Danke, Martin.«

Wir hatten den Admiral schon zwanzig Minuten allein gelassen.

»Wir sollten zurückgehen«, sagte ich.

Als wir zum Leuchtturm kamen, traf uns fast der Schlag.

Der Admiral war weg.

Sein Rollstuhl stand noch da, aber der Mann war weg.

Unsere Herzen rasten, sie sprangen uns fast aus der Brust. Wo war er? War er den Klippen zu nahe gekommen? Das Heim! Was sollten wir denen sagen?

Doch dann sahen wir, daß die alte Tür einen Spalt offenstand. Das Schloß, das uns so hartnäckig ausgesperrt hatte, war offen, der Schlüssel steckte.

Vorsichtig stießen wir die Tür auf, drinnen war es stockdunkel. Erst nach einigen Minuten hatten wir uns an das schummrige Licht gewöhnt.

Überall hingen Spinnweben, es roch modrig und klamm, alles wirkte sehr, sehr alt. Es war nicht unheimlich, es war eher so, als wären wir in längst vergangene Zeiten gereist.

Ein Leuchtturmwärter kann ohne Telefon und Elektrizität auskommen, dachte ich.

Über eine Wendeltreppe aus massivem Stein, der dem Zahn der Zeit widerstanden hatte, stiegen wir aufs Wohndeck.

Wir konnten nicht glauben, was wir da sahen! An einem offenen Fenster, das aufs weite Meer hinausging, stand der Admiral, sah zum Horizont und rauchte Pfeife. Und bevor wir noch etwas sagen konnten, drehte er sich um und lächelte.

»Danke.«

≈

44

»Admiral ...«

»Danke, daß Sie mich zurückgebracht haben. Ich war lange nicht mehr hier.«

Er sah wieder durch das alte Fenster aufs Meer und suchte den Horizont ab. Er atmete tief ein und füllte seine Lungen mit der salzigen Luft, die ihm ermöglicht hatte, das Leben zu leben, das er leben wollte.

Paola und ich sahen etwa eine Stunde lang zu, wie der alte Mann am Fenster stand. Dann drehte er sich um, sah auf den Boden und ging langsam zur Wendeltreppe.

»Was würden Sie jetzt gerne tun, Admiral?«

»Heute war ein besonderer Tag. Vielen Dank. Sie haben mich endlich in die Welt zurückgebracht, in meine Welt. Das werde ich Ihnen nie vergessen, ich werde Ihnen für den Rest meines Lebens dankbar sein.« Er hielt inne, sein Blick wurde traurig. »Aber nun müssen Sie mich wieder zurückbringen.«

»Wohin?« fragte Paola.

»Ins Heim. Ich will nicht, daß Sie Schwierigkeiten bekommen. Señora Gonzales macht sich sicher schon Sorgen, sie hat mich all die Jahre gut gepflegt, sie ist eine wunderbare Frau, die ihr Leben all jenen widmet, die Pflege brauchen, die Not leiden, den Behinderten, die sich nicht um sich selbst kümmern können. Sie ist eine treue Seele, und ich glaube, das dankbare Lächeln derer, die sie so fürsorglich betreut, ist mehr wert als jede Bezahlung.« Er machte einen Schritt auf uns zu und sagte: »Trotzdem möchte ich Sie um einen Gefallen bitten.«

»Was immer Sie wollen!« sagte ich.

»Es wäre schön, wenn Sie mich hierherbringen könnten, sooft es Ihre Zeit erlaubt. Sie würden mir helfen, mich wieder lebendig zu fühlen. Und wieder aufzubauen, was die Zeit und der Wind genommen haben.«

»Sie wollen den Leuchtturm restaurieren?« fragte Paola.

»Ja.«

»Aber wenn es Ihnen so gutgeht, hat es doch keinen Sinn,

≈

45

wenn wir Sie ins Heim zurückbringen. Sie sehen so gesund aus, Sie sehen großartig aus!«

Er lächelte. »Es gibt in dieser Welt Geheimnisse, die im Herzen derer ruhen, die noch etwas zu erledigen haben. Ich bin noch nicht soweit zu gehen.«

»Zu gehen? Wohin?« fragte Paola.

Er blickte wieder zum Horizont.

»Zu Elvira.«

Er zog ein zerrissenes altes Taschentuch heraus, schneuzte sich und sagte: »Den größten Fehler im Leben machen wir, wenn wir gehen, obwohl wir wissen, daß wir unsere Mission noch nicht erfüllt haben. Wir müssen versuchen, unser Ziel zu erreichen; das ist die größte Leistung im Leben. Ich bin noch nicht fertig. Noch nicht.«

Ich sah ihn an. »Übrigens – ich bin Martin, das ist Paola.«

Er sah mich aufmerksam an, dann fragte er:

»Wo leben Sie, Martin?«

»In Lima.«

»Und Sie, Paola?«

»In Santiago.«

Und mit dem strahlendsten Lächeln sagte er: »*Die Liebe kann jeden Streit schlichten, jede Entfernung überwinden und durch jede gläserne Wand strahlen. Denken Sie immer daran.*«

≈

Hoffnung

Die Veränderung in der Haltung des Admirals gegenüber der Welt hatte uns überrascht. Der alte, stille Mann mit dem fernen Blick, den wir im Heim angetroffen hatten, war plötzlich wieder ein junger, freier Geist. Er gehörte in den Leuchtturm, wo all seine Erinnerungen, seine Träume und seine Weisheit wohnten.

Doch nun mußten wir ihn zurückbringen. Wir halfen ihm die Treppe hinunter, setzten ihn in den Rollstuhl und schoben ihn den Weg hinauf. Es war schon dunkel, ein prächtiger Vollmond stand am Himmel.

»Können wir fahren, Admiral?« fragte ich.

Keine Antwort.

»Admiral?«

»Admiral, ist alles in Ordnung?« fragte Paola.

Er gab keine Antwort. Der starke, stolze, weise Mann, den wir im Leuchtturm kennengelernt hatten, war wieder der alte Mann aus dem Heim, still und schwach. Auf der Rückfahrt sagte er kein Wort, er blickte immer nur in eine ferne Welt, die er allein kannte.

Doch ich hatte ein Lächeln auf den Lippen, und nicht nur wegen des Admirals.

»Warum lächelst du denn?« fragte mich Paola.

»Das weißt du doch!«

»Nein, woher denn?«

»Du hättest dein Gesicht sehen sollen, als der Admiral meinte, er wolle den Leuchtturm wieder aufbauen.«

»Was war denn mit meinem Gesicht?«

»Du baust doch gerne. Du kannst es nicht verhehlen!«

»Ist das so offensichtlich?«

»Und wie! Selbst wenn man dich bitten würde, eine Sandburg zu bauen, wärst du hellauf begeistert. Stimmt's?«

≈

Sie lächelte, ihre Augen funkelten wie Gold. »Ja, das stimmt.«

»Es liegt dir im Blut, Paola, und ich spüre, daß es so sein muß.«

Ich hielt am Straßenrand und sah meine Prinzessin an.

»Baust du den Leuchtturm wieder auf?«

»Ich weiß nicht. Was soll denn das für einen Sinn haben?«

»Der Admiral hat dich gefragt.«

»Na und?«

»Du würdest nichts lieber machen, weil du noch nie einen Leuchtturm gebaut hast, zumindest keinen echten!«

»O je, manchmal machst du mich verrückt! Natürlich würde ich es tun, aber warum sollte ich?«

»Für den Admiral.«

»Und warum?«

»Weil er dich gebeten hat, und weil du es willst. Das sind doch Gründe genug!«

Sie lächelte.

»Touché!« sagte ich und fuhr weiter.

»Warum benimmt sich der Admiral so?« fragte sie.

»Ich weiß es nicht genau«, antwortete ich. »Vor langer Zeit habe ich in Tibet jemanden getroffen, an den mich der Admiral stark erinnert.«

»Wer, glaubst du, ist der Admiral wirklich?«

»Er liebt das Leben. Er gibt denen Kraft, die bereit sind, ihm zuzuhören. Er macht Menschen glücklich, er hat Tausende von Seelen berührt, er hatte ein erfülltes Leben und verlangt nichts mehr. Seine Bedürfnisse sind nur noch spiritueller Art. Und er redet nur, wenn er weiß, daß man ihm auch zuhört. Wahrscheinlich ist er freundlich und treu, und er kann Schönes und Wahres erkennen, wo andere es nicht sehen.«

Ich warf Paola einen Blick zu. »Er ist ein Meister, der wundervolle Lektionen lehrt, und ein Träumer, wie ich nie zuvor einen getroffen habe. Er ist einer jener besonderen Menschen, die andere auf sehr spezielle Weise berühren können, er weiß, daß man erst zu den Sternen aufsteigen kann, wenn man den Gipfel erreicht hat.«

≈

Wir kamen spät in Santiago an. Während der Fahrt war aus dem Nieselregen ein richtiger Wolkenbruch geworden, der Südwind fegte über den Wagen und peitschte den Regen schräg heran, als wollte er sich der Schwerkraft widersetzen. Die Scheibenwischer konnten nicht viel ausrichten, wir sahen kaum noch die Straße.

Wir fuhren gleich zum Klinikum. Señora Gonzales hatte sich ein bißchen gesorgt, weil es länger gedauert hatte als erwartet und weil der Regen dem Admiral schaden könnte. Doch sie beruhigte sich schnell und dankte uns. Sie kannte den Admiral gut; obwohl er kein Wort sagte, wußte sie, daß es ihm besser ging.

»Können wir ihn nächstes Wochenende wieder abholen?« fragte ich.

»Nun, das ist eigentlich gegen die Regeln, er muß hierbleiben. Können Sie sich vorstellen, was für Schwierigkeiten ich bekommen kann, wenn ich ihn mit Ihnen gehen lasse?«

Paola und ich sahen uns an.

»Ja, das wissen wir.«

»Hm«, machte Señora Gonzales. »Ich überleg's mir und rufe Sie an. In der Zwischenzeit können Sie ihn besuchen, wann immer Sie wollen. Er bekommt sonst keinen Besuch.«

»Wir kommen bestimmt wieder«, sagte ich.

Wir verabschiedeten uns vom Admiral und von der Schwester.

Auf der Fahrt zu Paolas Eltern sagten wir kein Wort, aber wir wußten, daß wir beide das gleiche dachten.

Wir mußten den Admiral zurück zum Leuchtturm bringen, denn dort gehörte er hin.

≈

49

Leben

Beim zweiten Mal war jedoch alles ganz anders.

Es dauerte eine Weile, bis wir die Schwester überredet hatten, doch am Ende war ihre Zuneigung für den Admiral stärker als die Angst vor möglichen Schwierigkeiten. »Egal«, hatte sie gesagt, »die frische Luft wird ihm guttun. Besser, er ist draußen, als hier in seinem Rollstuhl eingesperrt. Nehmen Sie ihn mit, aber kommen Sie nicht so spät zurück!« Und sie hatte einen strengen Blick aufgesetzt.

Auf der Fahrt beobachtete ich den Admiral im Rückspiegel. Es war immer noch der alte Mann, der im Rollstuhl in seinem Zimmer im Santa Cruz-Hospital saß, doch sein Blick hatte sich irgendwie verändert. Er sagte zwar kein Wort, aber er wirkte ganz aufgeräumt, als würde er wissen, wohin wir fuhren: an den Ort, wo er im Frieden mit dem Leben und mit sich selbst war.

Paolas Eltern erzählten wir nichts vom Admiral, sie wären außer sich gewesen. Außerdem paßte es ihnen sowieso nicht, daß wir so oft zu zweit an die Küste fuhren. Ich verstand nicht, wie sie erwarten konnten, daß ich die meiste Zeit, wenn ich in Chile war, bei ihnen zu Hause oder in ihrem Ferienhaus am Rappel-See verbrachte. Natürlich unternahmen wir manchmal etwas mit den Eltern, ich mochte und respektierte sie auch, aber offenbar begriffen sie nicht, daß meine Liebe zu Paola der Grund für meine Reisen nach Chile war. Ich lebte mein Leben nach meinen eigenen Grundsätzen, ich wollte am Meer sein. Ich hatte immer davon geträumt, eines Tages einen Menschen zu finden, mit dem ich diesen Traum teilen könnte, und Paola war dieser Mensch. Wenn wir zusammen waren, war Paola ganz anders als bei ihren Eltern. Ich fand nichts Falsches daran, Paola zu helfen, ihren eigenen Weg zu

≈

50

gehen, aber ich spürte dennoch den Druck, den die Gesellschaft ausübt, wenn man sich nicht benimmt, wie man »sollte«.

Nach einer längeren Fahrt durch die zauberhafte Landschaft Süd-chiles kamen wir endlich ans Ziel. Ich parkte nah am Leuchtturm und wollte dem Admiral aus dem Wagen helfen.

Das mußte ich aber nicht. Er war schon ausgestiegen und stützte sich auf einen alten Stock mit prächtigem Silbergriff.

Zum erstenmal hatte ich diesen Stock im Heim gesehen, er war am Rollstuhl des Admirals befestigt. Ich dachte, es sei das Symbol für einen alten Mann, der der Tatsache nicht ins Gesicht sehen konnte, daß er alt war und nicht mehr ohne Hilfe gehen konnte. Nun aber, als ich ihn mit diesem tollen Stock in der einen und der Pfeife in der anderen Hand sah, spürte ich, daß er ein erfülltes Leben hatte, voller Abenteuer zu Wasser und zu Land.

»Danke, Martin«, sagte er. »Ich komme zurecht.« Er ging zum Leuchtturm, zog den Schlüssel aus der Tasche und öffnete die Tür.

»Kommen Sie doch herein!« sagte er.

Wieder stiegen wir die Wendeltreppe hinauf aufs Deck, wo der Admiral zum erstenmal gesprochen hatte. Er zog zwei Holzstühle zu einem alten, schmutzigen Lehnsessel, säuberte sie behutsam und bot uns Platz an.

»Es gibt viel zu tun. Man muß die Treppe reparieren, die Fenster putzen, die Westwand wieder aufbauen ...«

»Wollen Sie das wirklich?« unterbrach Paola den alten Mann.

»Sie nicht, meine schöne Paola?«

Ich lächelte. »Sie ist Architektin.«

Und bald schon putzten wir die Räume und verrückten die Möbel. Währenddessen veränderte sich der Admiral merklich. Ich entdeckte Bilder an den Wänden des Wohndecks und staubte sie mit einem weißen Tuch ab – die meisten waren Fotos von Leuchttürmen.

»Ist das Ihre Sammlung?« fragte ich.

≈

51

»Ja, ich habe diese Bilder mein Leben lang gesammelt, sie sind sehr wertvoll für mich. Hier«, sagte er und zeigte auf das Bild über dem alten Eisenkamin, das Bild eines sehr alten Leuchtturms.

»Was ist das?« fragte Paola.

»Setzen Sie sich doch, machen wir eine Pause, dann erzähle ich Ihnen die Geschichte dieses wunderbaren Wächters.« Er stand auf und ging zu dem Bild.

»Dieses phantastische Bauwerk ist eines der Sieben Weltwunder: der Pharos von Alexandria. Er war an die hundertfünfzig Meter hoch.«

»Steht er noch?« fragte ich.

»Leider nein. Er wurde nach und nach durch Kriege und Erdbeben zerstört.«

»Woher weiß man, wie er ausgesehen hat?« fragte Paola.

»Sein Aussehen wurde über Münzen, Keramiken und römische Mosaiken in Libyen und Jordanien und in der Markuskirche in Venedig rekonstruiert; das hat unser Bild bis heute geprägt.«

»Mosaiken?« staunte Paola.

Ich sah sie an und mußte lächeln.

»Ja, Paola.« Der Admiral lächelte auch. »Jedenfalls leitete er in den fünfzehn Jahrhunderten von seiner Erbauung bis zu seiner endgültigen Zerstörung Anfang des 14. Jahrhunderts die Seefahrer, die sich der Küste Ägyptens näherten. Daß er trotz seiner exponierten Lage all die Jahrhunderte überstanden hat, zeigt, daß er ein Bauwerk von außerordentlicher Qualität war. Nur Erdbeben konnten ihm etwas anhaben, und davon gab es ja inzwischen mehr als genug.«

Paola war fasziniert von der Schilderung des Pharos, nicht nur wegen seiner Geschichte, sondern auch weil sie Architektin war. Ich für meinen Teil wunderte mich immer noch, daß der Mann, der hier mit Fachwissen brillierte, der alte siechende Krüppel aus dem Santa Cruz-Hospital war.

»Wann wurde der Pharos zerstört, Admiral?« fragte ich.

»Im Jahr 1303 erschütterte ein schweres Erbeben das östliche

Mittelmeer, Alexandria traf es besonders schlimm. Als alles vorbei war, lag der Pharos in Trümmern. Sultan Kait Bey errichtete im 15. Jahrhundert auf den Fundamenten eine Festung; Fort Kait Bey steht heute noch.«

»Woher wissen Sie so viel über Leuchttürme?« fragte Paola.

»Aus demselben Grund, aus dem Sie so viel über Architektur wissen – ich war mein Leben lang Leuchtturmwärter und habe viel Zeit darauf verwendet, diese wundervollen Wächter der Nacht zu studieren. Ich liebe sie.«

Zärtlich nahm er Paolas Hand. »Und Sie? Was haben Sie außer der Architektur lieben gelernt?«

Paola sah erst mich an, dann blickte sie zum Horizont, Möwen zogen über den Himmel. Sie nahm ein Foto aus ihrer Brieftasche, ein Foto ihrer Familie.

Sie lächelte und sah dem Admiral in die Augen. »Ich lerne, mein Leben zu lieben, mir bewußt zu werden, wie glücklich ich mich schätzen darf, auf der Welt zu sein.«

Erneuerung

Señora Gonzales faßte langsam Vertrauen zu uns, nachdem es dem Admiral merklich besser ging. Er sprach zwar immer noch mit niemandem außer mit uns, aber er sah beträchtlich jünger aus.

»Hallo, Señora Gonzales«, sagte ich.

»Hallo, Martin.«

»Können wir den Admiral mitnehmen?« fragte Paola.

»Natürlich«, sagte sie mit einem sanften Lächeln. »Ich weiß zwar nicht, was Sie mit ihm anstellen, aber Sie machen Ihre Sache auf jeden Fall gut.«

»Das sagt er auch von Ihnen – daß Sie gut mit Ihren Patienten umgehen«, sagte Paola.

»Er hat mit Ihnen gesprochen?«

Ich sah Paola warnend an.

»Nein, nein ... Ich meine, man kann sehen, daß er Sie mag.«

»Hm.«

»Es ist wahr!« bekräftigte Paola.

»Wenn Sie meinen. Nun gehen Sie, und nehmen Sie diesen wunderbaren Mann mit, wohin Sie wollen.«

Auf der Fahrt zum Leuchtturm hielten wir bei einem kleinen Eisenwarenladen in der Nähe der Hauptstraße, wo es auch Baumaterial gab, handgemachte Ziegel, Holzbalken und was man sonst so brauchte.

»Können Sie mir helfen, Paola?« fragte der Admiral.

»Was brauchen Sie denn?«

»Sie sind die Architektin. Was brauchen wir, um den Leuchtturm wieder funktionstüchtig zu machen?«

»Ich kann eine grobe Skizze vom früheren Zustand machen –

≈

54

natürlich nur mit Ihrer Hilfe. Und wir können Baumaterial zum Restaurieren kaufen.«

»Wollen Sie den Leuchtturm wirklich restaurieren?« fragte er.

»Natürlich!« Sie sah mich an.

Ich lächelte.

»Also dann, packen wir's an!« sagte der Admiral.

Nach dem Einkauf fuhren wir zum Leuchtturm. Wir putzten das Erdgeschoß und die oberen Decks. Bis zum Wohndeck war die Westwand intakt, was schon eine große Erleichterung war. Mit einem Schrubber putzte ich die harten Böden, saugte die alten Teppiche, die den Jahren getrotzt hatten, sammelte den Müll ein und desinfizierte die Armaturen im Badezimmer. Paola schrubbte die Felsmauern, entfernte Spinnweben und uralten Staub, der Admiral putzte die Glasfenster und wischte die Türknäufe. Wir öffneten die Vorhänge, die nun sauber waren, und ließen frische Luft herein.

Frisch geschrubbt und geputzt wirkte der Leuchtturm geräumig und übersichtlich. Spinnen und Skorpione waren längst ausgezogen. Der Turm war immer noch eine Ruine, aber er war sauber.

Es war sogar mehr als nur ein Leuchtturm, es war eine ganze Station, ein Komplex aus Turm und Nebengebäuden.

Unten gab es eine Küche und ein Eßzimmer, ein Bad mit Dusche, ein Wohnzimmer und ein Schlafzimmer mit einem Doppelbett. Auf dem Wohndeck waren ein weiteres Schlafzimmer und ein großer Salon. Das zweite Deck war leer. Eine handgearbeitete Wendeltreppe aus Holz in noch originalem rotem Ocker führte vom zweiten Deck durch die Kuppel zum Laternendeck aus Holzplanken, das von einem äußeren Umlauf, der Plattform, umgeben war.

Durch die Steinmauern war es kühl im Inneren, selbst an sehr heißen Tagen. Der Kamin war nun gereinigt und konnte dank Paola wieder in Betrieb genommen werden.

»Sollen wir auch den Garten wieder anlegen?« fragte ich.

≈

»Ich glaube nicht«, meinte Paola, die auch etwas von Landschaftsgärtnerei verstand. »Die wilden Bäume und Sträucher verleihen dem Ort etwas ganz Besonderes, irgendwie Verwunschenes.«

An der Küste gab es eine herrliche Dünung. Ich zog meinen Neoprenanzug und die Handschuhe an. Wieder einmal dürfte ich diese Welle reinen Vergnügens, diese Flut aus Freude und Frieden erleben und die Wunder der Welt in mich aufnehmen. Was gibt es Schöneres?

»Bist du zum Mittagessen zurück?« fragte Paola.

»Natürlich.«

Der Admiral sah uns lächelnd an. »Ihr beide seid wirklich auf der gleichen Wellenlänge.«

Ich lächelte. »Bis später, Admiral.«

Es war schon nach Mittag, ich war mehr als eine Stunde draußen. Beim Surfen hatte ich nachgedacht. Ich wußte, daß nur zählte, was ich im Herzen hatte und was ich tun wollte. Aber wenn es eine Seele gab, die mir mehr beibringen konnte, als es das Surfen vermochte, sollte ich diese Seele anhören. Und das beste Klassenzimmer liegt manchmal zu Füßen eines alten weisen Mannes.

Ich ritt etwa hundert Meter auf der letzten Welle, sie war über einen Meter hoch und lief aufs Meer hinaus, dann paddelte ich zurück.

Mit Leitungswasser, das ich immer in einer Flasche dabeihabe, spülte ich mir das Salz vom Gesicht, trocknete mich ab und sah zum Leuchtturm auf der Klippe. Und ich wußte: Dort war ein Mann, der mir noch etwas über das Leben beibringen konnte.

Paola wartete mit einem köstlichen Essen. Auf der Fahrt waren wir an Obst- und Gemüseständen vorbeigekommen, wo einheimische Bauern ihre Erzeugnisse verkaufen. Wohlschmeckende Früchte und Gemüse, leckeres Brot und Käse sind die Spezialitäten dieses Teils der Welt. Paola hatte aus rotem Paprika, jungen

≈

Karotten, Broccoli und schwarzen Oliven einen tollen Salat gemacht und ihn mit frischen Kräutern, einem Spritzer weißen Weinessigs und Olivenöl angemacht. Und dazu gab es ein Glas schönen chilenischen Merlot.

Wir ließen es uns schmecken, doch der Admiral sah die Anspannung in meinem Gesicht.

»Ist etwas?« fragte er.

»Ich weiß nicht, ob jetzt der richtige Zeitpunkt ist, über das zu sprechen, was mich beschäftigt – das Essen ist köstlich.«

»Gibt es einen besseren Moment, um sein Herz sprechen zu lassen?«

Paola lächelte, sie war einer Meinung mit dem Admiral.

»Manchmal bin ich so verwirrt, meine Gedanken, meine Gefühle wirbeln durcheinander. Ich versuche, mir über mich selbst klarzuwerden, aber das ist schwierig.«

»Sind wir denn nicht alle manchmal verwirrt?«

»Doch, schon.«

»Was meinen Sie, wenn Sie sagen, Ihre Gefühle wirbeln durcheinander?«

Ich sah Paola an, sie wußte, was mich beschäftigte.

»Darf ich es sagen, Paola?«

»Natürlich, sag's ruhig.«

»Ich glaube, Paola und ich haben eine wunderbare Beziehung, Admiral, wir lieben einander so sehr und haben eine Menge Träume. Aber manchmal bekommen wir so viel Druck von der Gesellschaft, und das läßt uns zweifeln, ob wir andere verletzen, wenn wir unsere Träume leben. Vor einiger Zeit wurde mir klar, daß Menschen gegenseitig respektieren sollen, woran sie glauben, aber ich bin mir auch darüber klargeworden, daß meine Rechte enden, wo die der anderen beginnen.«

»Wie meinen Sie das?«

»Ich glaube, ich respektiere Menschen, die sich entschlossen haben, nach ihren eigenen Grundsätzen und Wertvorstellungen zu leben. Warum aber achten sie mich nicht genauso?«

≈

57

»Das ist eine schwierige Frage. Ich bin überzeugt, daß niemand das Recht hat, andere für ihr Verhalten oder ihre Handlungen zu verurteilen, aber ich weiß, daß Menschen das trotzdem tun. Nicht alle sind gleich erzogen, Martin, nicht alle machen die gleichen Erfahrungen. Wir tun, was wir für richtig halten, aber das gibt uns noch lange nicht das Recht, uns ins Leben anderer Menschen einzumischen. Andere zu verurteilen ist ein schwerer Fehler, denn wir kennen nie alle Gründe, die einen Menschen veranlassen, das zu tun, was er tut.«

»Ich denke, Sie haben recht, Admiral. Nur manchmal frustriert es mich, daß man mich nicht als den achtet, der ich bin.«

»Was tun Sie dann?« fragte der Admiral.

»Ich gehe surfen; das ist der einzige Weg, meine Gedanken zu ordnen.«

»Und was fühlen Sie dabei?«

»Auf dem Wasser kann ich die Gefühle empfinden, die meinem Leben einen Sinn geben. Ich verstehe besser, wer ich bin, was ich denke, was ich von meinem Leben erwarte. Es bläst mir sozusagen den Kopf durch.«

»Und was gibt das Meer Ihnen?«

»Es hilft mir, meine Seele zu erkennen, es hilft mir, eine Verbindung zwischen dem Geist, der Unschuld und den Erinnerungen eines Jungen mit denen eines Erwachsenen und dessen Träumen herzustellen. Es hilft, sie Seite an Seite gehen und einen Weg durch dieses Abenteuer namens Leben finden zu lassen und zu versuchen, das Beste daraus zu machen, ohne andere zu verletzen.«

»Macht Sie das glücklich?«

»Ja, es ist etwas ganz Besonderes, fast Mystisches, wenn ich draußen auf dem Meer bin; dann finde ich fast immer die Antwort auf meine Fragen. Ob es sonnig und klar oder schneidend kalt ist, ob mir eine Delphinschule oder ein Rudel Seelöwen folgt oder ob ich alleine bin – das ist egal. Ich habe immer das Gefühl, etwas für mich zu tun, ich fühle mich lebendig. Verstehen Sie?«

≈

Er lächelte. »All die, die Fragen haben, sind nicht verloren.«

»Ich verstehe nicht ...«

»Sie haben Ihre Frage schon selbst beantwortet, Martin.« Er nahm einen Schluck Wein. »Sie erinnern mich an mich selbst, als ich in Ihrem Alter war. Künstlerisch – es ist fast künstlerisch, wenn man sich so fühlt, und andererseits ist es so ganz natürlich, als läge es außerhalb unserer Kontrolle, auf dem Wasser zu sein. Gewöhnen Sie sich nie an das Leben, Martin. Fangen Sie jeden Tag neu an; das ist die einzige Möglichkeit, immer wieder Neues zu entdecken.«

Paola sagte: »Aber manchmal trifft man auf eine Wand, manchmal verstehen einen die Menschen nicht, Admiral.«

»Sie meinen die Menschen, die anders denken als Sie?«

»Ja.«

»Na und? Warum wollen Sie so sein wie die anderen und sich selbst betrügen? Warum können Sie nicht einfach Sie selbst sein, egal, was die anderen denken?«

»Weil ich mich manchmal einsam fühle«, sagte Paola, »und weil ich manchmal denke, indem ich ich selbst bin, verletze ich andere, die mich nicht verstehen können.«

»Wie Ihre Familie?« fragte der Admiral.

Ich sah Paola schweigend an.

»Ja ...«

»Ich weiß«, sagte er. »Ich kenne das Gefühl, wenn man sich selbst der einzige Freund ist, das ist manchmal wirklich sehr traurig. Und einsam.« Er lächelte und nahm sanft Paolas Hand. »Aber wissen Sie – manchmal ist es auch schön, alleine zu sein, dann hat man Raum, Raum, nachzudenken und sich selbst zu entdecken. Liebe Paola, Sie werden noch erfahren, daß die Einsamkeit eine der besten Freundinnen im Leben ist, denn ab einem gewissen Punkt ist sie immer mit Ihnen und wird Ihnen nach und nach all die Wunder und die schönen Seiten des Lebens enthüllen. Und was Ihre Eltern angeht, Paola, so sollten Sie ihre Ansichten respektieren. Doch auch Ihre Eltern sollten Sie als das achten, was

Sie sind. Für Eltern sollte es das größte Glück sein, zuzusehen, wie ihr wunderbares Kind zu dem Menschen wird, der er wirklich ist und der seinen Traum lebt.«

»Aber ich weiß doch, daß sie mich nicht verstehen, Admiral. Natürlich weiß ich auch, daß sie mein Bestes wollen – auf ihre ganz eigene Weise, das Leben zu betrachten.«

»Woher wollen Ihre Eltern wissen, was das Beste für Sie ist? Sie leben schließlich nicht in Ihrem Kopf und in Ihrem Herzen.«

Paola sah etwas verloren aus. So hatte bislang noch niemand mit ihr gesprochen. Ich wollte das Thema wechseln.

»Und was haben Sie gemacht, Admiral?« fragte ich schnell. »Ich meine, wie sind Sie mit Ihrer Einsamkeit umgegangen?«

»Ich habe angefangen, auf sie zu hören, Martin. Sie half mir, die Türen zu schließen, die ich schließen mußte, und öffnete mir gleichzeitig neue Türen.«

»So einfach ist das?« fragte Paola.

»Ja, so einfach ist es – vor allem, wenn man gelernt hat, die gläserne Wand zu durchschreiten.«

Paola wollte etwas sagen, aber der Admiral fuhr fort: »Wer ist der Gefangene, Paola? Derjenige, der selbst in Ketten liegt, oder derjenige, der seinen Traum in Ketten legt?«

Paola schwieg. Sie hing an den Lippen des Admirals, aber sie hatte auch ein wenig Angst vor ihm. In der kurzen Zeit unseres Gesprächs hatte er so vieles gesagt, was sie erst verdauen mußte.

»Lassen Sie sich nie von den Regeln anderer einwickeln, Paola, innerlich, meine ich. Denn dann können Sie nie den Traum leben, der Sie Ihr ganzes Leben lang glücklich macht, dann sind Sie dazu verdammt, nach den Prinzipien anderer zu leben, und können sich nicht mehr aus diesen Normen und Konventionen befreien. Und dann haben Sie irgendwann überhaupt nichts mehr, worauf Sie sich freuen können.«

»Sprechen Sie deshalb mit niemandem mehr?«

»Im Gegenteil – deshalb spreche ich mit Ihnen.« Seine Stimme wurde plötzlich ganz weich: »Manchmal braucht man nur eine

Hand zum Halten und ein Herz, das einen versteht.« Er führte Paola zum Fenster, wo eine atemberaubend rote Sonne zwischen den Wolken strahlte.

»Das Leben vergeht schnell – egal, wie jung oder alt wir sind, wenn wir sterben«, fuhr er fort. »Man muß alles darangeben, um aus seinem Leben etwas Einzigartiges zu machen, und die kleinen Freuden genießen, die jeder Tag bereithält.«

Der Abenddunst hatte sich verzogen.

Er lächelte Paola gütig an. »Lernen Sie, alle Hindernisse auf dem Weg zu Ihrem Traum hinter sich zu lassen, lernen Sie, die gläserne Wand zu durchschreiten. Seien Sie Sie selbst. Das ist das Geheimnis des Glücks.«

Der Hüter des Lichts

Zwei Wochen konnte ich in Santiago bleiben.

Über das Internet konnte ich problemlos mit Adolfo in Kontakt bleiben. Er teilte mir mit, daß wir gerade zwei große Aufträge bekommen hatten, und das gab mir innere Ruhe. Das Geschäft lief gut, und statt nach Lima zurückzufliegen, konnte ich vorläufig alles Wichtige vom Hotel aus erledigen.

Und da saß ich nun und starrte auf den Bildschirm. Über eine kleine Videokamera, die in meinen Laptop eingebaut war, hatte ich gerade über eine Entfernung von 3000 Kilometern einen »Business Chat« mit Adolfo geführt. Vor zehn Jahren war das Internet für mich noch eine Utopie gewesen, nun konnte ich mir gar nicht mehr vorstellen, ohne dieses Wunder zu leben, das die neue Technologie uns geschenkt hatte. Ich konnte immer und überall mit Freunden auf der ganzen Welt in Kontakt treten, ich konnte sogar herausfinden, wann irgendeine Welle an irgendeine Küste auf der Welt schlug!

Was für ein Glück, daß ich das erleben durfte!

Wie immer holten wir den Admiral am Wochenende ab. Señora Gonzales war froh, daß er neue Freunde gefunden hatte. Sie spürte, wie der Admiral sich veränderte, und da sie wußte, daß es ihm auf keinen Fall schaden konnte, durften wir ihn ausführen.

Am Nachmittag kamen wir am Leuchtturm an, wie Wattebäusche zogen weiße Wolken vor die Sonne.

Und wie beim ersten Mal stieg der Admiral wieder aus dem Rollstuhl, kaum daß wir angekommen waren. Er zündete seine Pfeife an, ging an den Rand der Klippen und sah auf dieses wundervolle Meer, während wir die Baumaterialien ausluden, die wir unterwegs gekauft hatten. Paola war nun ganz in ihrem Element

≈

62

als Architektin und hatte angefangen, die Westwand des Leuchtturms wieder hochzuziehen.

»Ich bin hier die Frau! Wärt ihr Gentlemen so nett und würdet Ziegel und Zement heraufbringen? Danke!«

Ich sah den Admiral lächelnd an. »Frauen!«

Er lachte schallend.

Wir transportierten die Ziegel aufs zweite Deck. Paola hatte einen genialen Flaschenzug entwickelt, mit dem man Material vom Erdgeschoß hochhieven konnte. Der Admiral legte die Ziegel unten in die Körbe, ich zog sie hoch und mauerte. Von meinem Arbeitsplatz aus hatte ich einen phantastischen Blick. Pinien, so weit das Auge reichte, und unten brachen sich tosend die Wellen.

»Admiral?«

»Ja, Martin?«

»Was waren Ihre hauptsächlichen Aufgaben als Leuchtturmwärter?«

»Nun, bevor es Elektrizität gab, mußte ich die Laterne bei Sonnenuntergang anzünden und bei Sonnenaufgang wieder löschen. Ich hatte acht Stunden Wache in der Nacht und kletterte ein- bis dreimal den Turm hinauf, um das Feuer zu prüfen und die Gewichte der Uhr wieder aufzuziehen. Dieser Leuchtturm hat hundertdreißig Stufen, manche haben bis zu zweihundert! Wir Leuchtturmwärter heißen auch ›Wickies‹, weil wir den verbrannten Laternendocht abschneiden mußten, damit die Linse nicht verrußte. Das Messing mußte poliert, alle Fenster mußten geputzt werden; manchmal brauchte ich einen ganzen Tag, allein um die Linse zu säubern. Die Linsen und Fenster auf dem Laternendeck mußten immer sauber sein, damit das Licht in keiner Weise gedämpft wurde und ...«

Paola hatte uns zugehört, sie war irritiert. Das spürte ich, und auch der Admiral spürte es.

»Was ist, Paola?« fragte er.

Paola zögerte erst, doch ich wußte, daß es aus ihr herausmußte.

»Warum sprechen Sie denn außerhalb des Leuchtturms nie mit

≈

63

anderen? Señora Gonzales hätte fast gemerkt, daß Sie mit uns geredet haben.«

»Haben Sie ihr etwas gesagt?«

»Nein, aber ich fühlte mich fast verpflichtet. Ich verstehe Sie nicht, Admiral. Was haben Sie davon, wenn Sie anderen das Wort verweigern? Sie haben so viel zu geben!«

Der Admiral stieg die Treppe hinauf. Oben zog er sich seinen alten Sessel an sein geliebtes Fenster heran, wo Paola arbeitete. Er setzte sich zu ihr und blickte aufs Meer hinaus.

»Sie verstehen es immer noch nicht, Paola.«

»Nein.«

»Jenen, die nicht so denken wie ich, habe ich nichts zu sagen. Als ich jung war und mir das Herz auf der Zunge lag – wissen Sie, was damals passierte? Die Leute dachten, ich sei verrückt. Und im übrigen habe ich nicht mehr sehr viel Zeit, Paola.«

»Vielleicht denken Sie anders als andere, aber ich finde daran nichts falsch, solange man seine Einstellungen gegenseitig respektiert.«

»Ach, schöne Paola! Welch weise Worte enthüllt Ihr zarter Atem! Wenn doch die Dinge so einfach wären! Aber Sie wissen, warum sie nicht einfach sind ...«

Ich sagte nichts. Ich wußte genau, was der Admiral wollte und wie er gelebt hatte.

»Vielleicht ist es wirklich nicht einfach«, sagte Paola. Ihre Stimme war nun fester. »Ich glaube, es liegt weniger daran, was Sie sagen, sondern wie Sie es sagen.«

»Wie meinen Sie das?«

»Nun, es macht weniger Sinn, mit einem Kind über, sagen wir, Biologie zu sprechen, als mit einem Biologen.«

»Geben Sie mir ein Beispiel.«

Paola kletterte durchs Fenster und setzte sich im Schneidersitz auf den Boden.

Laß es, Paola! dachte ich. Mach lieber mit der Mauer weiter!

Zu spät.

≈

64

»Stellen Sie sich vor, Sie betrachten einen Kolibri, der Nektar aus einer Blüte saugt.«

»Ja?«

»Wäre ich Biologin, würde ich den wissenschaftlichen Namen des Kolibris kennen, ich würde wissen, wie lange er lebt und wievielmal in der Sekunde er mit den Flügeln schlägt.«

»Richtig.«

»Wäre ich aber ein Kind, würde ich einfach nur fasziniert zusehen, wie dieser schöne Vogel so häufig mit den Flügeln schlägt, daß ich es kaum wahrnehme. Aber ich würde nicht wissen, wie der Vogel in der Fachsprache heißt, und auch nicht, wie lange er lebt.«

Der Admiral lächelte. »Aber der Kolibri, egal, wer ihn betrachtet, ist und bleibt ein Kolibri.«

»Natürlich«, sagte Paola.

»Und der Kolibri selbst weiß nicht, wie oft er mit den Flügeln schlägt, wie sein wissenschaftlicher Name ist und wie lange er lebt.«

»Ja, klar.«

»Also, liebe Paola, wer weiß mehr über den Kolibri? Der Biologe, der nur erklären kann, was ein Kolibri ist? Das Kind, das nur fühlen kann, was es heißt, ein Kolibri zu sein? Oder vielleicht der Kolibri selbst?«

Wir schwiegen eine Weile. Ganz tief in unseren Herzen kannten wir die Antwort; wir mußten sie nicht aussprechen.

Die Sonne schob sich hinter den Horizont, die Dämmerung schluckte das Tageslicht.

»Darf ich Sie etwas fragen, Paola?«

Der Admiral stand auf und sah Paola mit jenem warmherzigen Lachen an, das wir so gut kannten.

»Wer hat nun unrecht? Jener, der die Dinge sieht, wie sie wirklich sind, und es vorzieht, den Mund zu halten? Oder derjenige, der gläserne Wände vor sich aufbaut und den Träumer, der er ist, darin einsperrt?«

Jahreszeiten

Wir hatten den Admiral im Leuchtturm zurückgelassen und wanderten über die schroffen Klippen. Es war einer jener schönen sonnigen Tage, wie sie in diesem Teil der Welt häufig sind.

Als wir zurückkamen, saß der Admiral auf dem Wohndeck am Fenster und betrachtete die Möwen am blauen Himmel. Seine dicke Pfeife brannte, er hielt sie in der linken Hand wie einen alten Freund.

Wir hatten wochenlang gearbeitet, die Westwand nach und nach restauriert und dem Leuchtturm die Pracht zurückgegeben, die die Jahre des Verlassenseins ihm geraubt hatten. Nun sah er fast wieder wie neu aus.

»Hallo, Admiral!«, sagte ich.

»Hallo, Martin, hallo, Paola. Schön, daß Sie wieder da sind. Verbringen wir doch diesen wunderbaren Morgen zusammen. Sehen Sie doch!«

Er zeigte zum fernen Horizont, wo sich ein paar Wale tummelten. Sie waren auf ihrer Wanderung in wärmere Gewässer, nun, da an der Färbung der Bäume hinter dem Leuchtturm die ersten Zeichen des Herbstes auf der Südhalbkugel sichtbar wurden.

»Admiral?«

»Ja, mein Freund?«

»Gibt es denn eine Jahreszeit, in der Sie sich besser, lebendiger fühlen?«

»Warum fragen Sie?«

»Die Bilder, die Sie vom Leuchtturm gemalt haben, haben mich sehr beeindruckt. Ich sah sie bei meinem ersten Besuch im Heim. Der Leuchtturm sieht immer gleich aus, nur die Umgebung ist immer eine andere, als wäre der Wechsel der Jahreszeiten wichtig für Sie.«

≈

»Schön, daß Ihnen das aufgefallen ist, Martin. Für mich sind alle Jahreszeiten schön, wenn man sie mit reinem Herzen betrachtet. Der Sommer bringt Wärme, der Winter Kälte und Ruhe. Das Frühjahr sagt uns, daß das Leben nun wieder erblüht, der Herbst erinnert uns daran, daß alles Leben sterben muß. So schließt sich der Kreis, den alles Leben durchläuft. Was mich am meisten zum Nachdenken anregt, sind die Übergangszeiten. Will der Winter sterben, damit der Frühling uns neue Hoffnung geben kann? Oder macht der Frühling dem Winter ein Ende? Endet der Sommer, weil sich die Dinge eben ändern müssen, oder sagt uns der Herbst schon im voraus, daß nichts ewig währt? Ich fühle mich in jeder Jahreszeit wohl. Aber der Wechsel der Jahreszeiten schenkt mir die tiefsten Gefühle. Als würde ein alter Freund mir auf Wiedersehen sagen bis zum nächsten Jahr und ein anderer Freund vom Horizont her winken und mir sagen, daß er zurückgekommen ist.« Er hielt inne und schenkte seine Aufmerksamkeit dem Tee, den Paola ihm gegeben hatte.

Er ist wie ein Jugendlicher, dachte ich. Er sieht aus wie ein Erwachsener, ist im Herzen aber noch ein Kind und betrachtet die Dinge, als würde er sie zum erstenmal sehen. Er hat nicht die geringste Angst, etwas Neues zu lernen oder zu tun. Alles scheint ihn zu faszinieren.

»Und die Nacht?« fragte Paola.

»Kommen Sie, schöne Paola, lassen Sie mich Ihnen ein Geheimnis anvertrauen. Sie haben mir schon so viel gegeben, daß ich Ihnen gerne etwas zurückgeben würde. Sehen Sie in den Himmel.«

Paola hob den Kopf.

»Suchen Sie sich einen Stern aus.«

»Ich sehe keine Sterne, es ist Mittag, Sterne gehen erst am Abend auf, Admiral.«

»Dann meinen Sie also, Sterne gibt es nur bei Nacht?«

»Nein, sie sind immer da, irgendwo da oben, aber ich kann sie nicht sehen.«

»Können Sie die gläserne Wand immer noch nicht durchschreiten, Paola?«

»Wie bitte?«

»Schließen Sie die Augen.«

Sie schloß langsam die Lider.

»Bei Tag warten die Sterne nur auf die Nacht, wo sie ihr Licht
zeigen können. Aber sie leuchten immer, bei Tag und bei Nacht.
Was sehen Sie nun, Paola?«

Sie lächelte mit geschlossenen Lidern.

»Was sehen Sie?«

Sie lachte. »Ob Sie es glauben oder nicht, ich sehe Millionen
und Abermillionen von Sternen!«

»Warten die Sterne also auf die Nacht, oder können wir am
hellichten Tag in die Nacht reisen?« Sanft nahm er ihre Hände.
»Sie haben die Glaswand durchschritten, Paola. Lassen Sie Ihre
Augen noch zu und betrachten Sie weiter Ihre Sternennacht.
Wählen Sie einen Stern von Ihrem ganz eigenen Himmel und lassen ihn durch Ihr Leben leuchten, machen Sie ihn zum schönsten, zum tollsten Stern, so schön, daß alle anderen Sterne am
Himmel für einen Augenblick aufhören zu leuchten und er ganz
alleine am Himmel strahlt.«

»Ja, ich hab ihn!«

»Gut. Das ist nun für immer Ihr Stern, Paola, und es liegt nur
an Ihnen, ob Sie ihn Ihr ganzes Leben lang, Tag und Nacht,
leuchten lassen. Der Stern wird immer für Sie dasein, auch wenn
es stürmt und die Brandung an die Klippen kracht, auch wenn Sie
sich verlieben, wenn Sie lieben und die Bilder in den Spiegeln auf
den anderen projizieren. Doch vor allem wird der Stern dasein,
wenn Sie aufrecht auf den Schwingen Ihres Traums stehen,
Paola.«

»Wie das Licht des Leuchtturms«, sagte sie.

Der Admiral lächelte. »Ja.« Er sah sie eine Weile an, dann sagte
er: »Meinen Sie, Sie werden je malen oder wunderbare Mosaiken
machen?«

≈

Sie sah ihn verdutzt an.

»Woher wissen Sie von den Mosaiken?«

»Martin hat es mir gesagt. Aber das ist nicht der Punkt. Meinen Sie, Sie werden es tun?«

»Ich weiß nicht, ob ich das kann.«

»Sie können, Paola, ich weiß, daß Sie es können. Sie haben eine Gabe, die nicht von Ihren zarten Händen kommt, sondern von innen, und was Sie haben, kann nie vergehen, aber es ist hinter der gläsernen Wand. Durchbrechen Sie die Wand, Paola. Sie sind Künstlerin, Sie können Ihren Traum leben.«

»Meinen eigenen Traum ...«, sagte Paola mit Tränen in ihren wunderschönen braunen Augen.

»Wissen Sie, warum ich Kinder so bewundere?« fuhr der Admiral fort. »Wenn ich unter Kindern bin, fühle ich mich nicht mehr als Erwachsener. Sie erinnern mich immer daran, daß es Wichtigeres im Leben gibt, als die meisten Erwachsenen meinen – Fahrradfahren, mit einem Reifen spielen, an einer Rose riechen, zusehen, wie ein Vogel ein Nest baut, malen, Mosaiken machen. Und keine Angst vor den gläsernen Wänden haben ...«

Ich nahm Paolas Hand. Der Admiral stellte sich ans Fenster, sah in den Himmel, und als wären wir gar nicht da, sprach er zum Wind:

O Leben,
Du bist ein Risiko.
Doch wenn es nicht so wäre,
Wärst Du ein Nichts!

≈

69

Verzeihen

Ich war fasziniert, wie der Admiral Paola das Wesen enthüllte, das immer in ihr geschlummert hatte, ohne daß sie es kannte.

Dieser Mann war fast wie ein Vater für uns, er war so weise, daß ich mir die Gelegenheit nicht entgehen lassen wollte, ihn um Rat bezüglich einer schmerzlichen Erinnerung zu fragen, die ich nun schon so lange in mir verschloß. Ich hoffte, der Admiral würde mir helfen, diese gläserne Wand endgültig zu durchschreiten, was mir allein bislang nicht gelungen war.

»Admiral?«

»Ja, Martin?«

»Darf ich Ihnen etwas erzählen?«

»Natürlich.«

»Der Tod meiner Mutter hat mich am meisten geschmerzt im Leben. Mir brach wirklich das Herz.«

»Sie meinten damals wohl, alles sei zu Ende.«

»Ja. Und ich habe, glaube ich, einen Fehler gemacht.«

»Und der wäre?«

»Anstatt mir bewußt zu machen, was geschehen war, warum sie gehen mußte, was ihr Schicksal gewesen war, wollte ich nur noch vergessen. Ich fing an zu trinken.«

»Viel?«

»Mehr als das Übliche. Doch als mein Herz aufhörte zu trauern, trank ich weiter. Ich habe mir nie klargemacht, daß mir das schaden könnte, aber es hat mir geschadet.«

»Auf welche Weise?«

»Ich habe sehr viele Menschen verletzt. Ich tat Dinge, die ich später bereute. Ich möchte andere doch nicht verletzen!«

»Trinken Sie immer noch?«

»Nein, ich habe aufgehört. Paola mochte es nicht.«

≈

»Taten Sie es für Paola?«

»Nein, für mich.«

»Das ist gut, mein Freund. Wenn Sie so eine schwierige Entscheidung treffen, dann sollten Sie dies nur für einen Menschen tun, dem es dadurch wirklich bessergeht: für Sie selbst.«

»Das stimmt. Aber ich fühle mich immer noch schuldig wegen all des Leids, das ich anderen und mir selbst zugefügt habe.«

»Hören Sie, Martin: Wenn Sie andere und sich selbst verletzen, beweist das nur, daß Sie ein Mensch sind wie jeder andere auch. Was Sie taten, war falsch – aber machen wir denn nicht alle Fehler? Seien Sie nicht so hart zu sich selbst.«

»Ich versuche es. Aber die Erinnerungen kommen immer wieder hoch, und dann fühle ich mich so schuldig ...«

»Das ist doch gut«, sagte er. »Das zeigt, daß Sie Ihren Fehler erkannt haben. Aber für jedes Problem gibt es auch eine Lösung.«

»Was soll ich also tun?«

»Bitten Sie diejenigen, die Sie verletzt haben, um Verzeihung. Und vor allem sich selbst. Hegen Sie keine Bitterkeit in Ihrem Herzen, denn sonst muß das Glück sich einen anderen Hafen suchen. Jedes Scheitern birgt die Möglichkeit, von vorn anzufangen und es klüger anzustellen. Durchschreiten Sie die gläserne Wand, Martin, und gehen Sie weiter auf Ihrem Weg.«

Er hatte recht. Ich mußte meine Schuld begleichen. Und das würde ich auch tun.

»Was halten Sie von Paola, Admiral?«

»Menschlich gesehen?«

»Ja.«

»Sie ist wunderbar, sie hat zwar immer noch ein bißchen Angst vor dem Leben, aber sie ist eine zarte Seele, die sich danach sehnt, ihre Bestimmung zu finden.«

»Wir haben ein Problem, Admiral – nicht wir beide, aber im Umfeld unserer Beziehung.«

»Paolas Eltern?«

»Ja. Paola hat versucht, mit ihnen zu reden, ihnen begreiflich zu machen, warum sie tut, was sie tut. Aber es hat nicht geklappt. Ich kann nicht mit ansehen, wie Paola leidet, sie liebt ihre Eltern doch von ganzem Herzen. Aber sie sind immer noch nicht damit einverstanden, wie wir unsere Beziehung leben. Sie wollen, daß wir heiraten; erst dann dürften wir zu zweit all die Dinge tun, die wir tun – reisen, zusammenleben. Wir haben zwar nicht das Gefühl, daß wir etwas falsch machen, weil wir einander doch so lieben, aber ich kann einfach nicht verstehen, warum manche Menschen das Leben immer nur aus ihrer Perspektive sehen. Damit will ich sagen: Wenn wir nicht mit ihren Ansichten konform gehen, finden sie falsch, was wir tun. Auf meinen Reisen durch die Welt wurde mir bewußt, daß Einstellungen je nach Ort verschieden sind. Ich habe gelernt, die Ansichten und Haltungen anderer zu respektieren. Aber warum respektieren sie nicht auch unseren Wunsch, unser Leben nach unseren eigenen Vorstellungen zu leben?«

»Das ist eine schwierige Frage. Vielleicht haben sie immer nur einen Weg gesehen, wie die Welt funktioniert, und sie haben Angst, ihre Tochter könnte Entscheidungen treffen, die ihrer Erziehung entgegenstehen. Vergessen Sie nicht, daß noch vor nicht allzulanger Zeit die Kirche und andere Einrichtungen das Leben der Menschen bestimmten. Man mußte die Regeln einhalten, die uns die Gesellschaft auferlegte, ansonsten war man geächtet. Und zufällig trug ich dieses Stigma von Anfang an.«

»Was sollte ich Ihrer Meinung nach tun?«

»Was sagt Paola dazu?«

»Ich weiß es nicht. Wenn wir zu zweit sind, ist unser Leben voller Magie. Die Liebe leitet uns, und wir fühlen uns wohl, wenn wir zusammen all das machen, was wir so gerne tun. Doch wenn wir dann wieder bei ihren Eltern sind, bin ich mir nicht sicher, ob sie Schuldgefühle hat, weil sie nicht tut, was ihre Eltern von ihr erwarten, oder ob sie solche Angst vor ihnen hat, daß sie ihnen nicht sagt, was sie denkt.«

Der Admiral sah zum Fenster heraus. »Nun, Martin, ich kann

≈

72

Ihnen nur raten, sie so sehr zu lieben, wie Sie nur können, und ihr diese Liebe auch zu zeigen. Sie sollten ihre Eltern respektieren, denn sie lieben Paola auf einzigartige Weise. Aber lassen Sie sich von Dritten nicht in Träume hineinreden, die einzig und allein Ihnen und Paola gehören. Wenn Sie beide ganz tief in Ihren Herzen überzeugt sind, daß Sie nichts Falsches tun, dann muß Paola einsehen, daß nicht sie diejenige ist, die ihre Eltern verletzt, sondern daß ihre Eltern sich selbst verletzen, indem sie nicht sehen, daß es mehr als einen Weg durch das Leben und zum Glück gibt. Sie müssen erkennen, daß Ihre Beziehung nur Sie und Paola etwas angeht. Aber so hart Paolas Eltern auch wirken, Sie müssen immer daran denken, daß in jeder harten Schale auch ein weicher Kern steckt, der geliebt und geachtet werden will.«

»Manchmal ist sie so durcheinander. Sie kann nicht mit ihrem Vater sprechen, und dann wird alles nur noch schlimmer. Ich weiß nicht, ob sie sich gegen Traditionen und Konventionen stellen kann.«

»Sie kann die gläserne Wand nicht durchschreiten.«

»Genau.«

»Niemand kann alle gläsernen Wände seines Lebens durchschreiten«, sagte der Admiral. »Manchmal braucht es viel Zeit, und es gehört viel Mut dazu. Geben Sie ihr also Zeit und Raum, damit sie erkennen kann, was sie selbst will. Doch warten Sie nicht zu lange, denn vielleicht kann sie sich am Ende nicht entscheiden, und das ist immer schlimmer, als eine Entscheidung zu treffen, ob sie sich nun gut oder schlecht auswirkt. Und es ändert nichts an den Tatsachen, wenn man die Augen davor verschließt. Aber hüten Sie sich davor, in ein Leben hineingezogen zu werden, das Sie nicht leben wollen. Je früher Sie und Paola eine Entscheidung treffen, desto besser. Ich weiß, daß die Liebe alles erträgt, daß ihr Vertrauen grenzenlos ist, daß sie niemals die Hoffnung verliert und alles überdauert. Aber treiben Sie die reine Liebe nicht an ihre Grenzen, das wäre sehr gefährlich. Sie können Paola mit Ihrer Liebe, Ihrer Kraft und Ihrem Glauben unterstützen, aber nur sie selbst kann ihre Glaswände durchschreiten. Das kann ihr niemand abnehmen.«

In diesem Augenblick kam Paola herein. Sie hatte einen Spaziergang auf den Klippen gemacht und Kiesel für ihre Mosaiken gesucht.

»Hallo, Paola.«

»Hallo, Admiral, hallo, Martin.« Sie kam zu mir und küßte mich zärtlich.

Der Admiral sagte zu ihr: »Ihr Glück ist die perfekte Widerspiegelung Ihrer Seele. Und Ihre Liebe für Martin ist nicht käuflich; wichtiger noch – sie ist nicht verkäuflich.«

»Worüber habt ihr denn geredet, Martin?«

Der Admiral stand auf und blickte wieder zum Fenster hinaus auf die Welt, die er so liebte.

»Manche Leute tanzen nach dem Rhythmus eines fremden Trommlers, Paola«, sagte er. »Sie handeln anders, weil sie anders empfinden. Manchmal bringt ein Unglück so viel Schmerz, daß man sich verirrt. Dann ändert sich plötzlich die Welt. Aber man muß weitergehen und es besser machen.«

Er drehte sich um.

»Eine Veränderung ist nie einfach, Paola. Das weiß ich aus eigener Erfahrung. Sie wollen mit aller Kraft am Altbekannten festhalten, aber Sie wollen sich auch mit aller Kraft ändern und der Stimme Ihres Herzens folgen. Das kann ganz schön hart werden. Aber denken Sie immer daran: Das Schlimmste, was Sie tun können, ist, Ihr Leben zu vergeuden, indem Sie nichts tun und sich nie entscheiden. Das Leben ist voll von solchen schwierigen Entscheidungen. Immer wenn Sie eine Tür öffnen, schließen Sie eine andere. Und doch müssen wir am Ende zu unseren Entscheidungen stehen und danach leben, egal, wie sehr uns das Herz blutet und wie sehr es uns schmerzt.«

»Ja, es schmerzt«, sagte sie.

»Als Kind ist alles ganz einfach. Wenn man älter wird, verliert sich der Zauber, und in gewisser Weise verlieren wir auch uns

≈

selbst. Wir machen Fehler. Wir sperren das Kind in uns ein und lassen es nicht heraus. Wir dämpfen den Zauber des Lebens, indem wir uns hinter der gläsernen Wand verstecken. Es ist schwierig, mit sich in vollkommenem Frieden zu sein, Paola. Aber Sie haben in diesem Meer des Lebens einen Schatz gefunden: die Liebe, die Martin für Sie hegt; Ihre Familie und Ihre Träume. Und Martin weiß, daß die Natur mehr gibt, als sie nimmt. Und das Meer wird Martin immer wieder zu dem Mann führen, der er sein will. So sollte es auch bei Ihnen sein, Paola, mit der Erfüllung, die Sie in Ihren Mosaiken gefunden haben.«

Möwen glitten über den Leuchtturm. Der Admiral sah auf und sagte:

Wie leicht verliert man sich im flatternden Schwarm der Möwen!
Doch konzentriere dich auf eine einzige,
Beobachte sie aufmerksam,
Und dann stellst du plötzlich fest,
Daß sie zwar mit dem Schwarm fliegt und gleitet,
Daß sie aber einzigartig ist.
Das sollten wir auch sein.

Er sah mich an.

»Die Menschen sind nicht dazu bestimmt, alleine zu leben, Martin, jedenfalls nicht für immer. Das Meer hat Ihnen geholfen, Ihren Weg im Leben zu finden, aber betrachten Sie die Möwen und Delphine – sie sind dazu bestimmt, ihren eigenen Weg zu gehen, aber sie sind nicht allein; nicht immer.«

Dann wandte er sich an Paola: »Ich habe gemerkt, daß ich nicht in der Vergangenheit leben kann. Können Sie das, liebe Paola? Meinen Sie nicht, es ist an der Zeit, sich den Wind der Zukunft um die Nase streichen zu lassen, woher er auch weht? Ihr Herz frei atmen und Sie dorthin führen zu lassen, wohin Sie gehen wollen – unabhängig von der Meinung anderer?«

»Irgendwann wird es soweit sein«, sagte sie.

≈

Der Admiral nahm ein altes Kaleidoskop aus der Tasche und gab es Paola. »Halten Sie es ins Licht.«

»So viele schöne Farben!«

»Nun denn, Paola, gehen Sie in das Land der tausend Regenbögen, an den Ort, wo alle Farben ihren Zauber in schönster Harmonie enthüllen. Sehen Sie die Dinge mit den Augen Ihres eigenen Herzens, nicht mit dem der anderen. Vergessen Sie für einen Moment, welche Farben die anderen wählen würden. Träumen Sie. Durchschreiten Sie die gläsernen Wände, wählen Sie Ihre eigene Farbe, Ihr eigenes, wunderbares und einzigartiges Licht und folgen Sie ihm. Verteidigen Sie Ihre Überzeugungen mit Taten, nicht mit Worten. Leben Sie, so gut Sie können, geben Sie nicht auf. So wird Ihr Leben seinen eigenen Weg finden. Sie werden die Geheimnisse des Lebens entdecken, in allen Hindernissen eine Chance finden und Rückschläge zu Sprungbrettern machen. Sie werden lernen, immer Sie selbst zu sein, egal, was andere denken.«

Erleuchtung

»Erzählen Sie mir von den Leuchtfeuern«, bat Paola den Admiral. »Inwiefern unterscheiden sie sich?«

»Oh, auf verschiedene Weise«, antwortete er. »Da gibt es zum Beispiel die Fresnel-Linse. Sie besteht aus einer zentralen konvexen Linse und sie umgebenden Glasprismen, die das Licht durch Refraktion stark bündeln und durch Reflexion weit tragen.«

»Refraktion und Reflexion?« fragte sie.

»Durch Reflexion wird der Lichtstrahl gebrochen und zurückgeworfen, durch Refraktion wird er gekrümmt. Aber das ist nicht alles: Am wichtigsten ist die Laterne, die Lichtquelle hinter der Linse, ob es nun ein elektrisches Licht ist oder eine Öllampe. Die Linse grenzt das Licht scharf ab und macht es ganz hell, und durch die Verglasung des Laternendecks, die ›Sturmscheiben‹, wird das Leuchtfeuer noch zusätzlich verstärkt.«

»Das klingt ziemlich kompliziert«, meinte Paola.

»Ganz und gar nicht! Betrachten Sie es wie ein Kinderspiel. Wenn man etwas liebt, versucht man, es schon zum reinen Vergnügen nicht kompliziert zu machen.«

»Meinen Sie?«

»O ja! Haben Sie nicht manchmal das Gefühl, Sie würden eher spielen als arbeiten, wenn Sie ein Gebäude planen?«

Sie lächelte. »Doch.«

»Geben Sie uns doch ein Beispiel, Admiral, dann verstehen wir besser, was Sie meinen«, sagte ich.

»Als Kind spazierte ich oft mit meinem Vater über Klippen, ähnlich wie diese hier. Ich erinnere mich vor allem daran, daß ich ihn immer an der Hand nahm.«

»Die kleine Hand hält die große«, sagte ich.

»Ja, genauso war es. Nicht die große starke Hand hielt die

≈

77

kleine, sondern die zarte kleine Hand hielt die große. Das vergesse ich nie. Es war nur ein Moment – aber diese Erinnerung wird mir immer bleiben. Und nun, im Herbst meines Lebens, weiß ich, daß ich von jenen, die ihre kindliche Naivität noch nicht verloren haben, die die Dinge immer noch so sehen können, wie sie wirklich sind – nämlich ganz einfach –, daß ich von jenen immer noch eine Menge lernen kann. Und dank dem Kind, das ich mein ganzes Leben lang war, weiß ich auch, daß ich die Wahrheit überall gesucht habe, wo sie doch immer in meinem Herzen war – wie die kleine Hand, die bei der großen Hand Sicherheit suchte, während ich die große Sonne betrachtete, die unterging und im Meer versank. Nehmen Sie also das Leben nicht zu ernst, Paola, und genießen Sie seine Wohltaten. Sie müssen nicht die Größte sein, auch nicht die Stärkste oder Klügste. Seien Sie einfach nur wahrhaftig. Sorgen Sie sich nicht, was andere über Sie denken könnten, sehen Sie die wichtigen Dinge des Lebens; Kinder können sie sehen, Erwachsene übersehen sie meist.«

»Und glauben Sie, daß dann etwas Besonderes mit mir geschieht?« fragte sie.

»Vielleicht wissen Sie es noch nicht, Paola, aber es geschieht schon.«

Ich lächelte.

Der Tag verging schnell. Wir arbeiteten viel, und der Leuchtturm wurde immer schöner. Die junge Nacht zeigte schon ein paar Sterne, der Vollmond ging auf.

Der Admiral hatte sich ans Fenster gestellt, wo er immer stundenlang die Welt außerhalb seiner eigenen Welt betrachtete.

Paola saß draußen auf den Klippen. Ich ging zu ihr und setzte mich neben sie.

»Was denkst du?« fragte ich.

»Er ist eine gute Seele.«

»Wer?«

»Der Admiral.«

≈

»Ja, ich habe Leute immer bewundert, die vor ihrer Zeit geboren wurden und sich durch alle möglichen Schwierigkeiten kämpfen mußten, nur weil sie anders waren. Und am Ende hat die Zeit gezeigt, daß sie recht hatten.«

»Ja«, sagte Paola, »ich glaube, dieser Mann hat mir geholfen, binnen kürzestem das wahre Glück zu berühren, nun bin ich süchtig danach.«

»Du meinst, die gläsernen Wände zu durchbrechen, von denen der Admiral gesprochen hat?«

»Ja, als würde ich die Dinge nun mit anderen Augen und aus einem ganz anderen Blickwinkel sehen.« Sie blickte zum Horizont. »Fast hätte ich für immer die Augen geschlossen, Martin, fast hätte ich mich selbst in dem Chaos begraben, das der Nebel mit sich gebracht hat. Ich konnte mein Leben, meine Träume und mein ureigenes Licht nicht mit meinen eigenen Augen betrachten.«

Ich lächelte. »Schön, das zu hören!«

Sie sah mir in die Augen. »Und weißt du was?«

»Was?«

»Ich kann nun auch sehen, wer du wirklich bist. Ein Träumer. Du bist ein Mensch wie alle anderen, aber du bist und bleibst ein Träumer.«

»Danke.«

»Nichts zu danken. Durch dich wurde mir klar, daß man nur einmal jung ist, aber ich wurde mir auch bewußt, daß man ein Leben lang jung bleiben kann. Daß es tausend Wege gibt, das macht diese wunderbare Reise aus: das Leben.«

≈

Liebe

Auf einem unserer schönen Ausflüge zum Leuchtturm sagte der Admiral gerade mal fünf Kilometer vom Ziel entfernt: »Halten Sie an!«

»Was ist denn, Admiral?« fragte Paola.

»Bitte, halten Sie an.«

Ich hielt neben einer prächtigen grünen Kiefer, sie war mindestens dreißig Jahre alt.

Der Admiral nahm seinen Stock, stieg aus und ging langsam zu dem alten Baum. Er berührte ihn zärtlich, ging in die Knie und umarmte ihn.

Paola und ich sahen schweigend zu.

»Geht es Ihnen gut, Admiral?« rief sie.

»O ja, es geht mir bestens. Jedenfalls besser als sonst.«

»Was bedeutet dieser Baum für Sie?« Ich mußte diese Frage stellen.

Er blickte mich nicht an, er sah immer nur auf den Baum und spielte mit einem kleinen Zweig.

»Diesen Baum hat meine Frau vor vielen, vielen Jahren gepflanzt.«

»Sind Sie sicher, daß es dieser Baum ist? Es ist doch schon so lange her.«

»Kommen Sie.«

Wir gingen zu ihm, er hielt einen Ast in der einen Hand, mit der anderen berührte er eine Inschrift auf dem Ast.

Wahre Träumer empfinden tief,
Trotzdem wollen Sie sich vergnügen.
Sie sind zufrieden und auch nicht.
Sie sind reif, sehnen sich aber nach Wachstum.

≈

Und das liebe ich an Dir, Samuel.
Deshalb, vergiß nicht:
Was auch passiert,
Ich bin immer bei Dir,
Und Du bist bei mir.
Elvira

»Wer ist Samuel?« fragte Paola.

»Ich«, antwortete der Admiral.

Wir schwiegen und spürten beide, daß der Admiral einen übermenschlich tiefen Schmerz empfand.

»Sie fehlt mir so sehr«, sagte er.

So viel Schmerz, so viel Elend konnte Paola nicht ertragen. Sie setzte sich neben ihn.

»Erzählen Sie mir von ihr, bitte.«

»Oh, wunderbare Paola, Sie können sich nicht vorstellen, wie sehr es schmerzt, etwas oder jemanden zu verlieren und nicht zu wissen, ob Sie es oder ihn jemals wiedersehen! Sie war mein ein und alles, und sie hat mich in jeder Hinsicht gerettet.«

»Wie meinen Sie das?«

»Sie hat mir beigebracht, daß die Natur einen Mann oder eine Frau zu dem macht, was er oder sie wirklich ist. Sie hat mir gezeigt, daß das Leben in der Natur, fern der Menschen und der Dinge, die der Mensch macht und tut, gut für die Seele ist. Wissen Sie, Sie war Dichterin, eine Dichterin der Gedanken, nicht der Worte. Aber vor allem hat sie mir gezeigt, was Liebe ist.«

»Hat Sie ihre Gedichte niedergeschrieben?«

»Selten. Sie schrieb ihre Gedanken lieber in den Sand, in den Ast eines alten Baums, an die Mauer des Leuchtturms, in das Flüstern des Winds. Ich hatte großes Glück, mit einer Frau verheiratet zu sein, die ihre Leidenschaft lebte und sie in einem solchen Maß auf mich übertrug, daß das Leben zu einem wunderbaren Abenteuer wurde. Vielleicht war das Geheimnis unserer Liebe, daß wir immer zuerst an das Glück des anderen dachten.«

≈

Er stand auf, stützte sich fest auf den Stock und sah aufs Meer hinaus.

»Solche Tage wie diesen hat sie immer gemocht, den leichten Duft des Herbstlaubs, der auf dem Rücken des Südwinds reitet. Sie liebte Bäume und das Rascheln des Laubs. Sie entspannte sich, wenn sie den Blättern lauschte. Sie schien das Leben mehr zu genießen als jeder andere Mensch, und so verliebte ich mich in sie. Und sie lehrte mich auch noch etwas anderes.«

»Was?« fragte Paola.

»Daß meine Liebe für sie und ihre Liebe für mich nur für uns beide bestimmt waren. Daß wir nur glücklich sein konnten, wenn wir zusammen waren und unseren Traum lebten – egal, was andere dachten.« Er weinte.

Wenn ein Mann weint, kommt das Kind in ihm wieder zum Vorschein, dachte ich.

»Paola«, sagte der Admiral, »gehen Sie hinüber zu dem Gummibaum, und sagen Sie mir, was da steht.«

Sie ging, ich blieb beim Admiral.

»Admiral?«

»Ja, Paola?«

»Soll ich laut lesen?«

Er kämpfte mit den Tränen. »Ja, bitte ...«

Könnte ich doch auf diesem wundervollen Stück Holz
Nicht nur ausdrücken, was ich sehe,
Wenn die Sonne durch die Wolken sticht,
Sondern auch, was ich fühle,
Wenn der Wind mein Gesicht liebkost,
Die Möwen über den Himmel gleiten
Und sie ihren Schwingen danken
Für die Freiheit, durch den Himmel zu ziehen;
Und was ich höre,
Wenn die Wellen tief durch
Meine Seele rauschen.

≈

Was ich atme,
Wenn der Seewind mir sagt,
Wie schön das Leben ist ...
O Leben! Könnte ich doch nur!
Elvira

Wir fuhren weiter zum Leuchtturm. Der Admiral war einge-schlummert. Das war gut so, denn die Zeit würde sein Herz von all den wundervollen und so traurigen Erinnerungen zugleich rei-nigen. Ich fuhr langsam.

»Martin?«

»Ja, meine Prinzessin?«

»Eigentlich ist es schrecklich, jemanden zu lieben.«

»Wie meinst du das?«

»Dichter beschreiben Liebe oft als ein Gefühl, das man nicht kontrollieren kann, das den gesunden Menschenverstand und das Denken ausschaltet. So war es auch bei mir. Ich wollte mich nicht in dich verlieben, und ich glaube, auch du wolltest dich nicht in mich verlieben. Aber als wir uns trafen, war klar, daß wir die Kon-trolle verloren hatten über das, was mit uns geschah. Wir haben uns verliebt, obwohl wir so unterschiedlich sind, und als es pas-siert war, war etwas ganz Seltenes und Schönes entstanden. So eine Liebe habe ich noch nie erlebt, und deshalb schreibt sich jede Minute, die wir zusammen verbringen, in mein Gedächtnis ein. Ich werde keinen einzigen Moment mit dir vergessen.«

»Was willst du mir damit sagen?«

»Daß unsere Zukunft manchmal von dem bestimmt wird, was wir sind, und daß es dem, was wir wollen, entgegensteht.«

»Du kannst nicht immer auf deine Ängste hören«, sagte ich. »Ich kann mir nicht aussuchen, was ich fühle, aber ich kann wäh-len, was ich tue.«

»Du bist mir ein Rätsel.«

»Sind wir nicht alle ein Rätsel?«

≈

Schließlich kamen wir an. Der Admiral war kurz vor der Ankunft aufgewacht, er sah traurig aus.

Paola machte einen richtigen englischen Tee mit Keksen und Kuchen. Wir wollten den Admiral aufheitern und ihm ein Lächeln entlocken.

»Es geht mir gut«, sagte er. »Erinnerungen sind schön, aber manchmal schmerzen sie. Ich wäre jetzt nicht so traurig, wenn ich mit meiner geliebten Elvira nicht so glücklich gewesen wäre. Ich werde sie nie vergessen, ich werde immer an sie denken.«

Er stand vom Tisch auf und ging zu seinem geliebten Fenster. Wir sagten nichts, wir wußten nicht, was wir sagen sollten.

»Richtig dicke Suppe, dieser Nebel heute«, sagte er mit einem Lächeln.

Ich mußte zustimmen.

»Das Leben kommt mir manchmal vor wie der Horizont bei Nebel. Wir wissen, daß der Horizont, unser Ziel, da ist, aber wir können ihn im Nebel nicht ausmachen. Wenn wir nur keine Angst hätten, durch den Nebel zu gehen!« sagte er.

»Ich glaube, es ist zutiefst menschlich, Angst zu haben, wenn man nicht weiß, wohin die Reise geht, Admiral.«

»Das stimmt. Aber der Nebel verhüllt den Horizont nur manchmal, an klaren Tagen wirkt es ganz einfach, ihn zu erreichen.«

»Manchmal denken wir eben, wir hätten keine Kontrolle über unsere Probleme.«

»Nicht nur über die Probleme, Martin, sondern auch über deren Lösungen.«

≈

Gläserne Wände

Der Leuchtturm strahlte so hell wie nie zuvor.

Wir hatten gar nicht richtig gemerkt, daß unsere Restaurierungsarbeiten schon Früchte trugen. Die Westwand war nun fast fertig, und in den Innenräumen hatte ein neuer Anstrich Wunder gewirkt; wir hatten auch die Felsen gereinigt, die das Gebäude stützten, und die Löcher im Putz verspachtelt. Alles sah nun wieder bewohnt aus und war schöner denn je.

Ich arbeitete mit dem Admiral zusammen draußen an der Westwand.

»Ein wunderbarer Blick!« sagte er.

Ich mußte ihm beipflichten.

»Haben Sie auch schon erlebt, daß sich oft ein gutes Gespräch ergibt, während man von den Wundern der Natur hingerissen ist?«

Ich lächelte. »O ja!«

Er saß neben einer Felsspalte, die noch gefüllt werden mußte, zündete seine Pfeife an und blickte aufs Meer. Paola setzte sich zu mir und schwieg.

»Wer besitzt Ihrer Meinung nach die Wahrheit, Martin?« fragte er unvermittelt.

»Ich weiß es nicht. Die Wahrheit liegt immer im Auge des Betrachters.«

»Und doch – wenn Sie eine Meile weiter gehen, als Sie müßten, wenn Sie eine Weile länger suchen, als man von Ihnen erwartet, werden Sie sicherlich erkennen, daß die Wahrheit, unabhängig vom Betrachter, fest dasteht, wie ein Fels in der Brandung, und auf denjenigen wartet, der ein Stückchen weiter wandert, um mit dem Herzen zu sehen und nicht mit den Augen.«

»Je mehr man im Leben lernt, desto näher kommt man der Wahrheit – meinen Sie das?«

≈

»Wenn Sie die Ketten der Welt sprengen, Martin, finden Sie die Wahrheit, das meine ich. Durchbrechen Sie die Glaswand, treten Sie ein in die Musik, die Sie hören. Öffnen Sie Ihre Seele und Ihr Herz den Wundern, die vor Ihnen liegen. Genießen Sie die Wahrheit, nach und nach, und machen Sie aus Ihrem Leben etwas Einzigartiges. Das ist der Unterschied, jedenfalls war er es für mich.«

Er drehte sich zum Leuchtturm, auf dessen Mauer verblichene Bilder von Kriegsschiffen prangten wie Geister der Vergangenheit.

»Trotzdem muß ich Paolas Frage wiederholen, Admiral – ich finde richtig, was Sie sagen, und ich weiß, daß viele andere Menschen Ihnen nur zu gern zuhören würden. Warum sprechen Sie denn mit niemandem?«

Er lächelte. »Wir alle haben eine Mission, aber wir müssen vorsichtig mit unserem Leben umgehen. Ich weiß, daß ich schweigen mußte, daß ich meine gläsernen Wände durchbrechen und diese Gedanken, die sich daraus ergaben, für mich behalten mußte, um zu lernen, was ich nun weiß.«

»Aber meinen Sie nicht, daß nun die Zeit gekommen ist, wo Sie die Wahrheit sagen und mitteilen können, woran Sie glauben?«

Wie ein Vater nahm er sanft meinen Arm.

»Was tue ich denn Ihrer Meinung nach? Ihnen sage ich, woran ich glaube. Aber Sie haben eine andere Aufgabe als ich, Martin.«

»Wie meinen Sie das?«

»Ich würde mir wünschen, daß Sie all das aufschreiben, was ich Ihnen sage. Verbreiten Sie, was ich in meinem Leben gelernt habe, so wie Paola mir geholfen hat, den Leuchtturm zu restaurieren.«

Paola sah mich lächelnd an. »Nun hast du eine Aufgabe, Martin.«

»Aber *Sie* sind doch derjenige, der etwas gelernt hat, ich stehe erst am Anfang, ich muß noch eine Menge lernen.«

»Das müssen wir doch alle. Ich wurde in eine andere Zeit hin-

≈

86

eingeboren; als ich so alt war wie Sie, beherrschten Konventionen all unser Handeln. Religion, Eltern, Lehrer, sie hatten immer recht, niemand zweifelte daran. Bis auf wenige, aber die kamen nie zu Wort. Gläserne Wände waren überall! Alle dachten, ich schwämme gegen den Strom, der zwischen uns floß, sie merkten nie, daß ich in Wirklichkeit versuchte, ans Ufer zu kommen, raus aus diesem Strudel der Normen, hin zu meinem eigenen Strom, wo ich all die Dinge entdecken konnte, von denen ich Ihnen nun erzähle. Aber das sah niemand – sie konnten es nicht, oder sie wollten es nicht. Es ist leicht, für etwas einzustehen, das kein Risiko birgt. Die meisten Menschen wollen kein Risiko eingehen, denn schließlich könnte man scheitern. Und die meisten sind auch nicht bereit, ihre Träume bis zum Ende zu leben. Ich war bereit, und ich habe den Preis bezahlt, den es kostet, man selbst zu sein. Niemand hat mich verstanden, aber ich konnte nicht gegen meine innere Stimme handeln, ich konnte sie nicht zum Schweigen bringen, ich wollte es auch nicht. Und so streunte meine Seele eine Weile herum, bis ich sie endlich heimführte. Nun, da das Herbstlaub auf mein Leben fällt, wird mir bewußt, daß die Zeit gekommen ist, das Gute zu erinnern und das Schlechte zu vergessen. Zeit, mich anderen mitzuteilen, und die Zeit für Sie, mir bei der Erfüllung meiner Mission zu helfen.«

Paola zitterte. Ich nahm ihre Hand und küßte sie zärtlich auf die Wange. Sie nahm mich in den Arm und legte ihren Kopf an meine Schulter.

Der Admiral sah uns an.

»Seien Sie immer Sie selbst. Die Welt hat sich verändert, und egal, was man Ihnen sagt, sie hat sich zum Guten verändert. Es ist eine wunderbare Zeit zum Leben!« Er fuhr fort: »Paola und Martin, Sie haben mir geholfen, wieder ich selbst zu sein. Nun müssen Sie sich selbst helfen. Ich glaube, für jeden Menschen gibt es eine Liebe auf dieser Welt. Sie haben sich gefunden. Nun hängt es von Ihnen beiden ab, ob Sie auch den Mut haben, diese Liebe zu umfangen, damit sie immer weiter wachsen kann.«

≈

Lebendig sein

Wieder holten wir den Admiral vom Klinikum ab.

Es war ein sonniger, schöner Tag, vielleicht ein bißchen heiß, aber an der Küste würde die Hitze nachlassen. Es gab immer einen Temperaturunterschied zwischen Santiago und der zerklüfteten chilenischen Küste, die vom auflandigen Südwind umweht wurde.

Kaum betraten wir das Hospital, da sah uns die Schwester und kam auf uns zugelaufen.

»Martin! Paola!«

»Was ist denn passiert, Señora Gonzales?« Ich hatte schon Angst, dem Admiral sei etwas zugestoßen.

»Er hat gesprochen!« rief sie aus.

»Wer?«

»Der Admiral! Ich weiß nicht, was Sie immer mit ihm machen, aber er hat sich so unglaublich verändert!« Sie hielt inne und sagte dann: »Das müssen Sie selbst erleben!«

Wir gingen die alte Treppe zum Pavillon hinauf, wo der Admiral schon so viele Jahre lebte. Wir sahen uns um, aber er war nicht da.

»Wo ist er denn?« fragte Paola.

Señora Gonzales strahlte. »Da, vor Ihnen!«

Wir starrten ihn ungläubig an. Der alte, dahinvegetierende Mann aus dem Heim hatte sich komplett verändert. Er trug eine Marineuniform, hatte sein Haar zurückgekämmt und begrüßte uns mit einem breiten Lächeln. Er war der Mann, den wir nur aus dem Leuchtturm kannten.

»Guten Morgen, Freunde!«

»Admiral!«

»Ja, ja, ich weiß, was Sie sagen wollen. Es tut gut, mal wieder in der Welt zu sein.« Und er lächelte, wie nur wir es bislang bei ihm gesehen hatten.

»Und was ist der frohe Anlaß?« fragte Paola.

»Endlich ist mein Traum wahr geworden, Paola. Ich will Ihnen und Martin ein Geheimnis enthüllen, das Ihnen helfen kann, Ihre gläsernen Wände zu durchbrechen und aus Ihrem Leben etwas Einzigartiges zu machen. – Señora Gonzales!«

»Ja, Admiral?«

»Danke für alles. Die Liebe, die Sie mir und anderen hier geschenkt haben, bleibt auf ewig im Universum erhalten, das verspreche ich Ihnen.« Er nahm sie in den Arm und drückte ihr einen Kuß auf die Wange.

»Danke, Admiral.« Ein paar Tränen stahlen sich aus ihren Augen.

Der Seewind war kühl, fast schneidend, als wir am Leuchtturm ankamen. Der Himmel war mit verschiedenen Farben durchwoben – direkt über uns erhob sich ein schwarzer Fleck wie ein Berggipfel, dahinter strahlten unendlich viele Blautöne, die immer heller wurden und zum Horizont hin ausliefen, der grau verschwamm. Ich atmete tief durch, roch die Pinien und das Salz des Meeres.

Ich sah, daß auch Paola all das wahrnahm. Ihre Sinne waren lebendig geworden, regten sie an, und sie spürte, wie ihr Geist die Schönheit dieses Schauspiels durchdrang.

»Alles hat seine Zeit. Auch die Liebe. Und das Gefühl für das, was man fühlen sollte«, sagte sie.

Der Admiral sah sie an und lächelte. Dann blickte er in die weichen hellen Strahlen der Sonne, die durchs Fenster fielen. »Viele der schönsten Gedanken wurden niemals niedergeschrieben und sind auf ewig in den Herzen verschlossen.«

Ich nahm schnell Stift und Notizblock und schrieb auf, was der Admiral gerade gesagt hatte. Wenn ich ein Buch schreiben wollte, müßte ich langsam mit den Notizen beginnen.

»Danke, Martin.«

»Nichts zu danken, Admiral.«

»Ich muß Sie etwas fragen, Admiral«, sagte Paola.

»Fragen Sie nur.«

»Haben Sie sich mit den Jahren sehr verändert?«

Er schenkte sich Bourbon ein und nahm einen Schluck. »Eigentlich nicht. Natürlich bin ich älter geworden, habe mehr gelebt, aber ich habe immer noch den Schalk im Blick. Ich lese Gedichte und hänge meinen Träumen nach. Und ich glaube immer noch, daß das Leben ein kostbares Juwel ist, das wir jeden Tag streicheln sollten.« Er blickte durchs Fenster hinaus. »Wenn ich die Augen öffne, blickt der Mond mich an, der große, runde Wächter der Nacht, und dann frage ich mich: Richte ich mich mittlerweile nach Konventionen und nicht nach meinen Gewohnheiten? Habe ich erkannt, daß man nicht tiefer fallen kann, als wenn man seinen Traum in Gold und Silber verwandelt? Ich habe eine Weile geruht und auf mein Leben zurückgeblickt, nun, da ich die gläserne Wand durchschritten habe. Ich habe in nur einem Augenblick erkannt, wer ich bin und wovon ich träume.« Er drehte sich zu mir um und sagte:

»Das Lied des Meeres, Martin – endet es am Strand oder im Herzen desjenigen, der ihm lauscht?«

Ich schrieb die Worte des Admirals lächelnd nieder. »Ich glaube, es endet im Herzen desjenigen, der ihm lauschen will.«

»Ja, so ist es, mein Freund. Innere Ruhe finde ich genauso im Orkan wie in der Flaute. Und ich habe das Geheimnis des Lebens entdeckt, als ich auf einen Tropfen Meerwasser blickte.« Er hielt inne. »Ich glaube, jeder hat in sich selbst die Kraft, sein eigenes Schicksal zu gestalten. Es ist schwierig, sich selbst zu erobern, und oft geben wir auf. Aber vielleicht liegt die Wahrheit ja hinter der nächsten Ecke. Noch ein Schritt – vielleicht ist es der Schritt, der uns durch die Glaswand führt. So einfach ist das. Sie müssen nur die schönen Dinge nutzen, die das Leben Ihnen bietet.«

Paola sagte: »Aber was ist mit den Menschen, denen das Leben übel mitgespielt hat?«

≈

»Das ist eine harte Nuß, Paola, diese Frage kann ich nicht beantworten. Aber würden Sie aufgeben und behaupten, daß die
Welt Ihnen ein besseres Leben schuldet, nur weil Sie einen schwe-
ren Schlag erlitten haben? Besser, Sie nehmen Ihre Probleme an,
sie sind Teil des Lebens; jeder hat hin und wieder Schwierigkeiten. Nehmen Sie sie als Herausforderung, als Grund zum Kämpfen und Siegen. Stellen Sie sich über Ihre Probleme, Paola, und
Sie werden die innere Stärke entdecken, die Sie dazu brauchen.
Kämpfen Sie dafür, das Land der tausend Träume zu erreichen.«

»Das Land der tausend Träume?« fragte ich.

»Ja. Ein Ort, der weit entfernt ist von der verrückten Masse, ein
Ort, wo es nur Ihr wahres Selbst gibt, wo Sie Ihr inneres Licht
entdecken und herausfinden, wer Sie wirklich sind.«

Die Weisheit des Admirals faszinierte mich. Ich werde nie unsere erste Begegnung vergessen, als er in der Abgeschiedenheit seiner Welt und in völligem Schweigen einhergesegelt war.

»Wir erinnern uns nicht mehr an die Sprache der Kindheit«,
sagte er. »Deshalb wissen wir auch nicht mehr, daß wir selbst so
groß sein können wie unsere Träume. Aber unser Herz ist frei,
und wenn Sie den Mut haben, auf Ihr Herz zu hören, können Sie
auch mit den Augen des Herzens sehen: die universelle Wahrheit,
die nur das Lied des Kolibris ausdrücken kann oder der Regen,
der die Blütenblätter einer Rose streichelt, oder die Welle, die sich
bricht. Glück widerfährt uns nicht in einem einzelnen Augenblick, an einem Tag oder in einem bestimmten Jahr. Das Glück
liegt im Erschaffen des eigenen Lebens, in der Reise zum wahren
Ich.«

≈

Die Mission

Wir waren glücklich über die Lehren des Admirals, aber wir hatten auch ein wenig Angst.

Er bat uns, ihn eine Weile allein zu lassen, und wir hatten das Gefühl, daß wir unsere Mission fast erfüllt hatten, daß es fast vorüber war. Warum? War die Restaurierung des Leuchtturms der einzige Grund, aus dem uns der Admiral so viel von seiner Zeit geschenkt hatte? Und was war mit dem Buch, das er mich zu schreiben bat? Wo sollte ich beginnen? Würden wir am Ende feststellen, daß dieser Mann geistig gestört war, und daß seine Obsession mit dem Leuchtturm ein Symptom dieser Krankheit war?

Paola und ich fuhren am späten Nachmittag zum Leuchtturm zurück. Dichter Nebel hing über den Klippen und tauchte die Szenerie in düstere Nacht. Wir mußten die Scheinwerfer anschalten, um den Weg zum Leuchtturm überhaupt zu finden.

Unten angekommen, war mir ganz mulmig. Was würde uns erwarten? Wir stürzten durch die offene Tür – im Erdgeschoß war niemand, also stiegen wir die Wendeltreppe hinauf aufs Wohndeck.

Eine Kerze brannte. Zuerst sahen wir nicht gut, dann aber gewöhnten sich unsere Augen an das Halbdunkel.

Der Admiral saß in seinem alten Lehnsessel und rauchte Pfeife wie so oft.

»Willkommen, Freunde. Kommen Sie, setzten Sie sich zu mir.« Wir setzten uns.

»Was machen Sie da, Admiral?« fragte ich.

»Oh, ich warte ...«

»Worauf?«

»Das werden Sie schon noch sehen.«

≈

Er stand auf und blickte zum Fenster hinaus in den Nebel.

»Ich wollte Ihnen danken, Paola und Martin, daß Sie mir vertraut haben, daß Sie mir geholfen haben, meinen Traum wahr zu machen.«

»Wir danken Ihnen, daß Sie Ihren Traum mit uns geteilt haben«, sagte ich.

Paola stand auf und gab dem Admiral einen Kuß.

Er lächelte. »Ein wunderbares Gefühl, so zärtlich geküßt zu werden! Das erinnert mich an meine Elvira. Es ist so lange her ...« Er wischte sich schnell ein paar Tränen aus den Augen. »Aber, egal – hören Sie mir nun bitte aufmerksam zu.«

Paola und ich hielten uns an der Hand und warteten auf die Eröffnungen des Admirals.

»Schöne Paola, die Welt ist und bleibt allen Menschen ein Rätsel, und niemand hat Antworten auf alle Fragen, nicht einmal so ein alter Naseweis wie ich.«

Er drehte sich zu mir um. »Sind Sie immer noch der Meinung, ich sei verrückt?«

»Nein, Admiral, ganz und gar nicht!«

»Dann bin ich ja beruhigt.« Er lächelte. »Jeder Mensch kann die Welt besser machen. Jeder kann so groß sein wie sein Traum. Ich glaube, Sie wissen das. Und wenn Sie sich etwas ganz fest wünschen, geht es auch in Erfüllung.«

»Ja, Admiral.« Ich spürte, wie Paola meine Hand umklammerte.

Wieder sah er durchs Fenster.

»Was sehen Sie da draußen, Admiral?« fragte ich.

»Ach, nichts. Aber das Leben ist voller Überraschungen. Wer weiß, was die Herbstnebel bringen.« Er wandte sich wieder uns zu. »Das Leben ist vorbeigerast, aber seit ich meine Träume wiederentdeckt habe, ist es langsamer geworden. Es ist schön, sich jung zu fühlen, auch wenn der Körper unerbittlich die Zeichen der Zeit zeigt. Das können wir nicht ändern. Aber wir können diese Welt ein wenig weiser verlassen, als wir sie betreten haben – das ist das Geheimnis eines erfüllten Lebens. Das Geheimnis, zu wachsen, ohne zu altern. Das Geheimnis, Weisheit zu erlangen, ohne zu predigen.« Er hielt eine Weile inne und fuhr dann fort: »Ist es denn nicht schöner, sich irgendwo jung zu fühlen, als sich überall alt zu fühlen?«

»Ganz bestimmt«, sagte ich.

»Haben Sie Angst vor dem Tod, Admiral?« fragte Paola.

»Nein, der Tod schmerzt nicht. Aber ich habe Angst, daß ich nicht mehr in dieser wundervollen Welt leben darf, daß dieses tolle Abenteuer Leben ein für allemal zu Ende sein wird.«

Er wollte weitersprechen, doch durch den Nebel drang das Horn eines Bootes.

»Es ist Zeit!« sagte er.

»Zeit wofür?« fragte Paola.

»Martin, bitte helfen Sie mir, die Laterne anzuzünden. Schnell!«

Ich sah Paola verdutzt an.

Sie lächelte. »Geh schon!«

»Aber das Leuchtfeuer funktioniert doch gar nicht mehr ...«

Der Admiral sah uns an. »Paola? Martin?«

»Was ist?« Ich bekam Panik.

»Schließen Sie die Augen!«

»Was?«

»Schließen Sie die Augen, Martin. Sie auch, Paola! Bitte! Jetzt!«

Wir sahen uns wieder an, dann schlossen wir die Augen.

»Ich möchte nun zu Ihren Herzen sprechen, zu Ihrem inneren Licht. Träumen Sie, Freunde! Glauben Sie an die Kraft Ihres Traums, an die Macht der Liebe, denn die Macht der Liebe kann jeden Konflikt lösen, sie kann jede Distanz verringern, und sie scheint durch jede Wand aus Glas!«

Ich erinnere mich nicht mehr genau, was dann passierte. Ich spürte jedenfalls, wie Paola meine Hand packte, unsere Augen waren immer noch geschlossen. Ich fühlte einen Frieden wie nie zuvor.

≈

»Und jetzt machen Sie die Augen wieder auf!«

Wir standen immer noch am selben Platz, doch es war ein Wunder geschehen: Der Leuchtturm war kein altes, restauriertes Gebäude mehr – er war wie neu, als hätte die Zeit ihm nichts anhaben können. Er sah genauso aus wie der Leuchtturm, den der Admiral immer gemalt hatte.

»Jetzt, Martin!«

»Was geht denn hier vor?« fragte Paola ganz erschrocken über die Veränderungen.

»Keine Angst!« sagte der Admiral. »Trauen Sie Ihren Augen nicht, sie begrenzen nur Ihre Wahrnehmung. Schauen Sie mit dem Herzen, durchbrechen Sie die gläserne Wand, und erkennen Sie, was Ihr Herz immer schon weiß.«

Ich stürzte zum Admiral, der eine Streichholzschachtel in der Hand hielt und das Leuchtfeuer entzünden wollte.

Wieder ertönte aus der Ferne das Nebelhorn.

»Beeilen Sie sich, wir haben nicht mehr viel Zeit!« sagte der Admiral.

Wir rannten hinauf in den Wachraum direkt unterhalb des Laternendecks; dort wurden Benzin und andere Materialien gelagert, dort machte der Leuchtturmwärter die Lampen bereit, dort wachte er, dort war auch der Rotor des Leuchtfeuers. Wir nahmen einen Kanister und stürzten aufs Laternendeck. Wir leerten Benzin in den Lampenfuß aus Messing und zündeten nacheinander die Dochte an.

Ich traute meinen Augen nicht. Das Leuchtfeuer strahlte durch den Nebel übers offene Meer weit bis zum Horizont, der Reflektor verströmte gleichmäßiges gelbes Licht.

Der Admiral lief zu den Armaturen und schaltete das Nebelhorn ein, das auch gleich laut dröhnte.

»Wird das dem Boot helfen?« fragte ich.

»Ich hoffe es.« Aus seinen Augen jedoch sprach die Angst.

Wir gingen zum Fenster und sahen, daß ein kleines Boot in gefährlicher Nähe zu den Klippen fuhr. Es wäre fast ein Wunder, wenn der Kapitän das Leuchtfeuer im dichten Nebel sehen würde.

»Was sollen wir tun?« Der Admiral verlor beinahe die Fassung.

»Abwarten«, sagte ich.

Wir schwiegen gebannt. Was würde passieren, wenn das Boot das Signal nicht sah? Und die Klippen waren so nahe ...

Dann lichtete sich der Nebel für einen Augenblick, und wir sahen, wie das Segelboot direkt auf die Klippen zusteuerte.

Der Admiral lenkte den Strahl auf das Boot.

»Wird alles gutgehen?« fragte Paola.

»Gutgehen? Wie soll das gutgehen?« sagte ich. »Sie sind schon zu nahe an den Klippen, sie werden zerschellen.«

Doch während ich voller Angst auf diesen Moment wartete, lenkte der Admiral den Strahl wieder aufs offene Meer und blies hartnäckig das Nebelhorn. Und im Bruchteil einer Sekunde nahm der Kapitän des Boots die Warnung auf. Wir hörten, daß er den Motor voll aufdrehte, sahen, wie er drehte und dem Licht von der Küste weg folgte. Nun hatte er doch noch in letzter Minute die Klippen umschifft und fuhr die kleine sichere Bucht unterhalb des Leuchtturms an.

»Jawohl!« rief ich. »Sie haben die Leute gerettet, Admiral! Sie haben es geschafft!«

Tränen standen dem Admiral in den Augen, auch Paola und ich weinten.

Der Admiral sah aus wie sein eigener Geist, als hätte sein letzter Versuch, das Boot zu retten, alles Leben aus ihm gesaugt.

»Der Winter ist da«, sagte er nach einer Weile. »Zeit, sich von dieser wunderbaren Welt zu verabschieden, Zeit, dem Leben zu danken, mit dem ich gesegnet war. Aber auch Zeit, euch jungen Leuten zu sagen, daß man nur einmal lebt. Durchbrechen Sie die Wände aus Glas, die Sie einschränken und verhindern, daß Sie den Sinn Ihres Lebens sehen.«

Ich bekam Angst. Wir waren dabei, diesen Mann zu verlieren, dabei hatte ich doch noch so viele Fragen an ihn!

≈

»Und wenn der Rest der Welt anderer Meinung ist?«

Er lächelte. »Martin, ich habe gesehen, wie Sie aufs Meer blikken. Ich weiß, daß Sie die Wahrheit hinter der gläsernen Wand gesehen haben, das Wunder, den Traum. Ihre Liebe zur See dauert ewig, wie die meine. Vergessen Sie das nicht!«

»Nein, das werde ich nicht vergessen.«

»Gut. Wenn Sie sich die Mühe machen und über Ihre Entdekkungen nachdenken, und wenn Sie zu dem Schluß kommen, daß es besser für Sie ist, danach zu leben, dann sollten Sie das auch tun. Oder?«

»Ja, Admiral.«

Er kam zu uns und legte Paolas und meine Hände ineinander.

»Die Falten in meinem Gesicht sind Spuren eines Lebens ohne Reue, eines Lebens voller Lachen und voller Tränen. Ich hoffe, daß Sie das eines Tages, wenn Sie in Ihrem Winter angekommen sind, auch über Ihr Leben sagen können.«

Er hatte recht. Ich war fasziniert von diesem Mann, der sich selbst Admiral nannte. Er war nicht nur so etwas wie ein Dichter, er war auch ein Mann, der das Richtige erkannte und tat, egal, wie lange er dazu brauchte.

Aber wir waren wirklich dabei, ihn zu verlieren, seine Mission war erfüllt, wie er uns einmal gesagt hatte. Aber all die unbeantworteten Fragen ...

Paola nahm seine Hand.

»Gewöhnen Sie sich nicht an das Leben. Betrachten Sie jeden Tag als einen Neuanfang, als eine einzigartige Gelegenheit, etwas Neues zu entdecken. Und haben Sie keine Angst vor Ihrem wahren Selbst. Durchbrechen Sie die gläserne Wand, und finden Sie heraus, wer Sie wirklich sind. Aber vor allem, Paola, glauben Sie immer an die Liebe, die wahre Liebe ist ein seltenes Gut.«

Er wandte sich an mich. »Sie müssen mir etwas versprechen, Martin.«

»Was immer Sie wollen, Admiral.«

»Schreiben Sie auf, was Sie erlebt haben. Verleihen Sie meinen

Gefühlen, meinen Gedanken Leben, und lassen Sie sie mich mit der Welt teilen.«

»Ja, das verspreche ich.«

»Danke.« Er küßte uns beide zärtlich auf die Wange und ging zu seinem alten Sessel.

Ich zitterte. Ich nahm Paola in den Arm. Sie zitterte auch. Wir waren sprachlos.

War alles nur ein Traum gewesen?

»Admiral?«

Wir drehten uns um. Wo der Admiral noch Sekunden zuvor gesessen hatte, war niemand mehr. Die Pfeife lag immer noch im Aschenbecher, ein dünnes Buch lag auf dem Sessel.

Wir sahen einander an. Wir brachten kein Wort heraus, rannten zum Fenster und sahen zum Strand hinunter.

Dort unten spazierte der Admiral zu dem Segelboot, das nun sicher in der Bucht ankerte. Eine ältere Dame stand im Bug und winkte dem Admiral zu. Langsam watete er durchs Wasser zum Boot und ließ sich von der Dame an Bord helfen. Sie umarmten sich lange. Dann drehte sich der Admiral um und winkte uns zum Abschied.

Paola warf sich bestürzt in meine Arme. Sie weinte. Ich versuchte meine Tränen zurückzuhalten, und trocknete ihre Wangen.

Und in dem Zauber, der einen einzigartigen Moment der Wahrheit umgibt, begriff ich, daß wir noch eine letzte Sache tun mußten.

»Tu es, Prinzessin.«

»Danke.« Sie weinte noch immer, aber nun aus Verwunderung.

Sie ging zum Leuchtfeuer und lenkte den Strahl mit all ihrer Kraft durch den Nebel zum Horizont, hin zu dem Ort im Universum, wo der Admiral und Elvira nun zu der Welt ewigen Glücks segeln würden.

≈

Das Logbuch

Das Logbuch – es ist nicht nur ein Buch, es ist die heilige Schrift eines Leuchtturmwärters. Wie in einem Tagebuch schreibt er dort seine Berichte nieder, nicht nur die Berichte über ein- und auslaufende Schiffe, über Nebel am Morgen und Sonne am Nachmittag, nein, dort steht die Geschichte des Lebens selbst geschrieben.

Die Geschichte des Hüters des Lichts.

Ich fürchtete mich davor, es aufzuschlagen, aber schließlich begann ich zu blättern. Es war voller Angaben über das Wetter und über die Schiffe, die passiert hatten. Die letzten Seiten waren markiert, neugierig schlug ich sie auf. Und da stand:

Lieber Martin, liebe Paola,

Freunde sind wie kostbare Edelsteine. Danke, daß Sie mir geholfen haben, noch einmal über das Licht zu wachen. Sie haben mich zurückgeholt aus meiner Nacht, und dank Ihnen habe ich die letzte gläserne Wand meines Lebens durchschritten.

Ich wäre gerne auch physisch ewig bei Ihnen geblieben, aber Sie wissen, daß ich gehen mußte. Elvira wartet auf mich.

Ich habe Sie bedingungslos geliebt und fordere dafür keine Gegenleistung, ich werde Sie immer lieben und bin Ihnen ewig dankbar, daß Sie mich noch einmal träumen ließen. Wo immer ich bin, und wo immer Sie sind, ich werde immer bei Ihnen sein.

Und in diesem Sinne hinterlasse ich Ihnen noch ein paar Gedanken und Ratschläge.

Denken Sie immer daran, daß Sie ohne alles auf diese Welt gekommen sind – nur mit einem Herzen voller Träume und der Pflicht, diese Träume auch wahr werden zu lassen. Ich hoffe, Sie werden diese Welt mit nichts als schönen Erinnerungen und erfüllten Träumen verlassen.

≈

Das Glück liegt in der Reise. Teilen Sie Ihre Träume mit denen, die Sie lieben, und auch mit jenen, die Sie nicht lieben. Manchmal ist es wichtiger, freundlich zu sein, als recht zu haben.

Ich habe herausgefunden, daß es keine Rolle spielt, wie lange die Suche dauert, wichtig ist, daß es Ihnen gutgeht auf der Reise. Zeit ist eine Erfindung des Menschen, Träume jedoch sind zeitlos; das sollten Sie durch Ihr eigenes Leben beweisen. Wenn man an etwas glaubt, kann man es auch wahr machen. Durchbrechen Sie die gläsernen Wände, die Sie umgeben, strecken Sie Ihre Flügel aus, und fliegen Sie, so hoch Sie nur können. Und wenn Sie glauben, dem Abgrund nahe zu sein, müssen Sie keine Angst haben – gerade dann sollte man nach den Sternen greifen.

Unterschätzen Sie niemals den Wert, der in den kleinen, einfachen Dingen des Lebens liegt, denn eines Tages werden Sie zurückblicken und erkennen, daß es große Dinge waren. Die Welt ist Ihr Spielplatz, also spielen Sie heute, nicht morgen. Machen Sie nicht den Fehler und warten bis fast zu Ihrem Tod, bevor Sie den Duft einer Rose riechen, bevor Sie mit einem Kind oder mit einer summenden Biene lachen. All diese Dinge sind immer da, sie sind für Sie da, damit Sie sich daran freuen.

Denken Sie immer an das kostbare Licht, das Ihnen mit auf den Weg gegeben wurde, das Licht, das in Ihrem Herzen scheint. Führen Sie andere in den sicheren Hafen. Und wenn Sie am Morgen erwachen, schalten Sie dieses Licht an. Ein wunderbarer, einzigartiger Tag liegt vor Ihnen, er wartet nur auf Sie, er läßt sich nicht wiederholen.

Atmen Sie, lachen Sie, weinen Sie! Leben Sie!

Fliegen Sie, fliegen Sie hin zu Ihren Träumen. Je mehr an guten Dingen es gibt, desto schöner!

Und wissen Sie was? Ich vermisse es schon jetzt, das Leben. Ich bin noch nicht mal gegangen, aber es fehlt mir schon. Mein Gott, wieviel Schmerz kann das Herz ertragen?

Vergeuden Sie nicht Ihre kostbare Zeit, aber Sie dürfen ruhig auch manchmal faul sein und das Leben in kleinen Schlucken genießen.

Im Leben geht es nicht darum, schnell zu sein.

≈

Sprengen Sie alle Ketten, die Sie daran hindern zu sein, was Sie sein wollen, aber verletzen Sie andere nicht, die Sie lieben. Lernen Sie zu erkennen, wann Sie einer Person Schmerz zufügen und wann diese Person sich selbst Schmerz zufügt, weil sie nicht versteht, warum Sie tun, was Sie tun. Vielleicht hat dieser Mensch seine Wand aus Glas noch nicht durchbrochen und kann nicht fliegen.

Wir müssen alle sterben, aber nicht alle können auch leben. Sie müssen gegen die gläserne Wand in Ihrem Herzen anrennen. Ich habe Ihnen gezeigt, wie hell das Leuchtfeuer scheinen kann, wenn es die Glaswand durchdringt, die zwischen ihm und dem ganzen Universum steht.

Vielleicht ist das Licht Ihrer Herzen noch nicht hell genug, aber es ist sehr viel klarer und wahrer.

Ich glaube, das einzige Risiko im Leben ist, gar nichts zu riskieren. Man kann gewinnen oder verlieren, aber man hat es wenigstens versucht. Wenn man nichts tut, stirbt man bei lebendigem Leib ab. Hüten Sie sich vor falschen Versprechungen, die angeblich Sicherheit garantieren, denn sie bringen keine Freiheit, sondern machen Sie zu Sklaven.

Behalten Sie Ihre Ängste für sich, teilen Sie hingegen Ihren Mut anderen mit. Wer Sonnenschein ins Leben anderer bringt, dem scheint die Sonne auch selbst.

Passen Sie auf die Liebe auf, mit der Sie gesegnet sind, und lassen Sie sie in alle Ewigkeiten andauern.

Auf ewig,

Ihr Freund

Samuel

Ich blätterte um und las weiter.

≈

Liebe Elvira,

ich spüre nun, wie die Jahre an mir gezehrt haben. Ich kämpfe gegen den Tod an, aber ich weiß, daß er da ist, er ist nah, er wartet am Ende des Wegs. Heute nacht habe ich von Dir geträumt, ich träumte, Du wärst gekommen, um mich zu holen, und dann wären wir wieder Hand in Hand gegangen wie früher.

Ich glaube, daß wahre Liebe die Zeit überdauert und den Raum überwindet. Wir werden wieder zusammen segeln, Elvira, und wenn Du lächelst, wird mir wieder das Glück zulächeln. Wir werden zusammen Muscheln sammeln und einen Leuchtturm im Sand bauen. Das Kind in uns wird uns den Weg zeigen. Das weiß ich.

Ich habe lange geschwiegen, doch heute kam ein junges Paar zu Besuch. Paola ist ein wundervoller Mensch, sie ist wunderschön, und sie hat ein großes Herz. Aber sie hat Angst, und vielleicht kann sie die gläsernen Wände nie durchbrechen. Sie erinnert mich an mich selbst. Ich weiß, daß Du nie damit einverstanden warst, daß ich schweige und nur mit Dir spreche, aber Du hast meine Entscheidung akzeptiert, und dafür bin ich Dir auf immer dankbar. Nun hat das Licht des Vertrauens mein Herz wieder erleuchtet – jener Surfer, der mich zum Leuchtturm zurückgebracht hat; er ist ein Träumer! Und seine Freundin ist eine Traumschöpferin, wie ich. Ich habe das Gefühl, daß ich mit ihnen sprechen, ihnen zeigen sollte, wie wichtig es ist, zu lieben und geliebt zu werden. Sie will mir helfen, den Leuchtturm noch einmal zum Strahlen zu bringen, ein letztes Mal. Für Dich.

Und der Surfer hat mir versprochen, über uns zu schreiben. Ich hoffe, er wird all die wundervollen Dinge zu Papier bringen, die Du mich gelehrt und mit mir geteilt hast und die wir immer auch anderen mitteilen wollten, jenen anderen, die gewillt sind, ihre Wände aus Glas zu durchbrechen und zu fliegen. Dann werden Deine Lehren, unsere Träume und meine Träume für immer in den Herzen anderer Menschen lebendig sein. Und sie werden auch niedergeschrieben, damit sich die Welt daran freuen kann.

O Elvira, alte, treue Partnerin eines Leuchtturmwärters! Ich sehe Dich und spüre Dich so deutlich wie die Wellen. Wann werden wir

≈

wieder zusammensein? Wann holst Du mich? Wann kommst du endlich aus dem Nebel und bist wieder bei mir? Unser Leuchtturm sieht
großartig aus, ich weiß, daß Du ihn auch sehen kannst. Ich hoffe, Du
freust Dich. Bei der Restaurierung habe ich gelernt, daß die Liebe
und nicht die Zeit alle Wunden heilt.

Ich warte auf Dich, Elvira. Und während ich geduldig warte, begreife ich etwas, das Du mir vor langer Zeit schon sagtest: Das Leben
mit all seinem Schmerz und seinem Leid, mit all seinen Enttäu-
schungen und Herausforderungen ist und bleibt wunderbar. Besser,
als gar nichts zu fühlen, ist es, zu fühlen, egal, ob dieses Gefühl schön
oder schmerzlich ist.

Nachwort

Ich lebe nun mit Paola in einem kleinen Haus an einem wunderbaren Surfplatz im Süden Chiles, hundert Schritte von einem alten, zerfallenen Leuchtturm entfernt. An diesem Ort ließ ich mich gewissermaßen nieder, nachdem ich die Welt auf der Suche nach der perfekten Welle so oft umrundet hatte. Dieser Ort ist meine Heimat.

Aber ich kann mein Herz nicht belügen. Ich werde immer weiterreisen und neue Wellen suchen, neue Orte, neue Meere. Denn ich weiß nun besser denn je, daß das Glück nicht am Ende des Wegs liegt, sondern daß die Reise selbst das Glück ist.

Vielleicht hat sich auch meine Sicht der Welt verändert. Ich habe gelernt, mehr zuzuhören und weniger zu reden – wir haben zwei Ohren, aber nur einen Mund. Ich habe gelernt, meine Fehler und auch die Fehler der anderen anzunehmen. Ich habe sogar gelernt, ein Steuerformular auszufüllen.

Trotzdem bin ich immer noch derselbe: das große Kind, das wundervolle Träume hat und das Leben wunderschön findet. Das Kind, das weiß, daß es das Wichtigste im Leben ist, jede Sekunde zu nützen und zu genießen.

Unser Haus ist nicht groß oder stattlich, es ist einfach ein Zuhause mit einem unbezahlbaren Blick aufs Meer. Ich wurde in eine Generation hineingeboren, die begriffen hat, daß Geld innere Ruhe schenkt, aber nicht zu wahrem Glück führt. Wir sind eine Generation nicht religiöser, aber spiritueller Individuen. Wir haben gelernt, Gott nicht nur in der Kirche zu suchen, sondern auch in unseren Herzen und in den Menschen, in der Schönheit der Natur und im Durchbrechen der gläsernen Wand, die unsere Unwissenheit errichtet.

Die schönsten Dinge im Leben sind nicht käuflich. Zum Beispiel, sich am Abend in ein weiches Kissen zu kuscheln. Zum Beispiel, mit dem Partner die Wärme und das Licht eines Kaminfeuers zu genießen. Oder anderen zu helfen, sich eine Zukunft aufzubauen, ohne eine Gegenleistung dafür zu verlangen.

Mein Unternehmen in Lima läuft gut und gedeiht prächtig. Adolfo führt die Geschäfte nun alleine. Auch er ist ein Träumer, und ich weiß, daß er mit Janets und Fabiolas Hilfe vielen Menschen helfen kann, ihre Ziele zu erreichen. Es macht mich glücklich, wenn ich sehe, daß alles möglich und machbar ist, daß man die Welt wirklich besser machen kann, wenn man sich ein Ziel steckt und nicht vergißt, warum man es tut. Das gibt mir Hoffnung. Dafür danke ich dem Leben.

Immer wieder blicke ich zum alten Leuchtturm und denke an den Admiral. Er ist gegangen, und nur Gott allein weiß, wohin. Ich weiß, daß er an der Seite seiner geliebten Elvira glücklich ist. Sie ritzen Gedichte in Bäume und lieben sich mit einer Zärtlichkeit, die Liebe und Weisheit jenen verleihen, die das Leben als Abenteuer betrachten und im Grunde ihres Herzens immer Kinder bleiben.

Paola und ich wollen niemandem erzählen, was in jener Nacht geschah, als ein alter Leuchtturm und ein Leuchtturmwärter uns die schönste Lektion im Leben geschenkt haben: daß alles machbar ist – auch gegen alle Widrigkeiten –, wenn wir die gläsernen Wände unseres Lebens durchbrechen und die Dinge mit wahrem Verstehen und im wahren Licht betrachten können.

Ich weiß heute, daß der Admiral nicht nur Leuchtturmwärter war; er war einer jener einzigartigen Menschen, die ich »Hüter des Lichts« nenne. Und solange solche Menschen unter uns sind, werden wir sie auch ein- oder zweimal im Leben treffen. Auch das gibt mir Hoffnung.

Das Buch, das ich dem Admiral versprochen habe, ist fast geschrieben. Seine Weisheit gab mir die Kraft, zu Papier zu bringen, was seine geliebte Elvira in Baumstämme und ins Herz des Admirals eingeritzt hat.

≈

Ich blicke aufs Meer hinaus. Paola kommt über die Klippen, sie geht barfuß durch den Regen und durch den Sand, ihr wunderschönes goldbraunes Haar fällt auf ihre Brust. Sie hat den ganzen Morgen Muscheln für ein ganz besonderes Mosaik gesucht. Ich glaube ihr, wenn sie sagt, ihr Traum sei in Erfüllung gegangen. Ich habe sie nie glücklicher gesehen.

Und während ich von dieser wunderbaren Frau träume, die ich so tief liebe und die es geschafft hat, ihre Wände aus Glas zu durchbrechen und ihr Leben zu lieben, blicke ich auf die großartige Dünung, die sich an den Felsen vor unserem Heim bricht. Sie flüstert mir zu, daß ich lebe, daß der Traum weitergeht, solange wir das Leben mit dem Herzen betrachten.

So ist das Leben, so soll es sein.

Kann ich denn mehr verlangen?

Das weiße Segel

Karen gewidmet,
zum Dank für all die
wunderbaren Erinnerungen.

Folge nicht
dem vorgezeichneten Pfad.
Statt dessen wandle,
wo kein Weg führt,
und hinterlasse eine eigene Spur.
Anonym

Vorbemerkung des Autors

Nachdem ich »Der träumende Delphin« und »Ein Strand für meine Träume« veröffentlicht hatte, mußte ich mich mehr als einmal fragen lassen: Und jetzt, Sergio? Was haben Sie als nächstes vor?

Meine Antwort lautete, daß ich nichts mehr zu sagen hatte. Alles war bereits niedergeschrieben. Ich hatte die Geschichte eines ganz speziellen Freundes erzählt, den ich beim Surfen in den Weiten meines geliebten Ozeans kennengelernt hatte, eines Freundes, der mir gezeigt hatte, daß es das Wichtigste im Leben ist, seinen Träumen zu folgen. Und ich hatte von einem weisen Mann berichtet, dem ich vor langer Zeit begegnet war und der mir das Geheimnis des wahren Glücks enthüllt hatte.

Ich war damals 37 Jahre alt und widmete inzwischen den Großteil meiner Zeit dem Studium und der Erhaltung der Meere und ihrer Tierwelt. Und da ich der aufrichtigen Überzeugung war, bereits alles gesagt zu haben, glaubte ich, meine Tage als Schriftsteller seien vorüber.

Aber dann geschah etwas. Je ausgiebiger ich surfte und mit meinen Delphinen schwamm, um so deutlicher empfand ich eine Stimme aus meinem Inneren, die mir etwas zuflüsterte; Gedanken, von denen ich wußte, daß ich sie in Worte fassen und anderen mitteilen mußte. So entstand »Das weiße Segel«, in dem ich meine Überlegungen in die Gestalt eines Segelbootes, der *Distant Winds* kleidete.

Wir stehen am Beginn eines neuen Jahrtausends, und ich bin überzeugt, daß immer mehr Menschen einsehen werden, wie wichtig es ist, seinen Träumen zu folgen. Erst dann, an ihren Handlungen, werden die anderen ihre Einzigartigkeit erkennen. Das ist die Lehre von Mr. Blake, dem alten Buchhändler: Die Entdeckungsreise zum Ich beginnt in unserem Inneren und endet mit dem, was wir tun, um das Leben anderer zu bereichern. Nur indem wir geben und zugleich zu empfangen lernen, treten wir offen und positiv mit anderen Menschen in Verbindung.

Aus eigener Erfahrung kann ich mit absoluter Gewißheit versichern, daß wir so groß sind wie die Träume, denen wir nachstreben. Dabei kommt es nicht darauf an, was wir auf dieser Reise, die man das Leben nennt, von anderen hören oder erfahren. Nein, wenn wir unsere Träume von ganzem Herzen verfolgen, werden wir unserem Leben eine tiefe Bedeutung geben und ziemlich sicher das erreichen, was wir uns einst vorgenommen hatten. Dies habe ich gelernt, als ich mit Kate, die den Mut besaß, sich einigen der schlimmsten Stürme zu stellen, durch den Südpazifik segelte, jenen Ozean, den man auch »Gottes Lieblingsplatz auf Erden« nennt.

Wir leben nur einmal. Doch wir können dieses eine Dasein, das uns geschenkt ist, so gestalten, daß wir am Ende der Reise das Gefühl haben, Tausende von Leben gelebt zu haben.

Dies, so glaube ich, ist das Ziel, das wir mit aller Kraft anstreben sollten.

Sergio Bambaren

Prolog

Vorsichtig zog ich die Kajütentür unserer Yacht zu. Kate war endlich eingeschlafen, und ich wollte nicht, daß die helle Vormittagssonne sie störte. An die zwölf Stunden lang hatte der Sturm uns durchgeschüttelt, bis uns Hören und Sehen verging. Doch jetzt lag die Bay von Auckland friedlich vor meinen Augen. Sonnenlicht fiel zwischen den hohen grünen Bergen hindurch. Die schimmernden goldenen Strahlen tanzten über das leicht bewegte Wasser und berührten die Vögel, die hoch oben am Himmel kreisten. Kaum zu glauben, daß über dieser Bucht, die jetzt so friedvoll wirkte, ein solch entsetzliches Unwetter getobt hatte.

Bei dem Versuch, in die Bucht von Auckland einzulaufen, hatten wir im Sturm fast unser ganzes Hab und Gut verloren. Obwohl die Böen uns erbarmungslos das Salzwasser in die Augen und den Mund peitschten, bis wir fast blind waren, hatten Kate und ich es irgendwie zustande gebracht, uns mit aller Kraft an die *Distant Winds* zu klammern, unser geliebtes Segelboot, das uns auf einer magischen Reise durch den Südpazifik getragen hatte.

Da die Pumpen nicht mit dem Wasser fertig wurden, das in die Kajüte unseres Bootes schoß, hatten wir jedes ein-

≈

zelne Möbelstück und den Großteil unserer Besitztümer über Bord geworfen, damit die *Distant Winds* nicht unterging.

Angesichts des fast sicheren Endes war unser Leben vor unserem inneren Auge vorbeigezogen; doch selbst während wir gegen das Wüten der Natur kämpften, hatten wir es geschafft, unseren wertvollsten Besitz festzuhalten, von dem wir gelobt hatten, ihn auf unserer gesamten Reise zu bewahren. Müde, zerschlagen und entkräftet betrachtete ich nun das Behältnis, in dem sich unser Schatz befand: eine altertümliche, mit einem vergoldeten Vorhängeschloß gesicherte Holzschatulle.

Sorgfältig wischte ich das alte Kästchen mit einem weichen Tuch ab, um zu verhindern, daß Salzwasser eindrang. Dann nahm ich das Band ab, das um meinen Hals hing, und schaute auf den Schlüssel. Der grüne Stein, der darin eingelassen war, wirkte, als bündele er das Sonnenlicht. Ich hielt den Atem an, schickte ein Stoßgebet gen Himmel und steckte den Schlüssel ins Schloß. Behutsam drehte ich ihn nach rechts, bis mir ein trockenes Klicken verriet, daß der Mechanismus aufgesprungen war. Ich hob den Deckel an und zog den Schlüssel heraus. Dann nahm ich vorsichtig das Buch, das im Inneren lag. Lächelnd schlug ich die erste Seite auf und las:

Für Michael und Kate Thompson aus Auckland, Neuseeland.
In See gestochen auf der *Distant Winds*
zu einer spirituellen Entdeckungsreise
am heutigen Tage, dem dritten März 1998.

≈

*Mögen eure Tage von Glück erfüllt sein
und eure Nächte von Träumen.
Mögen euch diese Träume beim Erwachen
den Zauber schenken, der vor euch liegt.
Mögen eure Träume wahr werden
und sich später in süße Erinnerungen verwandeln.
Auf daß ihr niemals vergeßt ...*
Thomas Blake

Ich betrachtete das Buch und dachte zurück. Es kam mir vor, als hätte der alte Buchhändler mir erst gestern dieses Geschenk gemacht, das uns so viel bedeutete. Das ist jetzt fast ein Jahr her, dachte ich.

Wie hätten Kate und ich uns damals all die verschiedenen Welten vorstellen können, die wir in dieser Zeit entdecken würden? Die Herausforderungen, die das Leben an uns stellen würde, die vielen Gelegenheiten, bei denen wir gegen eine gewaltige Übermacht für das eintreten mußten, woran wir glaubten? Wer hätte geahnt, daß uns diese Reise einander wieder näherbringen würde, so, als wäre der eine das Spiegelbild des anderen?

Eine schwere Zeit lag hinter uns. Aber nun, da wir den sicheren Hafen erreicht hatten und Kate wie ein Engel schlief, wußte ich, daß wir eine ganz besondere Reise durch das Leben unternommen hatten, eine Pilgerfahrt auf der Suche nach uns selbst. Wir hatten eine echte Bewährungsprobe bestanden, die unsere Beziehung und unsere Liebe gerettet hatte. Und wir wußten, daß wir diese Erfahrung mit anderen teilen mußten, mit den Menschen, die genau wie wir nach dem wahren Sinn ihres Lebens suchten.

≈

Ich schaute auf den Schlüssel hinunter und war fasziniert von meinem Spiegelbild. Das Gesicht, das jetzt meinen Blick erwiderte, schien einem ganz neuen Mann zu gehören. Ich sah braunes Haar und helle, glatte Haut – ein vollständiger Gegensatz zu meinen normalen grauen, dünnen Strähnen und der sonst fleckigen, welken Haut. Verschwunden waren die Furchen, die all die Nächte voller Streß eingegraben hatten, fort die Falten, die sich bilden, wenn man die Augen zusammenkneift, um das Kleingedruckte in Verträgen und Konzessionen zu entziffern. War dieser Bursche, der wie ein sportlicher Zwanzigjähriger wirkte, tatsächlich einmal ein spitzbäuchiger Mann mittleren Alters gewesen?

Ich steckte den Schlüssel in die Tasche, legte das Buch zurück in den Kasten und schloß behutsam den Deckel. Unser Schatz war sicher verwahrt. Wir hatten genug Zeit, um unsere Botschaft zu verbreiten. Aber jetzt mußte ich mich erst einmal um Kate kümmern, meine geliebte Ehefrau. Die Frau, die ich einmal auf persönlicher und spiritueller Ebene fast verloren und jetzt für immer wiedergefunden hatte.

≈

1

In Neuseeland, dem wunderschönen Land, in dem ich geboren bin, liegt Auckland, die Hauptstadt dieses smaragdgrünen Inselreichs, das man oft auch »das Land der langen Wolke« nennt. Dort erstreckt sich, umgeben von üppigen, sanft gewellten Hügeln, eine der majestätischsten Buchten der Welt, die Bay von Auckland, wo die einlaufenden Segelboote wispernd Geschichten aus fernen Landen erzählen und andere auslaufen, auf der Suche nach magischen Welten...

An diesem Morgen ging ich wie immer aus dem Haus und versuchte, nicht an den Stapel Papierkram zu denken, der mich mit Sicherheit im Eingangskorb auf meinem Schreibtisch erwartete. Die ganze Nacht hindurch hatte es geschüttet, und an diesem triefnassen Montagmorgen schien der Verkehr noch dichter als sonst zu sein. Nach fast einer Stunde Fahrt kam ich endlich vor dem Büro an und wappnete mich innerlich gegen eine weitere, restlos öde Arbeitswoche.

Ich blickte zu dem düsteren Gebäude auf, das bedrohlich über mir zu lauern schien. Um meine Lücke auf der gegen-

≈

überliegenden Seite der Parketage zu erreichen, mußte ich erst um Kisten und Säulen herumkurven. Mein Platz war der schlechteste. Neben Farbeimern und Pinseln hatte ich mich in eine Ecke zu quetschen. Und das ausgerechnet mir, der ich seit mehreren Jahren als Finanzberater meiner Firma fungierte und dem Unternehmen zu den niedrigsten Kosten den höchsten Profit einfuhr. Ich öffnete die Wagentür und stolperte sofort über ein Brett, das jemand achtlos auf dem Boden liegengelassen hatte. Gott, wie ich meinen Job haßte!

Und trotzdem kann der Mensch sich an alles gewöhnen, wenn man ihm nur genug Zeit läßt, den wahren Kern seines Wesens zu vergessen. Es hatte einmal eine Zeit gegeben, da hatte ich geglaubt, alles sei möglich. Eines Tages würde ich die Welt erobern. Und jetzt saß ich hier und tat etwas, das nichts mit dem Träumer zu tun hatte, der ich in Wirklichkeit war. Oder war das schon unwiderruflich passé? Mußte man, wenn man erwachsen wurde und der Realität ins Auge sah, zwangsläufig die Träume vergessen, die man als Kind gehegt hatte?

Ich überquerte den Parkplatz, ging zur Treppe und schickte mich an, zur Firma hinaufzusteigen. Der Weg über die enge Wendeltreppe, deren düstere Stufen nur alle drei Meter von einer Glühbirne notdürftig erhellt wurden, trug auch nicht gerade dazu bei, meine langsam einsetzenden Kopfschmerzen zu lindern. Ich erreichte mein Büro, öffnete die Tür und trat ein.

Wie ich mir schon gedacht hatte, starrte mir ein riesiger Stapel Papierkram entgegen. Ich setzte mich an meinen Schreibtisch und nahm mir sämtliche Briefe vor, die am

≈

Freitag noch mit der Spätpost oder am Wochenende per Kurier gekommen waren. Aus irgendeinem, allen Naturgesetzen widersprechenden Grund wurde der Stapel immer höher, je mehr ich mich bemühte, den Eingangskorb abzuarbeiten. Aber so ging es ja wohl allen vielbeschäftigten Menschen wie mir.

Mein Büro lag im achtzehnten Stock eines Hochhauses, mit Aussicht auf die Bucht von Auckland. Ich hatte von Anfang an gefunden, daß dieser Blick Segen und Fluch zugleich darstellte. Das Meer hat mich seit jeher fasziniert, und ich hätte den ganzen Tag lang dieses phantastische Panorama betrachten können. Aber gerade deswegen war mir manchmal, als verbrächte ich meine Tage in einem goldenen Käfig. Ich sah nur zu, wie die Schönheit an mir vorbeizog, ohne sie richtig zu genießen, wirklich in mich aufzunehmen oder ein Teil davon zu sein. Das Reisen war schon immer meine Leidenschaft gewesen, und früher war ich viel in Neuseeland und Australien herumgekommen. Aber in letzter Zeit hatte mein Job mich ziemlich mit Beschlag belegt. Ich hatte Überstunden gemacht und nicht einmal die Zeit gefunden, am Wochenende aus Auckland hinauszukommen, da meine Frau meist samstags und sonntags Dienst hatte. Schließlich war nichts Schlimmes daran, hart zu arbeiten. Doch zugleich hatte ich irgendwie das Gefühl, kostbare Lebenszeit zu vergeuden, mit der ich eigentlich etwas Besseres hätte anfangen müssen.

An einer der Wände meines Büros, die in einem sanften, pastelligen Beigeton gehalten war, hing eine alte Weltkarte. Sie war einfach und schmucklos gestaltet, aber sie erinnerte mich an all die fernen Länder, von denen ich wußte, daß sie auf mich warteten. Ich hatte Reisemagazine studiert und fasziniert die entsprechenden Fernsehsendungen verfolgt. Doch aus den verschiedensten Gründen war aus meinen Plänen nie etwas geworden.

Die Karte hatte ich in Mr. Blakes Buchladen auf der anderen Straßenseite gekauft, einem alten Geschäft direkt gegenüber dem Gebäude, in dem ich arbeitete. Ich liebte es, die alten Bücher zu durchstöbern, die mir aus den Regalen seines kleinen, aber gut sortierten Ladens entgegenblickten. Dann und wann entdeckte ich einen Band, der meine Aufmerksamkeit auf sich zog. Den kaufte ich dann und nahm ihn mit nach Hause, um in den einsamen Momenten, die ich so sehr genoß, darin zu schmökern, während ich auf dem Balkon meiner Wohnung saß und zusah, wie die Sonne im tiefblauen Ozean versank.

Nachdem ich letzte Hand an einen Vertrag gelegt hatte, beschloß ich, Blakes Buchladen aufzusuchen. Doch auf dem Weg nach draußen lief ich dem neuen Chef vor die Füße. Gleich begann er, mich abzukanzeln: was mir einfalle, so früh zu gehen? Wir hatten schon wieder eine hitzige Auseinandersetzung. Der Mann war vor zehn Tagen angetreten und hatte seither eine so überhebliche Art an den Tag gelegt, daß ich ihm manchmal am liebsten eine geschmiert hätte. Aber schließlich waren wir hier im Büro, von dem meine finanzielle Zukunft abhing. Ich biß die Zähne zusammen, drehte mich gehorsam um und ging an meinen Schreibtisch zurück, um die letzte halbe Stunde abzusitzen.

In dem Moment, als meine Uhr acht zeigte, stürzte ich aus der Tür und die Treppe hinunter. Ich überquerte die Straße und betrat Mr. Blakes Buchladen. Wie üblich begann

≈

118

ich, die alten Regale zu durchstöbern, und versuchte, einen interessanten Titel zu entdecken.

Ein kleines Buch auf dem untersten Brett zog meine Aufmerksamkeit auf sich: »Tanz zu deiner eigenen Musik. Besinnliche Texte moderner und klassischer Autoren«. Ich schlug den Band auf. Er enthielt kurze Texte von verschiedenen Schriftstellern. Ich begann einen zu lesen, der von Henry David Thoreau stammte:

Wozu diese verzweifelte Jagd nach Erfolg,
noch dazu bei so waghalsigen Unternehmungen?
Wenn ein Mensch nicht Schritt hält
mit seinen Mitmenschen,
dann kommt das vielleicht…

»*… vielleicht daher, daß er einen anderen Rhythmus hört.*
Soll er doch nach der Musik marschieren, die er vernimmt,
einerlei, in welchem Takt und woher sie kommt. Eine gute Wahl, Mr. Thompson. Thoreau hat immer wieder so schön darauf hingewiesen, wie wichtig es ist, sein Schicksal selbst zu wählen.«

Ich starrte den kleinen Mann mit dem langen grauen Bart an, der mich durch die dicken Gläser seiner alten Brille ansah. Sein abgetragener hellbrauner Anzug zeigte die Zeichen der Zeit. Er wandte sich um und begann, ein paar Bücher in einem der Stapel abzustauben, an denen »Sonderangebot« stand.

Mr. Blake arbeitete in diesem Buchladen, solange ich denken konnte. Zwar hatte das Alter seine Sehkraft stark geschwächt, aber sein Gedächtnis funktionierte so ausgezeich-

net wie eh und je. Er schaute zu der Glastür, die seinen kleinen Laden von der Außenwelt abschloß. »Schlagen Sie Seite
neunzehn auf, Mr. Thompson«, riet er mir. »Dort finden Sie
eine weitere große Wahrheit aus der Feder unseres Freundes
Thoreau.«

Ich tat, wie mir geheißen. Auf Seite neunzehn stand ein
kurzer Text:

> *Ich bin in den Wald gezogen,*
> *weil mir daran lag, bewußt zu leben,*
> *es nur mit den wesentlichen Tatsachen*
> *des Daseins zu tun zu haben.*
> *Ich wollte sehen, ob ich nicht lernen könne,*
> *was es zu lernen gibt,*
> *um nicht, wenn es ans Sterben ging,*
> *die Entdeckung machen zu müssen,*
> *nicht gelebt zu haben.*

Blake sah mich an. »Können Sie sich vorstellen, daß man
Henry David Thoreau zu Lebzeiten für seine Ansichten
nicht immer geschätzt hat? Erst nach seinem Tod begannen
die Menschen, das Format des Mannes zu erkennen, der
die Gesellschaft und alles, was er besaß, verließ und für
mehr als zwei Jahre in die Wildnis zog, um zu erforschen,
was im Leben wirklich wichtig ist. Aber geht das nicht
immer so?«

»Wie meinen Sie das?« fragte ich zurück.

»Stellen wir nicht beinahe immer die Toten über die Lebenden? Es fällt so viel leichter, jemanden zur Legende zu
erheben, von dem wir nur gehört, den wir aber nie persön-

≈

lich kennengelernt haben. Vielleicht verwandeln wir solche Personen ja in Helden, weil wir ihre menschliche Dimension nicht wahrnehmen und nicht erkennen, daß sie Menschen waren wie Sie und ich.«

Ich lächelte. »Es ist immer wieder ein Vergnügen, Ihnen zuzuhören, Mr. Blake. Sie glauben gar nicht, wie angenehm es ist, nach einem langen, öden Tag im Büro in Ihren Buchladen zu kommen und einfach alles zu vergessen.«

»Nun, das freut mich zu hören. Vielen Dank, Mr. Thompson.«

»Ich glaube, ich nehme den Band«, erklärte ich. Ich reichte ihn Mr. Blake und ging in Richtung Ausgang, wo über einem Stapel staubiger Bücher eine alte Registrierkasse thronte.

»Ich mache Ihnen einen Sonderpreis dafür, Mr. Thompson. Er wird Ihnen bestimmt Freude bereiten.«

»Ja, dann bedanke ich mich, Mr. Blake!« Ich zog die Brieftasche heraus und reichte ihm das Geld. Er bediente die rostige Kasse. Die uralte Maschine schepperte, als wäre dies die letzte Transaktion, die sie noch zustande brachte.

»Nochmals danke, Mr. Blake, und bis demnächst.« Ich öffnete die Eingangstür und trat nach draußen.

»Warum empfinden Sie das eigentlich so, Mr. Thompson?« hörte ich Blake hinter mir fragen.

Die Hand an der Glastür, blieb ich im Eingang stehen und drehte mich zu ihm um.

»Was denn?« gab ich zurück.

»Wieso finden Sie es so angenehm, nach der Arbeit herzukommen? Macht Ihnen das, was Sie tagsüber tun, vielleicht keinen Spaß mehr?«

≈

Den Türgriff in der Hand, blieb ich stehen. »Hmmm, ja und nein«, antwortete ich. »Eigentlich kann ich über meinen Job nicht klagen. Ich verdiene gutes Geld, und im Grunde mag ich meine Arbeit. Es ist nur so, daß ich mich manchmal frage, ob das alles ist, was ich je mit meinem Leben anfangen werde. Alles ist nur noch Routine, und oft denke ich, daß ich lieber etwas Lohnenderes tun würde. Nicht unbedingt in finanzieller Hinsicht, sondern eher etwas, das meiner Existenz einen tieferen Sinn verleiht und gleichzeitig mein Leben und das anderer Menschen bereichert. Jedesmal, wenn ich eines dieser Bücher aufschlage, erkenne ich, daß ich auch ganz anders leben könnte. Ich sehe all diese Orte, die ich besuchen könnte, all die Menschen, denen ich begegnen, und all die Dinge, die ich lernen könnte. Dann wünschte ich, ich könnte aus meinem Alltagstrott ausscheren und mir den Rest der Welt anschauen. Ich weiß nicht wieso, aber manchmal habe ich das Gefühl, daß mir etwas sehr Wichtiges entgeht.«

»Warum tun Sie es dann nicht einfach?« wollte Blake wissen.

»Na ja, im Grunde, weil ich bereits viel Zeit und Mühe in meine Laufbahn investiert habe. Außerdem habe ich eine Menge Geld beiseite legen können, um Kate und mich im Alter abzusichern, unseren Kindern eine gute Ausbildung zu ermöglichen und …«

»Seite neunundvierzig, Mr. Thompson.«

»Wie bitte?«

»In dem Buch, das Sie gerade gekauft haben. Werfen Sie einen Blick auf Seite neunundvierzig, bitte.«

Gehorsam nahm ich das Buch aus der Papiertüte und

≈

schlug es an der betreffenden Stelle auf. Dort stand ein weiterer kurzer Text: »*Wer...*«

»*...wer vertrauensvoll auf seinem Traumpfad vorwärts schreitet und bestrebt ist, das Leben, das er sich vorgestellt hat, zu leben, wird von einem Erfolg begleitet sein, der gewöhnlich nicht zu erwarten ist.*« Der Alte lächelte. »Freund Thoreau hat einmal mehr den Nagel auf den Kopf getroffen, Mr. Thompson.«

Ein leichtes Unbehagen stieg in mir auf. Es war so einfach gewesen, meine Träume all diese Jahre lang als etwas zu betrachten, das weit außerhalb meiner Reichweite lag, das in meine Jugend gehörte. So wie wahrscheinlich die meisten Menschen ihre Träume gern verwirklichen würden, dies aber nicht konnten oder wollten. Aber nun fand ich mich mit der Tatsache konfrontiert, daß jemand es wirklich getan hatte, und aus der Art, wie ich mich fühlte und meine Haut prickelte, wußte ich, daß Mr. Blake und dieser Henry David Thoreau eine Saite in meinem Herzen angeschlagen hatten. Sie hatten mir klargemacht, daß sie etwas Besonderes entdeckt hatten, von dem ich wußte, daß es existierte, aber geglaubt hatte, es nicht erreichen zu können. Vielleicht war dieses Etwas ja gar nicht so unerreichbar, wie ich glaubte.

»Möglicherweise haben Sie ja versucht, Ausflüchte dafür zu finden, daß Sie Ihr Schicksal nicht erfüllen, Mr. Thompson. Kann durchaus sein, daß jetzt die richtige Zeit gekommen ist«, meinte Mr. Blake und schob seine Brille auf jene typische Weise hoch, wie es nur Buchhändler tun. »Jedenfalls hoffe ich, daß das Buch Ihnen Freude bereitet.« Er wandte sich ab, um ein paar andere Kunden zu bedienen.

»Danke, Mr. Blake.« Ich steckte das Büchlein zurück in

≈

123

die Papiertüte, ließ diese in meine Manteltasche gleiten und machte mich auf den Weg zu meinem Wagen. Die Zeit war schnell vergangen, und Kate würde sich schon Sorgen um mich machen. Zumindest hoffte ich das, denn unsere Ehe lag seit einiger Zeit ziemlich im argen. Bewußt hatte keiner von uns dazu beigetragen. Aber irgendwie war es durch unsere Jobs und unsere überquellenden Terminkalender so weit gekommen, daß unsere Beziehung nicht mehr so wichtig zu sein schien.

2

Auf die romantische Szene, die mich zu Hause erwartete, war ich überhaupt nicht gefaßt: Auf dem Tisch brannten Kerzen, eine Flasche Champagner lag auf Eis. Dampfende Lasagne, frisch gekochtes Gemüse – ein häusliches Festmahl.

»Alles Gute zum fünften Hochzeitstag!« begrüßte mich Kate.

Ich konnte meine Überraschung nicht verbergen, was sie sofort bemerkte.

»Du hast es vergessen!« rief sie ärgerlich aus. Ich sah den Schmerz in ihren Augen.

»Es tut mir leid, Kate. Aber im Moment mache ich anscheinend *alles* falsch. Ich kann nicht denken; ich hatte wieder einen schrecklichen Tag in der Arbeit, und ich bin zu müde, um einen klaren Gedanken zu fassen, und erst recht, um…«

»Und meinst du nicht, daß ich vielleicht auch einen harten Tag im Büro hatte, nur um dann nach Hause zu hetzen und all dies für dich vorzubereiten? Ich habe wenigstens an unseren Hochzeitstag *gedacht*!« Weinend lief sie die Treppe hinauf. Ich folgte ihr.

≈

»Tut mir leid, Schatz.«

»Wohl wieder Streit mit deinem neuen Chef, stimmt's?« fragte sie.

»Ja, Kate. Wir können uns einfach nicht riechen. Ich habe es ehrlich versucht, aber bei Gott, der Mann ist unmöglich.«

»Hast du sonst noch etwas?«

»Nein, wieso fragst du?«

»Ich kenne diesen Blick.«

»Was für einen?«

»Dieses Gesicht, das du machst, wenn du über etwas nachdenkst, das nach einer Antwort verlangt.«

Sie hatte recht. Kate hatte mich schon immer gut gekannt, und dies war eine der Eigenschaften, die ich an ihr am meisten bewunderte. Mit ihren wunderschönen grünen Augen fiel es ihr leicht, Menschen zu durchschauen und ihre Gedanken zu lesen.

Wir hatten uns im letzten Studienjahr an der Wirtschaftsschule kennengelernt und vom ersten Moment an eine machtvolle, geradezu magnetische Anziehung verspürt, die nun schon mehr als acht Jahre andauerte. Ich hatte das Gefühl, mit ihr das große Los gezogen zu haben. Die erste große Liebe verändere ein Leben für immer, hatte meine Mutter mir einmal erklärt. Diese Liebe würde einen für immer begleiten; ganz gleich, was man tue, dieses Gefühl würde nicht vergehen, bis man starb. »Du wirst es sofort erkennen«, hatte Mutter gesagt, »denn wenn du diese Frau zum erstenmal ansiehst, wird alles um sie herum plötzlich verblassen.« Dieses Gefühl, dieses Geschenk, diese Liebe trug für mich den Namen Kate. Sie war eine auffallend attraktive Frau mit braunem Haar, einem wunderbaren

≈

126

Lächeln und olivfarbener Haut; aber was mir für immer das Herz geraubt hatte, waren ihre Augen gewesen, diese tief-grünen Augen, die den Blick in ihre sanfte, reine Seele frei-gaben.

Sie hörte auf zu weinen, aber der ganze Raum schien von ihrer Trauer erfüllt zu sein. »Du weißt, daß ich für dich da bin, falls du mich brauchst«, sagte sie.

»Ich weiß. Und ich danke dir.« Aber tief in meinem Inne-ren wußte ich, daß ich dabei war, sie zu verlieren. Ihre Worte hatten diesmal leer geklungen, so ganz anders, als sie vor langer Zeit mit mir geredet hatte. Das starke Band zwi-schen uns, das unsere ersten Ehejahre so wunderbar ge-macht hatte, zerfaserte vor unseren Augen, und wir hatten nicht die geringste Ahnung, was wir dagegen unternehmen konnten. Irgendwie hatten wir inzwischen so viel zu tun und waren derart in unseren Jobs, unserer Karriere enga-giert, daß wir kaum noch Zeit hatten, einander zu sehen. Reichte die Liebe denn nicht aus, damit zwei Menschen für immer glücklich zusammenlebten?

Ich wußte, daß Kate mühsam ihre Tränen verbarg und versuchte, sich ihre Enttäuschung nicht anmerken zu lassen. »Wir haben einen wunderschönen, sternenklaren Abend«, meinte sie. »Warum setzt du dich nicht auf die Veranda? Dort kannst du allein deinen Gedanken nachhängen.«

Mir war klar, daß *sie* eine Weile allein sein mußte. »Sicher, Schatz«, gab ich zurück. Ich nahm meinen Mantel und ging auf die hintere Veranda, wo um einen alten, runden Holz-tisch vier braune Stühle und daneben der Grill standen. Die Nacht war kühl und frisch und der Himmel mit Tausenden winziger, strahlender Lichter übersät. Was für ein Glück, daß wir aus der Stadt in einen Vorort gezogen waren, wo wir so eine wundervolle nächtliche Aussicht bewundern konnten!

Ich erinnerte mich wieder an das Buch, das ich gekauft hatte, und beschloß, einen kurzen Blick hineinzuwerfen.

Aufs Geratewohl öffnete ich den Band. Auf Seite zweiundzwanzig stand ein Gedicht:

> *Tu, was du tun willst.*
> *Sei, was du sein willst.*
> *Schau, wie du möchtest.*
> *Handle so, wie dir ist.*
> *Denk nach deiner eigenen Fasson.*
> *Rede, wie du reden willst.*
> *Folge den Zielen,*
> *die du verfolgen willst.*
> *Lebe nach der Wahrheit*
> *aus deinem Inneren.*

Mal wieder typisch Thoreau, dachte ich. Der Mann hatte wirklich den Sinn seines Lebens gefunden.

Gerade wollte ich umblättern, da sah ich den Namen der Autorin.

Das Gedicht stammte nicht von Thoreau.

Sondern von Susan Polis Schulz.

Ich war ziemlich verwirrt. Also hatte nicht nur Thoreau seine eigene Wahrheit entdeckt, sondern auch diese Frau. Wie viele solcher Menschen mochte es sonst noch geben?

Ich begann, mich unbehaglich zu fühlen. Wer waren die Geister, die aus diesem antiquarischen Buch zu mir sprachen

≈

128

und meine Lebensweise in Frage stellten? Ich war immer der Meinung gewesen, daß ich das Richtige tat, indem ich mir meinen Lebensunterhalt verdiente und für meine Zukunft und für die der Menschen vorsorgte, die ich liebte, meiner Familie. Aber je mehr ich jetzt von diesen Unbekannten las, desto klarer wurde mir, daß sie mir so fremd gar nicht waren. Hier äußerten sich Menschen, die ihr Leben nach ihren eigenen Prinzipien geführt hatten, ohne vorgefertigten Regeln zu folgen, um herauszufinden, wer sie wirklich waren. Und so hatten sie gelernt, ein erfüllteres Leben zu führen.

Kate trat auf die Veranda heraus. »Ich dachte, du möchtest vielleicht einen Kaffee.«

»Danke«, gab ich zurück und nahm einen kleinen Schluck von dem frisch aufgegossenen Gebräu. Sanft glitt die braune Flüssigkeit meine Kehle herunter und wärmte mich von innen auf.

»Gute Nacht, und schlaf gut«, sagte Kate und schickte sich an, ins Haus zurückzugehen.

»Kate?«

»Ja?«

»Möchtest du nicht ein Weilchen bei mir bleiben?«

»Hmm, okay.« Sie setzte sich neben mich. »Was liest du da?«

»Ach, nur ein kleines Buch, das ich heute im Buchladen bei der Arbeit gekauft habe, dem Laden von Mr. Blake. Du erinnerst dich doch an Mr. Blake, oder?«

»Also ehrlich gesagt, nein«, meinte sie.

»Du weißt schon, der alte Mann, den wir einmal um Rat gefragt haben wegen des Buchs von…«

≈

»O ja, jetzt fällt's mir wieder ein. Der Mann mit den dicken Brillengläsern.«

»Genau«, sagte ich.

Sie betrachtete die Sterne. »Ich weiß noch, daß er mir irgendwie besonders vorkam.«

»Wie meinst du das?« fragte ich.

»Da war etwas in seinen Augen«, antwortete Kate. »Sie hatten so ein ganz anderes Strahlen.«

»Was meinst du damit?« wiederholte ich.

»Ich kann es nicht erklären. Das gehört so zu den Dingen, die mir an Menschen auffallen. Na ja, nicht so wichtig.« Sie wandte sich mir zu. »Kann ich das Buch mal sehen?«

»Klar. Das ist ein Bändchen mit sehr hübschen Gedanken. Du weißt schon, eins von diesen Büchern, die man einfach irgendwo aufschlagen kann.«

Sie nahm mir das Buch aus den Händen, dann öffnete sie es langsam, ohne auf die Seitenzahl zu achten, und las vor:

Wenn wir auch
die ganze Welt bereisen,
um Schönheit zu finden,
wir müssen sie mit uns tragen,
sonst entdecken wir sie nicht.

»Das sind wunderschöne, wahre Worte«, meinte sie.

»Ja; ich habe erst heute abend zum erstenmal von diesem Thoreau gehört. Der Bursche ist wirklich gut.«

»Das Gedicht stammt nicht von Thoreau«, erklärte Kate.

»Wie bitte?«

»Diesen Text hat nicht Thoreau verfaßt.«

≈

130

»Ach ja, natürlich«, gab ich zurück. »Da stehen auch Gedanken von einer großartigen Frau namens Susan Polis Schulz, die im gleichen Stil schreibt, und...«

»Es ist auch nicht von ihr.«

»Bist du dir sicher?«

»Selbstverständlich«, erwiderte sie. »Hier steht, daß es von Ralph Waldo Emerson ist.«

Ich schwieg, starrte einfach nur das aufgeschlagene Buch an und dachte nach.

»Alles in Ordnung, Michael?«

»Klar, Kate, mir geht's gut. Ich habe nur etwas überlegt.«

Sie sah mich forschend an. »Na schön, ich lasse dich mit deinen Gedanken allein«, sagte sie. »Aber bleib nicht mehr so lange auf. Morgen müssen wir früh raus. Ich habe einen ziemlich langen Tag im Job vor mir.«

»Essen wir denn nicht mehr zu Abend, Kate?«

»Mir ist der Appetit vergangen, Michael. Ich möchte schlafen gehen.«

»Okay«, antwortete ich. »Gute Nacht dann.«

»Gute Nacht, Michael.« Sie stand auf und ging.

Ich starrte weiter in das aufgeschlagene Buch. So langsam begann ich mich unbehaglich zu fühlen, und der Stuhl, auf dem ich eben noch so bequem gesessen hatte, fühlte sich jetzt wie harter, kalter Stein an. Wer waren diese Menschen? Wie war es möglich, daß sie über ein und dieselben Themen geschrieben hatten? Hatten sie einander etwa gekannt? Natürlich nicht. Zumindest nicht alle. Aber wenn sie aus verschiedenen Lebenswelten stammten, wie konnte es dann sein, daß sie das gleiche empfanden, dieselbe Botschaft übermittelten? Und warum fühlte ich mich ihnen in Gedanken so nahe und doch so weit von ihrem Leben entfernt? Würde ich je den Mut aufbringen, in ihre Fußstapfen zu treten und die Wahrheit, die sie gefunden hatten, zu entdecken?

Dann überfiel mich ein Gedanke wie ein Blitzschlag, und ich fühlte mich noch schlechter: Wie viele Menschen auf der Welt mochten wohl genau in diesem Moment tatsächlich das Leben führen, das ihnen bestimmt war, nachdem sie die schwere Entscheidung getroffen hatten, ihrem Herzen zu folgen?

Erschrocken schlug ich das Buch zu. Jetzt wußte ich, daß es viel mehr waren, als ich je gedacht hätte.

3

Am nächsten Tag kam ich zu spät aus dem Haus. Mir war schon klar, daß ich dem morgendlichen Stau nicht entgehen würde.

In der Nacht hatte ich nicht schlafen können und geraume Zeit damit verbracht, das Bändchen zu lesen, das ich in Blakes Buchladen gekauft hatte. Ich entdeckte Gedichte von Autoren wie Ella Wheeler Wilcox, Douglas Malloch, Robert Pollis und anderen und erkannte, daß ihnen allen etwas gemeinsam war: Diese Menschen hatten ihr Leben auf der Grundlage ihrer eigenen Prinzipien geführt. Sie hatten auf die Stimme aus ihrem Inneren gehört und in die Praxis umgesetzt, was diese ihnen verkündete, und so ihrem Leben einen Sinn gegeben.

Wie hatten sie das fertiggebracht? Hatte ihnen jemand geholfen? Oder waren sie so starke Persönlichkeiten gewesen, daß ich schwacher Mensch nicht einmal davon träumen durfte, jemals so zu werden wie sie? Und dabei wünschte ich mir das im Augenblick mehr als alles andere.

Ich merkte fast nicht, wie der Tag vorüberging. Manchmal bestand die Arbeit im Büro so sehr aus Routine, daß ich sie erledigen konnte, ohne mich wirklich voll darauf zu konzentrieren. Wie betäubt verließ ich das Büro, doch auf der Treppe begegnete ich dem Chef. Er ließ eine Bemerkung über meine Kleidung los; so etwas sei am Arbeitsplatz unpassend. Wieso, mein Anzug war doch völlig in Ordnung, oder? Es stellte sich heraus, daß es um mein dunkelgrünes Hemd ging. Hatte der Mann kein anderes Lebensziel, als mir den Tag zu verderben? Ich murmelte *Ja, Sir, selbstverständlich, Sir, es wird nicht wieder vorkommen, Sir,* und konnte endlich gehen. Ich setzte mich ins Auto und fuhr nach Hause. Und fast ohne daß ich etwas davon mitbekommen hatte, waren wieder vierundzwanzig Stunden verstrichen.

An diesem Abend starrte ich wieder ohne Unterlaß auf das Buch. Ich fühlte mich ziemlich deprimiert. Kate bemerkte das sofort. Obwohl sie mir immer noch böse war, trat sie leise an meine Seite.

»Denkst du immer noch über die Antworten auf deine Gedanken nach?« fragte sie. »Vergiß nicht, daß ich eine gute Zuhörerin bin.« Sie schenkte mir einen liebevollen Blick, sichtlich bemüht, einen Weg zu finden, die Tür zu öffnen, die uns beide trennte. Immerhin wußten wir, daß hinter der Mauer, die wir zwischen uns errichtet hatten und hinter der wir uns so weit voneinander entfernt fühlten, der andere noch immer da war.

»Ich muß dir etwas sagen, Kate.«

»Und was?« fragte sie.

Ich spürte, wie mir eine Träne über die Wange rollte. »Erinnerst du dich an das Buch, das ich gestern gekauft habe?«

»Ja.«

≈

»Ich habe es gestern abend zu Ende gelesen, und dann konnte ich die ganze Nacht nicht schlafen, sondern mußte an die Menschen denken, die diese wunderbaren Verse geschrieben haben. Weißt du, ich beneide sie.«

»Warum?« fragte Kate.

»Weil ich zu gern wie sie sein würde. Mein Leben wirklich auf Grundlage meiner Überzeugungen führen, ohne mir so viele Sorgen um die Zukunft zu machen, ohne ständig daran zu denken, was andere von mir halten.«

»Und warum tust du das nicht einfach?«

»Ich fürchte, das Leben, das wir führen, der alltägliche Trott, der Gedanke an eine gesicherte finanzielle Zukunft, jetzt, da wir beruflich gut vorankommen... All das hat meinen alten Abenteuerdurst ein wenig gedämpft.«

»Dann hol ihn dir zurück, Michael. Erweck ihn wieder zum Leben. Sei wieder ein freier Geist.«

»Kate, du weißt, daß wir eine Menge Zeit und Mühe darauf verwandt haben, ein finanzielles Polster zu schaffen, um uns einen sorgenfreien Ruhestand zu sichern. Wir haben gespart, um eine Familie zu gründen und unseren Kindern das Beste im Leben zu bieten. Arbeiten wir nicht dafür so hart? Wir können das alles nicht einfach so wegwerfen. Wenn wir unsere Jobs kündigen, um einer fixen Idee nachzulaufen, verlieren wir einen Großteil der finanziellen Sicherheiten, für die wir so viel geschuftet haben.«

Fest und entschlossen sah Kate mich an.

»Michael Thompson, jetzt hör mir mal zu und spitz die Ohren. Ich habe dich geheiratet, weil ich wußte, daß wir eines Tages die Chance haben würden, ein ganz besonderes

≈

Leben zu führen, ein Leben, in dem es keine Grenzen für uns geben würde. Erinnerst du dich noch, was für freie Geister wir waren, als wir uns zum erstenmal begegneten? Ich habe mich in diesen Ausdruck in deinen Augen verliebt, und ich wußte, eines Tages würde etwas geschehen, das uns helfen würde, unseren Himmel auf Erden zu errichten. Vielleicht ist jetzt der Moment gekommen.«

»Welcher Moment?« fragte ich.

»Unser Leben radikal zu ändern. Liebling, ich wollte dir vorher nichts davon sagen, aber jetzt, wo ich sehe, welche Trauer du empfindest, kann ich dir verraten, daß ich in letzter Zeit die gleiche innere Leere gespürt habe wie du. Als hätte alles, was wir tun, keinen Sinn und Zweck. Manchmal erkenne ich mich selbst nicht wieder, Michael. Ich verbeiße mich so sehr in meine Karriere und unsere finanzielle Zukunft, und das auf Kosten meiner Zeit und meines Privatlebens, daß ich langsam zu einer Person werde, die ich nicht sein will. In letzter Zeit sehen wir uns kaum noch. Wir reden nicht mehr miteinander wie früher, und ich komme mir in deiner Nähe wie eine Fremde vor. Wenn wir beide das gleiche empfinden, warum lassen wir dann nicht unsere Abenteuerlust – und unsere Liebe – wieder aufleben? Was kann dabei schon schiefgehen? Wir sind immer noch Träumer, und wir lieben uns. Das Schlimmste, was passieren kann, ist, daß wir uns mit unserer neuen Lebensweise nicht wohl fühlen. Dann können wir immer noch zu unserem alten Lebensstil zurückkehren, uns neue Jobs suchen und vielleicht weniger Geld auf die Seite legen, als wir gehofft hatten. Mehr können wir nicht verlieren. Aber kannst du dir auf der anderen Seite vorstellen, was für wunderbare Orte wir entdecken, wie viele verschiedene Menschen wir treffen und was wir von ihnen lernen können, gemeinsam?

Wir leben nur einmal, Michael, und wenn das Leben an uns vorbeigezogen ist, gibt es kein Zurück. Glaubst du nicht, daß es uns einmal leid tun wird, daß wir unserem Traum keine Chance gegeben haben, wenn wir älter sind?«

»Schon, Kate, aber...«

Ohne daß ich es bemerkt hatte, war mir das Buch vom Tisch gerutscht. Es fiel zu Boden und blieb, auf Seite elf aufgeschlagen, liegen.

Auch eine Reise von tausend Meilen
beginnt mit dem ersten Schritt...
in die richtige Richtung.

Schweigend starrten wir das offene Buch an. Kate schmunzelte, dann begann sie zu lachen und sah mich an. »Ich glaube, deine Freunde versuchen, dir etwas mitzuteilen, Liebster.«

»*Wir leben nur einmal*«, hatte Kate gesagt. Ich sah auf das aufgeschlagene Buch auf dem Fußboden, und in diesem Moment wußte ich zum erstenmal seit langem, daß ich eine Antwort erhalten hatte. Kate hatte recht. Das waren keine Fremden, die aus diesem alten Buch zu mir sprachen. Es waren Menschen wie ich, die das Geheimnis eines erfüllten Daseins entdeckt hatten. Und nun waren sie zu mir gekommen, um mir bei den ersten Schritten in das Leben, von dem ich immer geträumt hatte, zu helfen. Endlich erkannte ich, daß diese Seelengefährten bei mir sein, mir helfen und mich

≈

137

leiten würden, wenn ich meinem Herzen folgte und meine eigenen Entscheidungen traf.

Ich nahm Kates Hand und sah ihr in die Augen.

»Kate?«

»Ja, Liebling?«

Meine Hände zitterten.

»Kate, wenn irgend etwas nicht richtig klappt, wenn wir leiden, während wir versuchen, unseren Träumen zu folgen, wenn sich eines Tages herausstellt, daß wir das, was wir uns einmal so sehr gewünscht haben, nicht bekommen ... wirst du mich dann immer noch lieben?«

Ihr Blick drang geradewegs in mein Herz. Tränen strömten aus ihren wunderschönen smaragdgrünen Augen.

»Ich habe dich mein ganzes Leben lang geliebt, Michael. Ehe ich dich kennenlernte, liebte ich dich schon in Gedanken. Und noch davor die Verheißung eines Menschen, der so ist wie du. Ganz gleich, was aus uns wird, Michael Thompson, ich werde dich auf ewig lieben.«

Sprachlos stand ich da. Nun, da sie mir ihr Herz geöffnet hatte, wußte ich nicht mehr, was ich sagen sollte. Oftmals hatte ich ihr diese Abenteuer, diese Träume versprochen, aber ich hatte mein Wort nicht gehalten. Denn Träume werden nur durch Taten verwirklicht, nicht durch Ideen. Und mir war klar, daß sie mich jetzt bat, sie nicht noch einmal zu enttäuschen, weil dies vielleicht die letzte Chance war, unsere Beziehung, unsere Ehe zu retten.

Ich war mir schmerzhaft deutlich bewußt, daß meine Antwort unser ganzes weiteres Leben bestimmen würde. Daher sagte ich einfach das erstbeste, was mir in den Sinn kam.

»Kate, erinnerst du dich noch, wie wir davon geträumt haben, ein Segelboot zu kaufen und auf eine Reise zu gehen…«

Ich kam nicht zu Ende. Mit Tränen in den Augen fiel mir Kate um den Hals und umarmte mich mit aller Kraft.

»Ich liebe dich, Michael Thompson«, sagte sie.

4

Wir warteten bis zum Wochenende; dann machten wir uns auf die Suche nach einem Boot.

Kate und ich segelten zwar gut, eine eigene Yacht hatten wir jedoch nie besessen. Wir waren allein oder mit Freunden auf großen und kleinen Booten in der Bucht von Auckland herumgeschippert, aber weiter waren wir nie gekommen. Nicht weil wir nicht den Wunsch verspürt hätten, sondern weil wir anscheinend nie die Zeit dazu fanden.

Wir näherten uns einer kleinen Marina am Ende des Piers, wo ein buntes Schild verkündete: BOOTE ZU VERKAUFEN. Eine rostige alte Treppe führte in ein Büro am Ende des Landungsstegs. Als wir die Tür öffneten, erklang ein melodisches Läuten und teilte dem Eigentümer mit, daß potentielle Kunden eingetroffen waren.

»Willkommen im besten Bootsgeschäft der Stadt!« begrüßte uns ein kleiner junger Bursche mit dunklen Augen, der seinem Anzug nach nur ein Verkäufer sein konnte. »Mein Name ist John Roberts. Was kann ich an diesem wunderschönen Morgen für Sie tun?«

»Tja, Mr. Roberts«, gab ich zurück, »ich heiße Michael, und das ist meine Frau Kate. Wir möchten ein Segelboot kaufen. Um die Wahrheit zu sagen, haben wir noch nie ein Boot besessen, daher wären wir dankbar für Ihre Anregungen und Ihren Rat.«

»Da sind Sie bei mir genau richtig!« rief er aus. »Und nennen Sie mich doch bitte John.« Er zog einen Katalog hervor, in dem gebrauchte und neue Yachten zum Verkauf angeboten wurden. »Was für eine Art von Ausflug haben Sie denn vor?«

»Wir wollen Auckland verlassen. Wahrscheinlich segeln wir zu den Fidschiinseln und nach Vanuatu, um dann über Neukaledonien nach Hause zurückzukehren.«

Ungläubig riß der junge Verkäufer die Augen auf. »Wollen Sie mir erzählen, daß Sie einen solchen Törn planen, obwohl Sie noch nie ein Segelboot besessen haben?«

»Ja und nein«, schaltete Kate sich ein. »Ein eigenes Boot hatten wir zwar nie, aber wir haben in der Umgebung von Auckland jede Menge Erfahrung gesammelt. Und jetzt haben wir das Gefühl, daß es an der Zeit ist, einmal eine längere Reise zu unternehmen.«

Mr. Roberts begann zu schwitzen. Er zog ein weißes Taschentuch aus der hinteren Hosentasche und wischte sich die Stirn ab.

»Hmm, das wird aber ziemlich heikel, wenn Sie *bareboat* segeln wollen.«

»Was meinen Sie damit?« fragte ich.

»Ein Ausdruck aus der Seglersprache, mit dem man eine Reise ohne professionelle Mannschaft beschreibt. Das heißt, daß Sie, Michael, wahrscheinlich den Skipper spielen müssen, und Ihre Frau die Crew. Unmöglich ist so etwas nicht, aber es ist dann sehr wichtig, das richtige Boot und die rich-

≈

141

tige Ausrüstung zu wählen. In dem Fall müssen wir nach einer Yacht Ausschau halten, die die drei wichtigsten Voraussetzungen für ernstzunehmende Segeltörns besitzt: einen guten Rumpf, eine ordentliche Takelage und eine zuverlässige Maschine.« Er stand auf. »Ich zeige Ihnen mal, was ich dahabe«, erklärte er.

Er führte uns an das Super-Deluxe-Ende seiner Segelboot-Flotte. Da lagen Boote mit der allerneuesten Fahrtensegler-Ausrüstung wie Rollreffanlagen für Vor- und Hauptsegel, Echolot, Satellitennavigation und Solarenergie-Versorgung. Die Yachten verfügten über jeden nur denkbaren Komfort: eine Tür im Spiegelheck, durch die man auf eine Tauchplattform hinausspazierte, Bimidis, das heißt Teile des Bootes, die ständig im Schatten liegen, Cockpittisch mit Kühlschrank, Heckduschen, Kompaktanlage mit CD-Spieler und Quadro-Sound, Mikrowelle … der ganze unvorstellbare Luxus, den man auf einem modernen Segelboot unterbringen kann.

Wie Kinder starrten wir die Boote an und versuchten, all die Informationen, mit denen Mr. Roberts uns überschüttete, zu verdauen. Aber glücklich waren wir nicht, denn wir suchten keinen Schnickschnack, sondern Sicherheit.

Der Verkäufer sah uns an. »Kommen Sie, bloß keine Panik«, meinte er. »Ich werde Ihnen mal die Boote zeigen, die sozusagen Standard sind.« Er führte uns zu einer Reihe weißer Yachten, die an der rechten Seite des Stegs festgemacht waren. »Nehmen Sie sich ruhig Zeit«, riet er uns. »Die meisten dieser Boote dürften für Ihre Reise geeignet sein, wenn man sie ein wenig nachrüstet.«

Wir schauten uns um. Hier und da entdeckten wir Mar-

≈

142

kennamen wie Catalina, Beneatau oder Hunter. Die Typen waren sehr unterschiedlich, aber alle schienen stabil und einigermaßen in Schuß zu sein. Aber sooft wir auch auf die Boote und wieder hinunterkletterten … etwas fehlte. Aus irgendeinem Grund, den ich nicht genau definieren konnte, stimmte etwas nicht. Ich wußte, daß Kate ebenso empfand.

Die nächsten drei Stunden verbrachten wir damit, Konstruktionen, Preise und Konfigurationen abzuwägen. Wir zogen Details wie Stabilität und Manövrierfähigkeit in Betracht und verglichen die Boote unter diesen Gesichtspunkten. Immer wieder kam die Sicherheit zur Sprache, denn schließlich würden wir uns oft tagelang auf dem offenen Meer befinden, ohne Land in Sicht.

Wir wußten nicht, was wir tun sollten. Obwohl einige der Angebote, die Mr. Roberts uns machte, tadellos klangen, fühlten wir uns nicht wirklich wohl bei der Vorstellung, mit einem dieser Boote in See zu stechen.

Mr. Roberts war kurz davor aufzugeben. Er erkannte wohl, daß er an diesem Morgen kein Geschäft mehr abschließen würde. Daher gab er uns seine Karte und bat uns, wiederzukommen, wenn wir eine Entscheidung getroffen hätten.

»Denken Sie darüber nach«, meinte er und versuchte seine Enttäuschung zu verbergen. »Sie wissen ja, wo Sie mich finden.«

Niedergeschlagen verließen wir den Pier und fragten uns, ob wir uns da in einem Spiel versuchten, das nur Experten verstanden. »Mach dir keine Gedanken, Liebes«, sagte ich zu Kate. »Besser, wir lassen uns Zeit, als einen Fehler zu machen.«

≈

»Du hast ja recht«, gab Kate zurück. »Vielleicht sollten wir uns diese Wahnsinnsidee noch einmal überlegen und…«

Plötzlich unterbrach sie sich und starrte auf eine Stelle hinter dem Bootsladen. Aber da gab es nichts zu sehen außer einem alten Segelboot, das an der Mauer festgekettet war. Daneben hing ein Schild mit der Aufschrift »Zu verkaufen«. Das Holz des Schiffsrumpfs war teilweise morsch, und das Segel wies etliche Löcher auf. Ich mußte mich anstrengen, um das Boot überhaupt erkennen zu können, da es in einer dunklen, abgelegenen Ecke lag. Ich warf einen Blick zu Kate und begann mich zu fragen, ob sie kurzfristig den Verstand verloren hatte.

»Kate, alles okay?«

Einige Minuten starrte sie das Boot wortlos an. Dann fuhr sie plötzlich herum und rannte auf Mr. Roberts Büro zu. Er sah sie näher kommen und trat aus der Tür.

»Alles in Ordnung, Madam?«

»Mr. Roberts, dieses Schiff, das da hinter dem Bootshaus liegt, gehört das Ihnen?«

»Ja, sicher«, antwortete der Verkäufer. »Aber damit kommen Sie nicht weit. Es ist sehr alt und kann höchstens noch in der Bucht kreuzen.«

Ich starrte Kate an.

»Kate, was hast du vor?«

Sie gab mir keine Antwort.

»Mr. Roberts, meinen Sie, Sie könnten es so weit in Ordnung bringen, daß wir damit unsere Reise antreten können?«

Der junge Mann sah prüfend das Boot an. »Hmmm, ich

schätze, das könnte ich. Aber das würde einen Haufen Geld kosten.«

»Wieviel?«

»Das kommt ganz darauf an, was Sie wollen.«

»Es muß in so gutem Zustand sein, daß es uns überall hinbringt, wohin wir wollen«, erklärte Kate.

»Der Kostenvoranschlag wird einige Zeit in Anspruch nehmen«, sagte Mr. Roberts.

»Gut«, meinte Kate. »Dann gehen wir zurück in Ihr Büro, und Sie unterbreiten uns ein Angebot, schlüsselfertig, die gesamte Grundausstattung eingeschlossen.«

»Das wird einige Zeit dauern«, wiederholte er.

»Macht nichts«, gab Kate zurück. »Es hat auch lange gedauert, bis ich wieder zu träumen angefangen habe. Da schaden ein paar Stunden nichts. Ich habe immer noch den Rest meines Lebens vor mir.«

Mr. Roberts verschwand in seinem Hinterzimmer und tauchte mit einigen Handbüchern über Navigationsinstrumente, Funkausstattungen, Konstruktionen und anderes wieder auf. Inzwischen schwitzte er so stark, daß ich ihm mein eigenes Taschentuch leihen mußte.

»Vielen Dank«, sagte er. Dann ging er sofort zurück an seinen Computer, tippte Zahlen ein, addierte, subtrahierte und schlug in seinen Listen nach.

Leise sprach ich Kate an.

»Was in aller Welt machst du da, Kate?«

Sie sah mich an. »Etwas, das ich schon vor langer Zeit hätte tun sollen.«

»Und das wäre?«

»Auf meinen Instinkt hören.«

≈

145

Schließlich begann der Drucker zu rattern und spuckte eine lange Papierschlange mit einer Summe am unteren Ende aus. Mr. Roberts nahm den Ausdruck, überprüfte ein letztes Mal die Liste und schrieb dann eine Zahl auf die Rückseite des Papiers.

Er sah uns offen an. »Michael, Kate. Sie haben mich heute ganz schön arbeiten lassen. Ich habe von dem ursprünglichen Preis bereits einen Rabatt von zehn Prozent abgezogen, also versuchen Sie nicht, mit mir zu handeln. Dies ist mein letztes Angebot; Sie können entweder einschlagen oder ablehnen. Eins kann ich Ihnen jedenfalls garantieren: mit dieser Navigationsausrüstung und den Reparaturen am Rumpf können Sie sich auf dem alten Kahn ziemlich sicher fühlen.« Behutsam schob er das Papier auf unsere Seite des Tisches herüber. »Ich lasse Sie beide jetzt allein, damit Sie eine Entscheidung treffen können.« Leise verließ er den Raum.

Wir sahen den Preis und starrten uns fassungslos an.

»Kate, ausgeschlossen, diese Summe können wir unmöglich aufbringen!«

»Du weißt genau, daß wir das können; wir müssen halt das Geld angreifen, das wir für unseren Ruhestand zurückgelegt hatten.«

»Wie bitte? Dir ist doch wohl klar, daß wir dieses Geld nicht anrühren dürfen!«

»Jetzt haben wir es bis hierher geschafft. Wir müssen es tun, und du weißt, daß wir es können.«

Und für einen kurzen Augenblick empfand ich dasselbe wie Kate. Sie hatte recht. Natürlich konnten wir dieses Geld verwenden. Es gehörte schließlich *uns*. Dieses Sparen für eine Zeit, die noch in weiter Ferne lag, war nur ein Vorwand

≈

146

dafür, unser hektisches Leben fortzuführen, das wir so sehr haßten. Aber die Einstellung, diesen »Notgroschen« nicht anzutasten, steckte eben tief in uns.

Wäre es nicht viel besser, sich auf ein wunderbares Abenteuer einzulassen, statt das Geld für ein gesichertes, ruhiges Leben im Alter zu sparen? So würde unser Ruhestand zu einer Zeit, sich unserer Träume zu erinnern, die wir in einem ausgefüllten Leben wahr gemacht hatten. Außerdem konnten wir das Boot nach unserer Rückkehr immer noch verkaufen und auf diese Weise den größten Teil unserer Investition wieder hereinholen. Doch die Erinnerungen würden uns für immer bleiben. Sie waren unschätzbar wertvoll. Diese Reise könnte sogar ein Weg sein, einander wieder näherzukommen. Unsere Ehe stand kurz vor dem Ruin; wir hatten nichts zu verlieren.

Das Argument war zu gewichtig.

Wir sahen einander an. »Du kennst die Entscheidung bereits«, sagte ich.

»Ja!« rief Kate aus. Sie stand auf und trat vor das Büro.

»Wir sind im Geschäft, Mr. Roberts.«

Er schenkte uns ein strahlendes Lächeln. »Ich fange sofort mit der Arbeit an dem Boot an. In zwei Wochen ist es fertig.«

»Perfekt«, gab ich zurück. Wir schüttelten ihm die Hand und unterzeichneten einen Scheck über die Hälfte der Kaufsumme. Die restlichen fünfzig Prozent würden wir entrichten, sobald die Renovierung des Bootes abgeschlossen war.

Mr. Roberts ging mit uns zum Ankerplatz unseres »neuen« Bootes. Es sah wirklich ziemlich mitgenommen aus.

≈

Doch es hatte irgendwie etwas Besonderes, und ich begann zu verstehen, was Kate vorhin schon bemerkt hatte.

»Wie heißt es?« fragte ich.

»Ich habe nicht die geringste Ahnung«, antwortete Mr. Roberts. »Wahrscheinlich ist die Plakette mit dem Namen schon abgefallen. Sie wissen ja, wie alte Boote sind.«

»Haben Sie denn keine Aufzeichnungen über den Vorbesitzer?« wollte ich wissen.

»Doch, schon«, meinte Mr. Roberts. »Aber merkwürdig, nirgendwo wird der Name des Bootes erwähnt. Modell, Farbe, die Nummer der Maschine, die Registrierung, alles ist verzeichnet, nur kein Name. Es wurde als Catalina-Segelboot registriert. Aber glauben Sie mir, das ist nicht wichtig. Alle Papiere sind in Ordnung. Außerdem ... finden Sie nicht, daß dies eine schöne Gelegenheit ist, dem Boot Ihren eigenen Namen zu geben?« setzte er hinzu.

Wir blieben an der Marina, bis die Sonne untergegangen war.

Wie Kinder, die ein ganz besonderes, heiß ersehntes Geschenk bekommen haben, saßen wir stundenlang auf der Bank gegenüber unserem Boot und sahen es an. Wir waren ein bißchen erschrocken und nicht ganz sicher, ob wir das Richtige getan hatten. Aber wir hatten inzwischen auch begriffen, daß man sich eben so fühlt, wenn man eine große Veränderung in seinem Leben vornimmt. Wenn man sich anschickt, jene Region zu verlassen, die Kate und ich die »Sicherheitszone« nannten, diesen Ort in der persönlichen Welt, der zur Routine geworden ist, wo man sich sicher fühlt, weil alles vertraut ist. Und wenn all dies

≈

sich ändern soll, fühlt man sich auf einmal ein wenig deplaziert.

»Wie wollen wir es nennen?«

»Was?«

»Welchen Namen sollen wir unserem Boot geben?« fragte Kate noch einmal.

»Tja, ich weiß nicht«, antwortete ich. »Hast du eine Idee?«

»Hmmm, im Moment nicht«, gab sie zurück.

»Dann ist es vielleicht besser, die Frage zu vertagen.« Ich stand auf. »Laß uns nach Hause gehen, Kate. Es ist spät geworden.«

»Ich will nicht fort«, widersprach sie. »Ich fürchte, wenn wir jetzt gehen, könnte der Zauber unseres Traums gebrochen werden, und wir fangen an, uns alles noch einmal anders zu überlegen.«

Kate sieht wunderschön aus, wenn sie sich Sorgen macht. Aus ihren grünen Augen spricht dann die Wahrheit ihres Herzens. Sie hatte nie gelernt zu lügen. Das war eine der Eigenschaften, die ich an ihr am meisten liebte; einer der Aspekte, die ich verzweifelt in unsere Beziehung zurückzuholen versuchte.

»Mach dir keine Gedanken«, sagte ich. »Das Boot wird bis morgen schon nicht weglaufen. Und wir haben es so weit geschafft, daß ich nicht glaube, daß wir uns noch anders entscheiden.«

Sie sah mich an. »Okay, ich vertraue dir«, sagte sie. Ich nahm ihre Hand, und wir gingen langsam zum Wagen. Und dann wurde mir klar, daß ich mich nicht erinnern konnte, wann wir zuletzt Hand in Hand gegangen waren. Wann

≈

unser Schweigen wichtiger gewesen war als jedes Wort, das wir hätten sagen können.

An diesem Abend begannen wir mit allen Vorkehrungen, um in zwei Wochen mit unserem »No-Name-Boot« aufzubrechen.

Das Schiff war nicht neu, befand sich aber in ziemlich gutem Zustand. Mr. Roberts hatte uns erklärt, daß der letzte Besitzer es pfleglich behandelt hatte: Er hatte die Schrauben nicht verrosten lassen, und die kleine Maschine lief immer noch wie ein Uhrwerk. Die Schäden am Rumpf sahen schlimmer aus, als sie wirklich waren, und im großen und ganzen war unser Boot ziemlich gut in Schuß. Mr. Roberts versicherte uns, das Boot sei gut zu segeln, und die Extras – CD-Anlage, gasbetriebener Herd mit Backofen, gutes Tafelporzellan, Edelstahlkochtöpfe und Dusche – würden die Reise zu einem reinen Vergnügen machen. Er würde noch eine neue, über Satellit laufende Funkanlage installieren, mit der wir jederzeit Kontakt aufnehmen könnten und die für unsere Sicherheit garantieren würde.

Ich schaute Kate an, und sie erwiderte mein Lächeln.

Wie hätten wir auch ahnen können, wie weit wir in diesem Moment von der Wahrheit entfernt waren? Wir dachten an all diesen materiellen Komfort, und dabei schickten wir uns gerade erst an, die wirklichen Schätze des Lebens zu entdecken.

5

Zwei Wochen nachdem wir das Boot gekauft hatten, erhielten wir einen Anruf von Mr. Roberts. Er teilte uns mit, unsere Yacht sei fertig. Wir hasteten zur Marina. Zuerst erkannten wir das Boot kaum wieder. Es war neu gestrichen worden, aber noch mehr als das strahlende Weiß zog das schimmernde, polierte Deck unsere Aufmerksamkeit auf sich. Der Duft frisch geschliffenen Zedernholzes und die neuen Segel verstärkten den Zauber noch. Der neue Herd und Kühlschrank standen in krassem Gegensatz zu dem einfachen, aber tadellos sauberen rustikalen Tisch, an dem wir in Zukunft viele Stunden verbringen würden. Hier würden wir kochen und alle möglichen exotischen Nahrungsmittel kosten, die uns auf ganz besondere Weise mit den einzigartigen Kulturen verbinden würden, denen sie entstammten. Mr. Roberts hatte alle Extras, von denen er gesprochen hatte, einbauen lassen und den größten Teil des Achterschiffs sowie die gesamte Navigationsausrüstung ersetzt. Der Fünfzehn-Meter-Schoner wirkte ebenso brandneu wie stabil. Majestätisch.

Wir bezahlten Mr. Roberts das Geld, das wir ihm noch schuldeten, und er überreichte uns alle Dokumente, die be-

≈

151

sagten, daß das Schiff jetzt uns gehörte. »Ich wünsche Ihnen eine wunderbare Reise, Kate und Michael. Und wenn Sie wieder da sind, denken Sie daran, daß ich daran interessiert bin, Ihr Boot zurückzukaufen.«

»Danke für das Angebot, John«, gab ich zurück. »Wir reden darüber, sobald wir zurück sind.«

Wir gaben ihm die Hand und gingen. Kate trug das schönste Lächeln der Welt auf den Lippen.

Am nächsten Morgen fuhr ich zu meinem letzten Arbeitstag ins Büro, um mich von meinen Kollegen zu verabschieden. Sie hatten sich großartig verhalten, als ich ihnen mitteilte, ich würde aus der Firma ausscheiden. Zwar konnten die meisten nicht verstehen, warum ich so handelte, aber alle standen meinen Plänen wohlwollend gegenüber. Wir nahmen ein paar Drinks, und nach der Mittagspause sagte ich meinen Kollegen Lebewohl. Und schließlich verabschiedete ich mich von meinem Chef, obwohl ich insgeheim damit rechnete, er würde mit mir über meine Entscheidung streiten. Doch ich wurde angenehm überrascht, denn er tat nichts dergleichen.

»Wir werden Sie vermissen«, sagte er, und einen Augenblick lang sah ich etwas wie Neid in seinem Blick.

Ich war völlig verblüfft, doch seine Reaktion bestärkte mich nur in dem Kurs, den wir eingeschlagen hatten.

Ich ging zu meinem Wagen, stieg ein und wollte schon den Motor anlassen, als mir noch etwas einfiel. Besser gesagt, jemand.

Mr. Blake.

Ich mußte mich von Mr. Blake verabschieden und ihm die Neuigkeit mitteilen.

≈

152

Schließlich hatte ich keine Ahnung, wann ich zurückkehren würde. Normalerweise kam ich ungefähr zweimal die Woche in Mr. Blakes Buchladen. Da gab ich ihm lieber Bescheid, daß ich eine Zeitlang auf Reisen sein würde, damit er sich keine unnötigen Sorgen um mich machte. Wahrscheinlich würde er mich sowieso beglückwünschen. Hoffentlich ist der Buchladen noch geöffnet, dachte ich.

Ich stieg aus dem Wagen und ging über die Straße, wie so oft zuvor. Der Laden war noch nicht geschlossen, und Mr. Blake saß am Ende des Mittelgangs und las.

»Mr. Blake!«

»Hallo, mein Freund«, begrüßte er mich. Er stand auf und trat auf mich zu. »Wie geht es Ihnen heute?« fragte er.

»Ausgezeichnet, Mr. Blake. Ich bin gekommen, um mich zu verabschieden.«

»Verlassen Sie die Stadt?« fragte er.

»Allerdings«, antwortete ich. »Meine Frau und ich brechen mit unserem neuen Segelboot zu einer Reise auf, und wir wissen nicht, wie lange wir fort sein werden. Daher wollte ich Ihnen Lebewohl sagen, damit Sie sich keine Sorgen machen, falls Sie mich in der nächsten Zeit nicht sehen.«

»Das ist sehr rücksichtsvoll von Ihnen, Mr. Thompson.« Er lächelte mir zu. »Sie haben es also getan.«

»Was getan?«

»Sie haben Ihre Stellung gekündigt und werden Ihrem Traum folgen.«

»Ja, ich schätze schon. Zumindest für eine Weile. Ich muß einen Sinn in dem finden, was ich tue, herausbekommen, wer ich wirklich bin.«

≈

»Wissen Sie, was unser Freund Samuel Butler sagte?«

»Wer?«

»Samuel Butler, ein Autor, nicht unähnlich denen, die Sie gelesen haben. ›*Das Leben ist wie Musik. Man muß es mit Gehör, Gefühl und Instinkt komponieren, nicht nach irgendwelchen Regeln.*‹« Er ging in sein Hinterzimmer, setzte sich auf einen Stuhl und öffnete eine hölzerne Schublade. Daraus nahm er ein in einfaches Geschenkpapier gewickeltes Päckchen, das ungefähr die Größe eines dicken Buchs aufwies.

»Das ist für Sie und Ihre Frau«, erklärte er.

»Mr. Blake, das wäre doch nicht…« Dann ging mir ein Licht auf. »Woher wußten Sie denn, daß ich verreise?«

Der alte Mann lächelte. »Das war mir vom ersten Moment an klar«, sagte er. »Ich wußte, daß Sie die Kraft besitzen, Ihrem Herzen zu folgen.«

Er reichte mir das Päckchen, und ich wollte schon das Papier abreißen.

»Nein, warten Sie!« rief er aus und hielt meine Hände fest. »Bitte öffnen Sie es noch nicht.«

»Was meinen Sie?« fragte ich verständnislos.

»Packen Sie es erst aus, wenn Sie mit Ihrem Segelboot unterwegs sind. Das ist sehr wichtig. Betrachten Sie es als einen Gefallen für einen alten Mann, der seine festen Vorstellungen hat. Wer weiß, vielleicht bringt es Ihnen ja Glück.«

Ich war ein wenig skeptisch. »Na ja, wenn Sie unbedingt wollen…«

»Ja, Mr. Thompson, danke. Öffnen Sie das Paket erst, nachdem Sie abgelegt und Ihre Reise begonnen haben.«

Ich nickte zustimmend, dann nahm ich das Geschenk und

≈

drückte Mr. Blake kräftig die Hand. Er trat näher und umarmte mich.

»Bis dann«, sagte ich.

»Bis bald«, gab er zurück. Ich stand schon an der Tür, als der alte Mann mich zurückrief.

»Mr. Thompson...«

»Ja?«

»Noch eines. Es mag Ihnen absurd vorkommen, aber ich möchte, daß Sie mir etwas versprechen. Wenn Sie Ihr Geschenk geöffnet haben, behalten Sie es bitte bis zum Ende der Reise.«

»So langsam jagen Sie mir Angst ein, Mr. Blake.«

»Machen Sie sich keine Gedanken. Entschuldigen Sie, wenn ich Ihnen Umstände mache. Tun Sie es einfach für einen alten Mann...«

Langsam wurde ich unleidlich. »Okay, ich öffne es erst, wenn ich den Hafen verlassen habe, und ich werde es auf der ganzen Reise bei mir behalten.«

»Danke, Mr. Thompson.« Er schaute mich an und nahm seine dicke Brille ab.

Ich wünsche Ihnen ein wunderbares Leben, Michael«, sagte er.

Dann wandte er sich ab und kehrte in die Welt seiner Bücher zurück, in die er gehörte.

Ich sagte nichts, sondern drückte nur einfach die Tür auf und verließ den Buchladen. Vor unserer Abreise war noch viel zu tun.

Langsam versank die Sonne hinter dem Horizont und ließ einen leuchtend orangefarbenen Himmel zurück. Das klare

≈

155

blaue Wasser spiegelte das Sonnenlicht, und oben komplettierten Wolkenfetzen das Bild. Eine plötzliche Wärme erfüllte meine Seele. Die Szene war voller Schönheit und bestärkte mich darin, daß wir unsere Reise fortsetzen sollten.

Kate und ich tranken auf unserem Boot eine Tasse Kaffee, betrachteten das Meer und sahen einander an. Wir hatten alles fertig geplant und beschlossen, die Nacht auf dem Boot zu verbringen, eine vom Duft des Meeres erfüllte Nacht, und dann in aller Frühe auszulaufen.

Nach dem romantischen Sonnenuntergang glitzerten und blinkten jetzt Lichtpünktchen vor meinen Augen. Die Sterne leuchteten heller, als ich sie je zuvor gesehen hatte, und angesichts dieser sauberen, unverschmutzten Umwelt stieg Ehrfurcht in mir auf.

»Ich bin so froh, daß wir diese Entscheidung getroffen haben«, meinte Kate. »Schon dadurch, daß ich auf dem Oberdeck unseres Bootes sitze, fühle ich mich besser. Ich bin meinem wahren Selbst näher, lerne, eine andere Art von Leben zu führen und der freie Geist zu sein, der ich einmal war. Stell dir nur vor, wie lange wir uns an keine festen Zeitabläufe mehr zu halten brauchen. Keine Routine, keine Termine! Wir können tun, was wir wollen, anlegen, wo und solange wir möchten. Gott, ich fühle mich so jung!« Sie sah mich an. »Michael, hörst du mir überhaupt zu?«

»Tut mir leid«, sagte ich. »Kate?«

»Ja?«

»Habe ich dir eigentlich erzählt, daß Mr. Blake uns ein Abschiedsgeschenk gemacht hat?«

»Nein. Was ist es denn?«

»Keine Ahnung. Das Ganze war irgendwie unheimlich.

Er bat mich, es erst auf dem Meer zu öffnen, und hat mir das Versprechen abgenommen, es bis zum Ende der Reise mit uns zu führen, ganz gleich, was wir davon hielten.«

»Tja«, meinte Kate, »du weißt doch, wie Buchhändler sind. Etwas exzentrisch, und Mr. Blake ist außerdem ein alter Mann.« Sie schaute mich eindringlich an. »Wo hast du es?«

»Unten, in der Kajüte«, antwortete ich.

»Dann hol es doch, und wir machen es auf.«

»Er hat gesagt, wir sollten es erst auf dem Meer öffnen.«

»Bist du denn nicht neugierig?«

»Doch, schon. Aber ich finde, wir sollten die Wünsche des Alten respektieren. Schließlich hat er mir das Buch verkauft, mit dem alles angefangen hat.«

»Ja, aber genaugenommen sind wir auf dem Meer«, wandte Kate ein. »Wir werden nicht mehr an Land zurückkehren, und wir sind nicht auf der Marina. Wir befinden uns neben dem Pier, auf unserem Boot, auf dem Ozean.«

»Schon gut; du bist so raffiniert wie immer.« Ich lächelte. »Okay, ich hole es.« Ich ging in die Kajüte, öffnete den Schrank und nahm das Päckchen heraus. Dann ging ich zurück an Deck, setzte mich und reichte es Kate.

»Mach du es auf«, sagte ich.

»Wieso ich?«

»Die Idee stammt von dir«, entgegnete ich. »Und wenn es einen Fluch oder sonst einen Zauber enthält, dann fällt er auf dich.«

»Feigling!« rief sie lachend aus. Behutsam entfernte sie das Einwickelpapier und enthüllte eine kleine Holzschachtel mit einem Schloß. Der Schlüssel lag ebenfalls dabei.

≈

»Sollen wir sie öffnen?« fragte ich.

»Natürlich«, sie lachte. »Dazu sind Schlösser da!« Sie drehte den Schlüssel. Das Schloß sprang auf, und sie hob den Deckel an.

»Was ist es?« fragte ich.

Sie steckte die Hand in die Schachtel und zog heraus, was darin war.

»Es ist ein Buch«, sagte sie.

»Hmm, sieht mir ziemlich alt aus«, murmelte ich.

Vorsichtig blätterte Kate das Buch auf. Auf der ersten Seite stand etwas geschrieben:

Für Michael und Kate Thompson aus Auckland, Neuseeland.
In See gestochen auf der *Distant Winds*
zu einer spirituellen Entdeckungsreise
am heutigen Tage, dem dritten März 1998.

Mögen eure Tage von Glück erfüllt sein
und eure Nächte von Träumen.
Mögen euch diese Träume beim Erwachen
den Zauber schenken, der vor euch liegt.
Mögen eure Träume wahr werden
und sich später in süße Erinnerungen verwandeln.
Auf daß ihr niemals vergeßt...
Thomas Blake

Verwirrt sahen wir uns an.

»Woher wußte er denn, daß wir fahren?«

»Keine Ahnung«, gab Kate zurück. »Hast du ihm davon erzählt?«

≈

»Nein. Ich bin in seinen Laden gegangen, um ihm mitzuteilen, daß ich eine Zeitlang verreist sein würde, und um
mich von ihm zu verabschieden. Aber da hatte er das Geschenk schon fertig verpackt in der Schublade liegen.«

»Hmm, merkwürdig«, meinte Kate. »Wollen mal schauen,
was sonst noch darin steht.« Sie begann, die Seiten aufzu-
blättern, eine nach der anderen, immer schneller.

»Das ist ja unheimlich!« rief Kate aus.

»Was ist denn?« fragte ich.

»Abgesehen von den Worten, die Mr. Blake auf die erste
Seite geschrieben hat, ist dieses Buch leer, unberührt. Nichts
anderes steht darin. Es besteht nur aus völlig weißen Seiten.«

»Das ist unmöglich«, sagte ich. Ich nahm das Buch und
überprüfte jede einzelne Seite. Kate hatte recht. Sie waren
alle leer.

»Warum sollte er so etwas tun?« fragte ich.

»Ich weiß es nicht«, antwortete Kate. »Hat er sonst noch
etwas zu dir gesagt?«

»Ja, allerdings. Wir sollten das Buch unbedingt bis zum
Ende der Reise behalten.«

»Tja, also jetzt wird die Sache wirklich gruselig«, meinte
Kate.

»Was sollen wir tun?« fragte ich.

Eine Weile saßen wir schweigend da und dachten nach.

Kate sprach als erste wieder.

»Ich finde, wir sollten es behalten. Dieser Mr. Blake hat so
ein gewisses Leuchten im Blick, und wenn er nicht vollkom-
men verkalkt ist, was ich nicht glaube, dann hat er uns dieses Geschenk nicht ohne Grund gemacht.«

≈

»Wenn du es so möchtest, dann habe ich nichts dagegen. Es kann jedenfalls nicht schaden, das Buch bis zum Ende der Reise zu behalten. Außerdem können wir es vielleicht als Logbuch benutzen.«

Dann erinnerte ich mich an noch etwas.

»Kate?«

»Was?«

»Könntest du mir den ersten Abschnitt noch einmal vorlesen?«

»Klar.« Sie schlug das Buch auf der ersten Seite auf. »Für Michael und Kate Thompson aus Auckland, Neuseeland. In See gestochen auf der *Distant Winds* zu einer spirituellen Entdeckungsreise am heutigen Tage, dem dritten März 1998.«

Fassungslos starrte ich sie an. »Woher hat er genau gewußt, an welchem Tag wir ablegen würden?«

Lächelnd erwiderte sie meinen Blick.

»Weißt du eigentlich, daß unser Boot immer noch keinen Namen hat?«

Völlig verwirrt schauten wir einander an. Wir wußten nicht, was wir davon halten sollten.

Dann sah Kate zum Horizont, und ihr goldenes Haar wehte in der Abendbrise. Ein Lächeln trat auf ihre Lippen.

»*Distant Winds*«, flüsterte sie. »*Ferne Winde...* Das gefällt mir.«

≈

6

Wenn man seinem Leben eine neue Richtung geben will, dann kommt es auch auf den richtigen Zeitpunkt an.

Nicht nur das Richtige zu tun, führt uns zum Ziel. Ebenso wichtig ist, es zur rechten Zeit zu tun. Für alles im Leben gibt es einen ganz bestimmten Augenblick, und wenn wir den herbeizwingen wollen, funktioniert die Sache nicht. Doch wir müssen auch darauf achten, den richtigen Moment nicht zu verpassen, denn manchmal kommt er nicht wieder, und man erhält keine zweite Chance.

An diesem Morgen setzten wir die Segel der *Distant Winds* und brachen zum Horizont auf. Unsere Herzen schlugen schnell, der Wind blies uns ins Gesicht, und Adrenalin rauschte durch unsere Adern, während Aucklands grau-weiße Seemöwen uns aus der Bucht geleiteten. So geht das immer: Man hat darauf gewartet, daß ein Traum wahr wird, man hat viel Mühe in ein Unternehmen gesteckt. Und wenn es dann endlich soweit ist, daß man seinen Traum lebt, dann kann man zu Beginn kaum glauben, daß es wirklich passiert. Die Wahrheit braucht einige Zeit, um ins Bewußtsein einzusickern. Aber wenn wir schließlich erkennen, daß wir angefangen haben, unseren

≈

Traum zu leben, folgt darauf ein wunderbares Gefühl der Befriedigung. Man fühlt sich irgendwie besonders, anders als die anderen Menschen. Endlich beginnt der Traum, Wirklichkeit zu werden.

Nach einer Stunde hatten wir Auckland aus den Augen verloren. Wir hatten beschlossen, nach Nordosten auf die Kermadec-Inseln zuzusegeln, eine zu Neuseeland gehörende Inselgruppe vulkanischen Ursprungs, sechshundert Meilen von Auckland entfernt. Zum erstenmal waren wir auf uns gestellt, ohne Land zu sehen, und dieses Gefühl, allein zu sein, war zwar schön, machte uns aber auch ein wenig beklommen.

»Kate?«

»Ja, Liebling?«

»Das klingt jetzt wahrscheinlich ein bißchen blöd. Aber weißt du, das hier ist unsere letzte Chance, diese Reise abzubrechen und in den Hafen zurückzukehren. Vielleicht ist das Ganze eine ziemlich verrückte Idee für zwei erwachsene Menschen.« Ich sah ihr Gesicht und wußte, daß sie dieselben Befürchtungen hegte wie ich. Sie würde mir sicherlich gleich erklären, alles würde gutgehen, wir hätten die beste Ausrüstung und uns könnte nichts Schlimmes zustoßen. Aber trotzdem wußte sie tief in ihrem Inneren genau wie ich, daß doch etwas schiefgehen konnte. Und obwohl unsere Beziehung sich schon verbessert hatte, spürten wir immer noch diese innere Distanz, die uns daran hinderte, einander vollständig zu vertrauen.

»Wir haben sehr schwer für dieses Projekt gearbeitet, Kate, aber vielleicht hast du recht. Möglicherweise sollten

wir uns das alles noch einmal überlegen und zurückfahren...«

Plötzlich traf eine sanfte Brise von Westen den Bug der
Distant Winds und schlug das Buch auf, das Mr. Blake uns
geschenkt hatte. Zu unserer Verblüffung stand dort etwas
geschrieben:

Fürchtet euch nicht
vor der unendlichen Weite des Universums,
denn ihr werdet euren Platz darin finden.
Thomas Blake

Wir starrten einander ungläubig an. »Du hast mir doch erzählt, in dem Buch stünde nichts!« rief Kate. »Hast du denn
nicht genau nachgeschaut?«

»Kate, du hast es selbst durchgesehen. Ich schwöre, daß es
bis auf die erste Seite nur leere Seiten enthielt. Schau, diese
Zeilen stehen auf der zweiten Seite. Wir hätten sie unmöglich übersehen können; es sei denn, die Blätter hätten zu-
sammengeklebt.«

»Aber wenn dem so war, wie sollten sie sich dann jetzt
voneinander lösen?«

Wir schwiegen. Kate nahm meine Hände und legte sie an
ihre Wangen. »Michael, hier geschieht etwas Seltsames und
Wunderbares. Obwohl ich mich ein wenig fürchte, weiß ich
in meinem Herzen, daß wir an diesen Traum glauben müssen.«

»Ich weiß«, gab ich zurück. Ich nahm das Buch und
schloß es. Schon wollte ich es wieder in die Schachtel legen,
als Kate mir Einhalt gebot.

≈

163

»Laß es draußen liegen, zumindest solange das Wetter gut ist.«

»Bist du dir sicher?« fragte ich.

»Ja, Schatz. Ich habe da so eine Ahnung.«

Ich sagte nichts. Wenn Kate eine Eingebung hatte, folgte man ihr besser.

7

Eine Woche verging, in deren Verlauf wir allerhand lernten.

Wir mußten uns mit den Windströmungen vertraut machen, die in diesem Teil der Welt herrschten. Je weiter wir uns von der neuseeländischen Küste entfernten, desto deutlicher spürten wir die südlichen Winde aus der Antarktis, die um diese Jahreszeit häufig wehten. Es würde sicherer für uns sein, uns nach Norden in wärmere Gewässer zu wenden, denn die Winde vom Südpol erreichten jetzt bereits die Südinsel Neuseelands und machten das Wasser trügerisch. Wir hatten gehört, daß südlich der Cook-Straße, welche die beiden Hauptinseln Neuseelands trennt, heftige, bis zu vierzig Knoten schnelle Böen und rauhe See herrschten. Wenn alles gut verlief, würden wir spätestens am siebzehnten März auf den Kermadec-Inseln landen, rechtzeitig, bevor die südlichen Winde diese Region erreichten, denn wir legten im Durchschnitt hundert Meilen täglich zurück. So hatten wir mehr als genug Zeit, uns mit der *Distant Winds* anzufreunden, solange das Wetter noch mild war und wir uns noch nicht allzuweit von der Küste unserer Heimat und den zu Neuseeland gehörenden Inseln entfernt hatten. Außerdem hatte

≈

Mr. Roberts einen dem neuesten Stand entsprechenden Radiosender eingebaut, der per Satellit arbeitete. Darüber pflegten wir die jeweilige Küstenwache über unsere tägliche Position zu informieren. Besonders während der ersten Tage unserer Reise schenkte uns das ein größeres Gefühl von Sicherheit.

Wir hatten gelernt, daß wir am Nachmittag schneller und reibungsloser segelten, denn dann drehten die warmen Winde, die üblicherweise von Westen kamen, nach Südwest und kühlten ab, und diese sanfte Brise hielt die *Distant Winds* auf Kurs. Auf diese Weise brauchten wir die Segel nicht so häufig umzusetzen wie am Vormittag.

Dazu mußten wir allerdings einige unserer Gewohnheiten umstellen. Wir aßen früher zu Mittag, als wir das sonst normalerweise getan hatten. So blieb uns noch reichlich Zeit zum Ausruhen, und dann waren wir fit, um den ganzen Nachmittag und wenn möglich noch bis spät in den Abend hinein die Segel zu bedienen. Am Morgen vertrieben wir uns die Zeit mit Kochen oder Fischen, während wir darauf warteten, daß der Wind drehte. Dieser Wechsel war leicht zu erkennen, denn man spürte ein rasches Abfallen der Temperatur, das nach der starken Mittagshitze uns und die *Distant Winds* sanft erfrischte.

Diese einfache Erfahrung, unsere Eßgewohnheiten zu ändern, ließ uns erkennen, daß der größte Teil unserer Routine zu Hause nur Mittel zum Zweck gewesen war. Das war nicht verkehrt, aber mehr war auch nicht daran: eine reine Gewohnheit, die man einfach ändern oder sogar ganz abschaffen konnte. An meiner Arbeitsstelle hätte man es ungewöhnlich gefunden, um elf Uhr zu Mittag zu essen. Hier

≈

war das anders. Fast unmerklich hatten wir begonnen, die Dinge anders zu sehen, aus einer neuen Perspektive. In der Freiheit und Einsamkeit, die uns umgaben, existierten keine Regeln, und alles war möglich. Denn hier verfügten wir über die wichtigste Zutat, die nötig ist, damit echte Veränderungen eintreten können: Zeit.

Eines Nachmittags setzten wir wie üblich die Segel, sobald der Wind sich gedreht hatte. Es wehte nur eine sehr sanfte Brise, die Segel wurden weit aufgefiert und das Großsegel dabei mit einer nach vorn führenden Leine gesichert. Wir hatten inzwischen genug Erfahrung damit, und je mehr wir übten, desto einfacher schien uns alles von der Hand zu gehen.

Aber dieses Mal lief etwas gründlich falsch. Wir hatten das Segel gerade in genau der richtigen Position gesetzt, um den leichten Wind auszunutzen, als plötzlich aus der entgegengesetzten Richtung eine heftige Bö das Großsegel traf, die Leine sich löste und das Großsegel auf die andere Seite schlug. Ich sprang über Bord, um ihm auszuweichen. Vom Wasser aus sah ich wie in Zeitlupe, wie es auf Kate zuschwang.

»Paß auf, Kate!« schrie ich.

Aber zu spät. Sie gab sich die allergrößte Mühe, dem Segel auszuweichen, aber es nützte nichts. Mit einem hörbaren Krachen schlug die Spiere gegen ihren Arm.

Ich kletterte wieder nach oben, machte die Segel fest und stürzte dann zu ihr.

»Bist du okay, Kate?«

Ich sah, daß sie die Tränen zurückhielt. »Mir geht's gut«,

≈

sagte sie tapfer. »Ich glaube nicht, daß etwas gebrochen ist.«

»Warte einfach hier, und beweg den Arm nicht. Ich hole den Erste-Hilfe-Kasten.«

Ich rannte in die Kajüte und schaute mich nach dem Kasten um, aber ich sah alles andere, bloß nicht unsere Erste-Hilfe-Ausrüstung. Panisch machte ich mich auf die Suche, während ich Kate auf dem Oberdeck leise schluchzen hörte. Sie muß schlimme Schmerzen haben, dachte ich. Endlich fand ich den Kasten und ging zu ihr. Sie zitterte, denn so langsam drang der ganze Schock zu ihr durch.

Behutsam überprüfte ich die Knochen, um zu sehen, ob sie Schaden genommen hatten. »Das wird jetzt ein wenig weh tun«, sagte ich. Tapfer kämpfte Kate gegen den Schmerz an. Zum Glück war nichts gebrochen, aber ihr Unterarm begann bald in allen Regenbogenfarben zu schillern. Sanft rieb ich ihr den Arm mit einer schmerzstillenden Creme ein und verband ihn vorsichtig mit einer elastischen Binde. Nach ein paar Minuten war ich fertig und legte ihren Arm vorsichtig in eine Schlinge, die ich aus einer Dreiecksbandage verfertigt hatte, um ihn ruhigzustellen.

»Gut!« sagte ich. Ich schaute sie an und gab ihr einen zarten Kuß. »In ein paar Tagen bist du so gut wie neu.«

»Ich fühle mich schrecklich«, sagte sie. »So werde ich dir nicht helfen können. Ich komme mir so nutzlos vor.«

»Sag so etwas nicht«, gab ich zurück. »Du tust halt, soviel du kannst, und wir lassen die Sache in den nächsten paar Tagen ein wenig ruhiger angehen.«

»Ich will aber keine Belastung für dich sein!« rief Kate aus. »Ich hatte gehofft, auf dieser Reise würden wir einander wieder näherkommen. Und jetzt das!« Sie setzte sich auf den Boden, schüttelte den Kopf und begann zu weinen. Der seelische Schmerz schien sie schlimmer mitzunehmen als der körperliche.

Ich wollte sie schon beruhigen, ihr sagen, sie möge sich keine Sorgen machen. Da kam wieder dieser Wind auf, den ich inzwischen so gut kannte, und schlug die Seiten des Buches auf.

Was werden wohl jene,
die schon über das Leben klagen,
angesichts des Todes sagen?
Thomas Blake

Erschrocken sah Kate mich an. »Was versucht er uns mitzuteilen?« fragte sie.

»Tja, Schatz, ich vermute, unser guter Freund will dich daran erinnern, daß du schließlich noch am Leben bist. Daher solltest du versuchen, nicht über den Schmerz zu klagen, den du fühlst, denn wenn du keinen Schmerz spüren könntest, wärst du auch nicht in der Lage, Glück zu empfinden, Liebe oder all die anderen schönen Dinge im Leben.«

Sie richtete die grünen Augen zum Horizont, doch ihr Blick war ins Innere ihrer Seele gewandt. »Du hast recht«, sagte sie und wischte sich die Tränen vom Gesicht. »Das Holz hätte mich fester treffen können, und wer weiß, was dann passiert wäre. Ich sollte mich nicht beklagen, sondern froh sein, daß mir nichts Schlimmeres zugestoßen ist und daß du nichts abbekommen hast. Es ist nur ein

≈

169

kleiner Zwischenfall, der unserem Traum nichts anhaben kann.«

Ich lächelte. »Schätze, du hast es erfaßt«, meinte ich.

Plötzlich schlug die nächste Buchseite auf. Wir sahen sie an, doch das Blatt war leer.

»Das muß ein Irrtum sein«, erklärte ich. Behutsam klappte ich das Buch zu.

Der Wind kehrte zurück und schlug den Band auf derselben leeren Seite auf.

»Ich bringe es lieber zurück in die Kajüte«, sagte ich. Ich wollte es aufnehmen, aber Kate hielt meine Hand fest.

»Nein!« rief sie. »Laß es, wie es ist.« Anscheinend spürte sie etwas, das ich nicht wahrnahm. Ich schwieg und wartete ab, was sie als nächstes tun würde.

Sie sah zum Horizont, und in der kühlen Brise klang ihre Stimme wie ein Wispern: »*Betrachte alles in seiner Gesamtheit. Verlier nie aus den Augen, was du erreichen wolltest, als du aufgebrochen bist.*«

»Das ist wunderschön, Kate«, meinte ich. »Woher hast du das?«

»Ich habe es mir eben ausgedacht«, gab sie lächelnd zurück.

»Also wirklich, du hättest Dichterin werden sollen«, meinte ich. Ich stand auf. »Und jetzt ist es an der Zeit, daß du dich ausruhst. Ich mache hier sauber und komme dann nach unten.«

»Danke, Michael«, sagte sie und schickte sich an, die Treppe hinunterzuklettern.

»Kate, warte mal!«

Sie sah mich an. »Stimmt etwas nicht?«

≈

170

»Komm und schau es dir selbst an!«

Sie trat neben mich, und wir beide betrachteten die Buchseite, die zuvor leer gewesen war:

> *Betrachte alles*
> *in seiner Gesamtheit.*
> *Verlier nie aus den Augen,*
> *was du erreichen wolltest,*
> *als du aufgebrochen bist.*
> Kate

Eine Zeitlang sahen wir einander schweigend an. Und dann, für einen winzigen Moment, erhaschte ich einen Blick auf den Ausdruck reiner Liebe, der tief aus Kates Seele kam und durch ihre Augen schien; diese Liebe, die mir so schrecklich gefehlt hatte und die ich jetzt verzweifelt zurückzugewinnen versuchte.

»Was meinst du?« fragte sie.

Ich lächelte.

»Ich vermute, wir fangen an, uns daran zu erinnern, wer du und ich sind, Kate. Wer *wir* sind.«

≈

8

Selbst in der finstersten Nacht gibt es Leuchtfeuer, die den Seefahrer leiten.

Diese Lektion lernten wir, als wir spätabends die Kermadecs erreichten. Wir hatten ursprünglich vorgehabt, erst in die innere Bucht der Hauptinsel einzulaufen, nachdem die Sonne aufgegangen war, da wir mit den Seekarten, die wir benutzten, noch nicht besonders vertraut waren. Aber der breite Lichtstrahl aus dem Leuchtturm schenkte uns ein Gefühl von Sicherheit, als würde dieses Licht die *Distant Winds* die ganze Nacht hindurch auf Position halten.

Wir hatten ein paar harte Tage auf See hinter uns, denn inzwischen war in der südlichen Erdhalbkugel der Sommer zu Ende, und die Südwinde zogen gen Norden. Aber die *Distant Winds* hatte sich als unbezwingbar erwiesen und manövrierte so reibungslos wie die Delphine, die uns auf dem offenen Meer begleitet hatten. Außerdem waren Kates Verletzungen vollständig verheilt, und wir beide wurden mit der Zeit gute Skipper.

Staunend erblickten wir am nächsten Morgen zum erstenmal die gewaltigen vulkanischen Berge von Sunday Island, der größten Insel der Kermadecs. Diese Insel ist als einzige bewohnt; vor einigen Jahren hat man dort eine

≈

Wetterstation eingerichtet. Wir waren überwältigt vom Zauber dieser unberührten Inseln, und ehrfürchtig betrachteten wir dieses grüne, makellose Naturschauspiel. Üppiger Pflanzenwuchs bedeckte das Eiland bis an die steilen Klippen. Hunderte von Zugvögeln kreisten um die Insel, schwangen sich hoch in die Lüfte, glitten wieder herab und unterbrachen ihren Flug nur, um in den Regenwäldern einen Imbiß zu nehmen. Wir entdeckten sogar den Millionensturmtaucher, ein winziges Vögelchen, das in die hohle Hand paßt und von weither, aus der sibirischen Taiga, bis nach Südaustralien und Tasmanien zieht. Sunday Island diente diesen Vögeln als Rastplatz auf ihrer Wanderung in die nördliche Hemisphäre, wo jetzt Sommer herrschte.

Unseren Karten entnahmen wir, daß wir uns der Südinsel von Westen her nähern mußten, denn in diese Richtung öffnete sich die wunderschöne Korallenlagune von Sunday Island. Sobald wir diesen Meeresarm durchquert hatten, steuerten wir die *Distant Winds* auf den kleinen Landungssteg in der Mitte der Lagune zu. Einer der Hauptanziehungspunkte dieser Insel ist der höchste Berg, der Mount Mumukai, der sich fünfhundertfünfundsiebzig Meter über den Meeresspiegel erhebt und leicht zu besteigen ist. Sein dicht bewaldeter Gipfel ragt in den Himmel hinauf, und seine sanft ansteigenden Hänge laden zum Wandern ein. Bemerkenswert ist auch, daß diese Insel, weil sie so weit vom Festland entfernt lag, ein einzigartiges Ökosystem entwickelt hat. Hier kann man Arten beobachten, die nirgendwo anders auf der Welt vorkommen. Da man uns erzählt hatte, wie spektakulär die Aussicht vom

Gipfel sei, beschlossen wir, den Berg am nächsten Tag zu besteigen.

Die Bewohner dieser Insel, deren Aufgabe darin besteht, eine Wetter- und Nachrichtenstation zu unterhalten, stammen hauptsächlich von den ersten aus England deportierten Gefangenen ab. Wir entdeckten, daß sie völlig anders als wir an das Leben herangingen. Was immer sie taten, es geschah ohne Hast. Aus irgendeinem Grund, der uns jetzt noch fremd war, gingen diese Menschen gemächlich durchs Leben und genossen die simplen Freuden ihres einfachen Daseins. Wir hatten zwar das Gefühl, daß sie durch mehr Arbeit einen höheren Lebensstandard erreichen könnten, aber tief im Herzen wußten wir, daß sie gefunden hatten, wonach wir selbst so dringend suchten.

An diesem Abend gingen wir früh zu Bett, da wir vorhatten, am nächsten Tag die Nordseite des Hausbergs von Sunday Island zu erklettern. Auf dieser paradiesischen Insel kam zugleich mit dem Einbruch der Nacht eine warme Brise auf, die das Boot sanft wiegte, während kleine Gezeitenwellen um den Rumpf plätscherten. Der Himmel war mit Millionen blinkender Lichter bedeckt, und das Licht des Vollmonds umriß die Silhouette des majestätischen Berges, den wir morgen ersteigen würden. Selbst in der Nacht war die tropische Luft angenehm und schuf eine Atmosphäre faszinierender Wärme.

Kate betrachtete den Horizont und nippte an einem Glas alten Rotweins.

»Was denkst du?« fragte ich.

Sie antwortete, ohne sich zu mir umzuwenden.

»Michael, erinnerst du dich noch an den ersten Tag, nachdem wir in Auckland die Segel gesetzt hatten? Zum erstenmal im Leben konnten wir die Küste nicht mehr sehen und waren allein. Weißt du noch, wie wir überlegt haben, ob wir nicht doch umkehren sollten?«

»Klar erinnere ich mich«, gab ich zurück. »Wieso fragst du?«

»Kannst du dir vorstellen, was passiert wäre, wenn wir zurückgefahren wären? Uns wären all diese Dinge entgangen, die hier schon immer auf uns gewartet haben und die wir jetzt für uns zu entdecken beginnen. Ich frage mich, wie viele Menschen überhaupt erkennen, wie wichtig manche Entscheidungen sind und wie sie sich auf unser ganzes Leben auswirken.«

»Wie meinst du das?« wollte ich wissen.

»Verstehst du, bevor wir herkamen, ging ich so in meiner Welt auf, daß ich nie erkannt habe, wie fern und wie nah zugleich meine Träume lagen. Fern, weil ich mir in der Sicherheit meines Alltagstrotts eingeredet hatte, es gäbe keine andere oder bessere Art, mein Leben zu leben. Und nah, weil ich in meinem Herzen immer gewußt habe, daß ein Ort wie dieser existiert. Nur ich selbst war schuld daran, daß ich mir diese ganze Erfahrung entgehen ließ, weil ich das Risiko gescheut habe.«

Ich starrte Kate an. »Na ja, ich schätze, wir haben da eine Entscheidung getroffen, die wahrscheinlich unser ganzes Leben verändern wird, und ich glaube, daß wir einen mutigen Entschluß gefaßt haben. Jetzt wissen wir, daß alles gut läuft. Da kann man leicht sagen, daß wir die richtige Entscheidung getroffen haben, und es fällt viel leichter zu akzeptieren, daß wir genau das mit unserem Leben anfangen,

≈

175

was uns vorbestimmt war. Jetzt haben wir das gefühlsmäßig erfaßt. Aber trotzdem braucht es eine Menge Mut, alles zurückzulassen, wie wir das getan haben, solange man keine Ahnung hat, was die Zukunft einem bringt.«

»Darüber habe ich mir auch schon Gedanken gemacht, Michael. Ich habe das Gefühl, daß wir unsere jetzige Entscheidung schon vor langer Zeit hätten fällen sollen. Jetzt weiß ich, daß ein solcher Entschluß um so schwerer fällt, je länger man ihn aufschiebt. Denn ohne es zu bemerken, errichten wir im Lauf der Zeit eine Mauer um uns, zum Schutz gegen den Schmerz, den uns die Außenwelt vielleicht zufügen könnte. Aber wir erkennen nicht, daß wir damit unwillkürlich auch all diese wunderbaren Erfahrungen ausschließen und uns die Freude verweigern, die in all diesen verschiedenen Welten wohnt, die uns umgeben. Vielleicht ist es einfach nur unsere innere Einstellung, die zählt.«

Die sanfte Brise wehte jetzt stärker, und da die Nacht sternenklar war, ahnten wir schon, daß Kate einen weisen Gedanken ausgesprochen hatte, der sich in Mr. Blakes Geschenk niederschlagen würde. Das Buch öffnete sich wie von selbst, und unter unseren Blicken begannen die Buchstaben zu erscheinen:

Die Entscheidungen,
die wir treffen,
bestimmen,
was für ein Leben wir führen.
Kate

≈

176

Schweigend sahen wir uns an. Kate sprach als erste wieder.

»Ich hoffe nur, daß wir die richtige Wahl getroffen haben, Liebling«, sagte sie.

»Ich auch«, gab ich zurück.

Wir erwachten beim ersten Sonnenstrahl. Der Himmel war klar und von einem unvorstellbar strahlenden Blau. Vor uns lag ein langer Weg, daher wollten wir rechtzeitig aufbrechen, um nicht von der heißen Mittagssonne überrascht zu werden. Wir nahmen reichlich Wasser mit und ein paar Happen zum Mittag- und Abendessen. Der Aufstieg würde ein paar Stunden in Anspruch nehmen, so daß wir ganz wunderbar auf dem Berggipfel zu Mittag essen könnten. Dort wollten wir neue Energie tanken und uns im Angesicht der atemberaubenden Aussicht entspannen.

Als wir ein Viertel des Wegs nach oben zurückgelegt hatten, entdeckten wir abseits des Pfades eine Öffnung, die sich zu einer Höhle erweiterte. Vom hinteren Ende des Hohlraums – eher ein von der Natur geschaffener Tunnel – fiel Sonnenschein ein. Durch ein kleines Loch in der Decke drang ebenfalls Licht. Ich hatte mich durch den schmalen Einstieg gezwängt. Auf allen vieren gelangte ich auf die andere Seite des Tunnels und stand ehrfürchtig staunend vor der grünen, unberührten Naturszenerie, die sich mir bot.

Ich erhaschte einen Blick auf etwas, das nach Früchten aussah.

»Kate, laß uns da drüben ein bißchen Obst pflücken.«

»Bist du dir sicher? Und wenn wir vom Pfad abkommen?«

»Es ist nicht weit; wir werden ihn schon wiederfinden.«

≈

177

Wir gingen das kurze Stück zu den Obststauden. Da hingen sie vor mir: Bananen, größer als alles, was ich bisher gesehen hatte, und sattgelb wie die Morgensonne.

Ich zog mein Taschenmesser heraus und schnitt eine Banane ab. Nachdem ich sie geschält hatte, nahm ich einen Bissen. Das Fruchtfleisch erfüllte meinen Mund mit einem himmlischen Geschmack. Die Süße, vermischt mit einer kühlen, leicht säuerlichen Note, schmeckte nach mehr.

»Kate, probier mal diese Bananen hier, die sind herrlich!« rief ich aus und pellte eine für sie ab. Ihre freudige Miene erinnerte mich daran, wie sehr ich sie liebte. Wir pflückten noch ein paar Früchte und kehrten dann auf den Pfad zurück.

Auf dem ganzen Weg entdeckten wir lokale Pflanzenarten, die diese Inseln so üppig, grün und einzigartig machen. Wir sahen den hiesigen gelbblühenden Hibiskus, eine wahre »Allzweckpflanze«: die Blüten werden als Medizin benutzt, die Blätter dienen dazu, um den Erdofen abzudecken, und die Fasern werden zu Baströcken, Sandalen, mit denen man über die Riffe klettert, und zu Seilen verarbeitet. Die Zweige verwenden die Einheimischen für die Wände ihrer Hütten. Zur üppigen Flora der Höhenlagen gehören Kletterpflanzen, Farne und die hohen Bäume des Landesinneren, außerdem weiße Kokosnüsse, Bananen und Grapefruits. Avocados und Papayas gedeihen hier in solchem Überfluß, daß die Inselbewohner sie an die Schweine verfüttern.

Je höher wir auf den steilen Berg kletterten, desto dünner und frischer wurde die Luft. Wir sahen die flammenden Bäume, die im Sommer rot blühen. Ab und zu schwirrte eine kleine Fledermaus auf uns zu, und wir warfen uns zu Boden und suchten Deckung. Die herrliche Aussicht, die

≈

178

Tiere und die Vögel brachten uns zu Bewußtsein, wie lange wir uns der Natur nicht mehr so nahe gefühlt hatten. So frei.

Schließlich erreichten wir den Gipfel des Berges. Wir waren müde, aber wir fühlten uns äußerst lebendig. Kate reichte mir die Wasserflasche, und nachdem wir ein paar Schlucke getrunken hatten, setzten wir uns. Immer noch waren wir kaum in der Lage, die Schönheit des Augenblicks richtig in uns aufzunehmen.

Eine ganze Weile, die uns wie eine Stunde vorkam, saßen wir schweigend da. Ich sprach als erster wieder.

»Kate?«

»Ja, Schatz?«

»Bist du glücklich?«

Sie wandte sich nicht zu mir um, sondern betrachtete weiter den herrlichen Himmel. Die Sonne sank bereits gen Westen, und im Osten ging der Halbmond auf.

»Natürlich fühle ich mich glücklich. Ich sitze hier zusammen mit dir und darf soviel Schönheit bewundern«, sagte sie. »Aber weißt du was, Michael? Da ist noch etwas: Ich empfinde mehr als das. Ich fühle mich wieder lebendig. Ich fühle mich real. So muß es gewesen sein, als ich ein kleines Mädchen war.« Jetzt sah sie mich an. »Du weißt schon, wenn man noch gläubig ist.«

Ich schaute sie an. Mit ihrer leichten Sonnenbräune sah sie wunderbar aus. Aus ihren tiefgrünen Augen betrachtete sie die Berge, wo ein paar der hiesigen Mynahs – gelbgefiederte Vögel, die nur auf den Inseln hier vorkommen – einen Papayabaum umkreisten.

Von Westen her kam eine sanfte, kühle Brise auf, die ein paar Wolken mit sich brachte. Lächelnd schauten wir einan-

≈

der an, und ohne daß einer von uns ein Wort zu sagen brauchte, fühlten wir uns in die Vergangenheit versetzt. Wir erinnerten uns...

Campen und Entdeckungsreisen in die Natur waren einmal unsere gemeinsame Leidenschaft gewesen, und ich hatte zum Zeichen der Dankbarkeit für die Schönheit, die uns umgab, auf meiner Flöte gespielt. In meinem Herzen hatte ich immer gewußt, daß die Einsamkeit inmitten der Natur, weit fort von Menschen und einer von Menschenhand geschaffenen Umgebung, der Seele guttat. Und ich hatte gelernt, daß die Natur eine wundersame Gabe besitzt: Sie schenkt einem immer mehr zurück, als sie nimmt.

Mit großem Bedauern beendeten wir diesen – im wörtlichen Sinne – Höhepunkt und machten uns an den Abstieg.

Auf unserem Weg bergauf hatten wir einen kleinen Bach entdeckt, der einen wunderhübschen smaragdgrünen See speiste. Er war so klein, daß er mich eher an eines der Wasserlöcher erinnerte, die ich einmal in Australien gesehen hatte und die man dort Billabongs nennt. Da es schon dämmerte, beschlossen wir, dort unser Lager aufzuschlagen. Nachdem wir ein kleines Feuer angezündet hatten, aßen wir die letzten Sandwiches, die wir vor unserem Ausflug belegt hatten. Dann vertilgten wir eine herzhafte Kürbissuppe, die währenddessen auf dem Feuer heiß geworden war.

Und dann geschah etwas ganz Neues. Statt eine Unterhaltung zu beginnen, wie wir das sonst taten, sagten wir nichts. Wir sahen einander nur an und überließen alles andere der Sprache der Liebe. Wir zogen den Reißverschluß unseres Schlafsacks ganz auf und rückten immer näher aneinander,

≈

umarmten uns und küßten einander heftig. So leidenschaftlich hatte ich meine Frau seit langer Zeit nicht mehr geliebt. Einen winzigen Augenblick lang, unmittelbar bevor unsere Körper miteinander verschmolzen, kam ich mir wieder wie fünfzehn vor. Und ich wußte, daß auch Kate wieder richtig glücklich war, denn sie erwiderte meine Zärtlichkeiten so rückhaltlos wie seit Ewigkeiten nicht mehr.

So froh hatte ich mich seit Jahren nicht gefühlt, und ich erinnerte mich von neuem an eine der großen Wahrheiten des Lebens.

Ich begriff, daß Träume dazu da waren, verwirklicht zu werden...

Als wir bei Sonnenaufgang erwachten, lächelten wir uns verträumt zu. Ich öffnete den Schlafsack und ging die paar Meter zum Bach hinunter, um mich zu waschen.

»Hast du Lust, mit mir im See zu baden, Kate?« rief ich.

»Na klar!«

Wir duschten zusammen unter dem kleinen Wasserfall. Während das kalte Wasser auf unsere nackten Körper prasselte, tollten und lachten wir wie die Kinder. Ich sah Kate an, und dabei war ich unsagbar glücklich. Nach so vielen Jahren waren wir von neuem ein richtiges Paar. Immer wieder schaute ich sie an und konnte mein Glück kaum fassen. Jetzt war sie wirklich wieder meine Frau.

Als wir fertig waren, trockneten wir einander zärtlich ab. Wir zogen uns etwas an, legten uns hin und betrachteten die Landschaft. Die Morgensonne ließ den wolkenlosen Himmel in einem sanften, hellen Blau erstrahlen. Wunderschöne rote und blaue Blumen wechselten mit Gummibäumen ab,

≈

deren Blätter über das grüne Gras hingen. Unterhalb des Berghangs war in einiger Entfernung eine Ansammlung strahlend weißer Hütten zu erkennen. Und auf der anderen Seite des Berges erstreckte sich, soweit das Auge reichte, der klare, ruhige Ozean.

Ich drehte mich um, nahm behutsam das Buch aus meinem Rucksack und legte es auf das üppige grüne Gras. Mit einem Mal schlug es auf einer neuen Seite auf.

Das Flüstern des Windes,
das Rauschen der See
schenken einem das Glück,
einfach zu existieren.
Thomas Blake

Tief unter uns lag die Ortschaft, von der aus wir zu unserer Wanderung aufgebrochen waren. Das war erst gestern gewesen und schien doch eine Ewigkeit her zu sein. Nun mußten wir uns wieder an den Abstieg machen. Während ich meine Ausrüstung zusammenpackte, drehte ich mich zu Kate um.

»Glaubst du, wir sind dabei, uns selbst wiederzuentdecken – Michael und Kate, so wie wir wirklich sind?« fragte ich sie.

»O ja«, gab Kate zurück. »Da bin ich mir ganz sicher.«

≈

182

9

Am nächsten Morgen wachte ich bei Tagesanbruch auf.

In der Nacht hatten wir nicht gut geschlafen, da die *Distant Winds* über kabbelige See gehüpft war und sich gegen heftige Winde gemüht hatte. Viele lange Stunden hatten wir darum gekämpft, das Boot auf Kurs zu halten. Nachdem wir vom Mount Mumukai gestiegen waren, hatten wir uns von der kleinen Kolonie der Inselbewohner verabschiedet und die Kermadec-Inseln verlassen. Von dem Moment an, in dem das Riff hinter uns lag, trafen wir auf eine kräftige Strömung, die mit großer Geschwindigkeit gegen uns floß. Das erschwerte die Navigation, und wir hatte beide ordentlich damit zu tun, daß der Motor nicht ausging, sondern vielmehr auf Hochtouren lief. Um die Sache noch schwieriger zu machen, schob eine leichte Dünung unser Schiff zur Seite. Um sowohl gegen die Strömung als auch die Dünung zu kämpfen, mußten wir quer zum Wind kreuzen. Gegen Ende der Nacht begannen wir, in Schichten zu arbeiten, da wir einsahen, daß wir andernfalls überhaupt keinen Schlaf bekommen würden.

Schließlich verschwand die Dünung ebenso plötzlich, wie sie gekommen war, und die Strömung ebenfalls. Die Natur hatte unser Durchhaltevermögen getestet, und ich glaube,

≈

nun war sie zufrieden mit unserer Reaktion. Sie hat beschlossen, daß es an der Zeit ist, uns eine Chance zu geben, dachte ich. Jetzt mußte ich nur noch feststellen, wie weit wir von unserem ursprünglichen Kurs nach Tonga abgekommen waren.

Ich goß gemahlene Kaffeebohnen mit kochendheißem Wasser auf. Allein der Duft war so belebend, daß ich fast gar nichts von dem starken schwarzen Gebräu hätte trinken müssen, um mich auf meine Schicht am Steuerrad vorzubereiten. Das Sonnenlicht schimmerte auf dem Wasser, und in der Luft lag der frische Duft des Ozeans.

Dann ging ich an Deck, um die Taue zu kontrollieren und mich zu überzeugen, daß das Ruder richtig stand. Ich sah ein paar Seemöwen. Komisch, dachte ich. Wir befanden uns mindestens hundertfünfzig Seemeilen vom nächsten Land entfernt, und normalerweise waren diese Vögel nur in der Nähe einer Küste zu beobachten. Ich holte mein Fernglas und begann, den Horizont abzusuchen. Lange brauchte ich nicht, bis ich etwas entdeckte.

Direkt unterhalb der Sonne, in Richtung Osten, lag etwas, das auf den ersten Blick aussah wie eine kleine Wolke über dem Ozean. Erst als ich angestrengt durch den weißen Schleier spähte, erkannte ich die Insel darunter.

Ich ging in die Kajüte, um in den Seekarten nachzusehen. Dann nahm ich meine Instrumente und überprüfte meine Position noch einmal. Ich wiederholte alle Berechnungen, um mich zu vergewissern, daß ich keinen Fehler begangen hatte. Tatsächlich, da war kein Irrtum möglich. Tonga, unser nächster Bestimmungsort, war noch mindestens zwölf Tage entfernt. Die Insel, die jetzt vor meinen Augen lag, hätte eigentlich gar nicht da sein dürfen. Aber die Vorstellung, an

≈

184

Land zu gehen und uns zu stärken, schien mir eine gute Idee. Ich drehte das Ruder leicht und steuerte die *Distant Winds* auf die Insel zu.

Wir brauchten fast eine halbe Stunde, um uns ihr zu nähern. Da ich keinerlei Informationen über die Insel besaß, mußte ich bei der Durchquerung des äußeren Riffs sehr vorsichtig vorgehen. Zum Glück war die Dünung, die uns während der Nacht durchgeschüttelt hatte, inzwischen vollständig verschwunden, was mir die Sache viel leichter machte. Ich hielt das Steuerrad fest umfaßt und überprüfte immer wieder die Wassertiefe, während ich das Riff durchfuhr. Und blitzschnell befand sich die *Distant Winds* im Inneren der Lagune.

Ich sah mich nach einem sicheren Ankerplatz um. Vor uns lag ein hübscher, einladender Strand mit schwarzem Sand, was darauf hinwies, daß diese Insel vulkanischen Ursprungs war. In diese Richtung hielt ich mich und warf schließlich Anker. Die *Distant Winds* kam zum Halten.

Ich hörte Kates Stimme. Sie war aufgewacht, als sie den Ruck nach dem Auswerfen des Ankers spürte.

»Stimmt etwas nicht, Schatz?«

»Doch, alles in Ordnung«, gab ich zurück. »Aber da du nun einmal wach bist, solltest du nach oben kommen und dir das hier ansehen.«

Sie kam an Deck. »Wo sind wir?« fragte sie.

»Ich habe nicht die geringste Ahnung«, antwortete ich. »Ich habe alle unsere Karten überprüft, und dieses Fleckchen ist nirgendwo verzeichnet. Vielleicht, weil die Insel zu klein ist.«

Wir sprachen noch miteinander, als wir plötzlich ein paar Inselbewohner am Strand auftauchen sahen, etliche Männer,

≈

Frauen und Kinder. Wahrscheinlich hatten sie uns in die Lagune einlaufen sehen.

Hinter ihnen lag ausgedehntes Grasland, das fast bis zum Horizont reichte und erst durch einen dichten Wald abgelöst wurde. Über Steine und Hügel plätscherte frisches Wasser in Flüßchen und Bächen und sammelte sich an der Lagune. Die Wolken hatten sich aufgelöst, und jetzt stand die Sonne strahlend gelb an einem klaren blauen Himmel. Die dunkelhäutigen Inselbewohner stapften über den Sandstrand heran.

»Was sollen wir tun?« fragte Kate

»Abwarten.«

Die Insulaner kletterten über dicke Felsbrocken, schritten vorsichtig die steile Sandküste herunter und näherten sich auf diese Weise der *Distant Winds*. Der erste, der uns erreichte, war ein junger Mann von ungefähr zwanzig Jahren. Seine braunen Augen leuchteten zufrieden, und sein sanftes Lächeln vervollkommnete das Bild. Um seinen Hals hing über der nackten Brust ein Band mit schimmernden weißen Tierzähnen; bekleidet war er nur mit einem Lendentuch. Er warf einen kurzen Blick auf die Flagge, die an unserem Mast hing, und sah dann wieder uns an. »Australier?« fragte er.

»Nein, aus Neuseeland«, antwortete Kate ihm.

Er redete die anderen Männer in ihrer eigenen Sprache an. Der Rest der Gruppe lächelte, winkte uns zum Abschied und trat den Rückweg in den Wald an.

Der Mann, der Englisch sprach, fuhr fort. »Wir fühlen uns sehr geehrt, daß Neuseeländer uns einen Besuch abstatten. Hier bekommen wir nicht allzu viele Gäste zu sehen. Haben Sie vor, die Nacht in der Lagune zu verbringen?« fragte er.

≈

»Ja, allerdings«, gab ich zurück. »Falls Ihnen das nichts ausmacht...«

»Ganz und gar nicht«, meinte der junge Mann. »Übrigens halten wir heute abend in unserem Dorf eine traditionelle Zeremonie ab. Hätten Sie Lust, sich uns anzuschließen? Ich bin mir sicher, unser Häuptling wäre sehr glücklich, wenn Sie kommen könnten.«

Wir warfen einander einen Blick zu. »Sehr gern.«

»Gut«, sagte er. »Dann verlasse ich Sie jetzt, damit Sie sich frisch machen können, und komme Sie in einer Stunde abholen.«

»Bestens«, sagte ich.

»Wie ist übrigens Ihr Name?« wollte Kate von ihm wissen.

»Timu«, antwortete er. »Und wie heißen Sie?«

»Ich bin Kate, und das ist Michael, mein Mann. Wie lautet der Name dieser Insel?« fragte Kate.

»Numa-Numa«, sagte er.

»Wir haben sie auf unseren Karten nicht finden können.«

»Das stimmt«, erklärte Timu. »Niemand weiß von dieser Insel, und wir möchten auch, daß das so bleibt. Und jetzt muß ich gehen. Ich komme Sie in einer Stunde holen.«

Wie versprochen, kehrte Timu eine Stunde später zurück. Wir hatten uns bereits frisch gemacht und saubere Kleidung angezogen. Kate trug Turnschuhe, neue weiße Shorts und eine blaue Bluse. Ich zog mir ein braunes T-Shirt und weiße Shorts an. Diese leichte Kleidung war genau das Richtige für die warmen Tropennächte. So waren wir bestens darauf eingerichtet, den feuchtheißen Regenwald zu durchqueren.

≈

Wir folgten Timu durch den Dschungel. Als wir das Dorf erreichten, waren wir vielleicht eine halbe Stunde gewandert. Es war kreisförmig angelegt, wobei der freie Platz in der Mitte offenbar als Versammlungsort diente. Alle Häuser waren aus dem Holz und den Wedeln der Kokospalme errichtet. Sie wirkten frisch und komfortabel. Die Dorfbewohner waren dabei, ein großes Mahl vorzubereiten, und jedermann half mit, selbst kleine Kinder, die fachmännisch Maniok und Kokosnüsse schälten.

Kate trat zu Timu.

»Timu?«

»Ja, Kate?«

»Wo haben Sie so gut Englisch gelernt?«

»Das ist eine lange Geschichte«, antwortete er, »aber ich werde versuchen, sie kurz zu machen. Bitte setzen Sie sich«, bat er. Er selbst ließ sich auf dem Boden nieder und lehnte sich an eine Kokospalme. »Als ich jung war, träumte ich davon, ferne Länder zu besuchen und andere Menschen kennenzulernen. Wie ich Ihnen schon sagte, weiß niemand von dieser Insel. Meine einzige Chance, die Außenwelt kennenzulernen, bestand also darin, daß ich fortging. Daher stieg ich eines Tages in mein Kanu und ließ mich von den Strömungen davontragen. Mehrere Tage vergingen, bis ein Fischerboot, das – wie ich heute weiß – auf die Ostküste Australiens zuhielt, mich im Wasser entdeckte und an Bord nahm. Als wir endlich in Australien ankamen, reichten die Fischer mich an ein paar Leute in Uniform weiter. Jetzt weiß ich, daß sie von der Einwanderungsbehörde waren, aber damals war ich ziemlich verängstigt, weil ich nicht begriff, was sie von mir wollten. Da mir klar war, daß sie meiner schnell

≈

188

überdrüssig würden, weil sie mich nicht verstanden, dachte ich, ich wollte die Sache einfach halten, und wiederholte immer nur meinen Namen – Timu – und den meiner Insel – Numa-Numa. Aber selbst jetzt vermochten wir uns nicht zu verständigen. Einer der Beamten holte eine Karte, weil er glaubte, ich könne die Lage meiner Insel bestimmen. Aber ich hatte so etwas noch nie gesehen und verstand nicht, was die Männer von mir erwarteten. Schließlich brachten sie mich in einem Internierungslager unter, während sie überlegten, was sie mit mir anfangen sollten. Dort erkannte ich, daß ich lernen mußte, mich zu verständigen, wenn ich wirklich etwas über andere Menschen lernen wollte. Von diesem Moment an steckte ich meine ganze Energie in das Erlernen Ihrer Sprache, und nach einiger Zeit konnte ich mich auf Englisch verständlich machen und den Beamten erklären, was geschehen war. Wir wurden Freunde, und bald war ich in der Lage, eine Menge über ihre Kultur zu lernen. Dann erhielt ich die Gelegenheit, mich um ein zeitlich begrenztes Visum zu bewerben. Ich fand Arbeit und lernte fließend Englisch. Ich begann, ein bißchen Geld zu sparen, und eignete mir die Grundzüge Ihrer Kultur an.«

»Und warum sind Sie dann nicht geblieben?«

»Weil ich Ihre Welt nie richtig begriffen habe. Sie haben da ein paar wunderbare technische Errungenschaften entwickelt, die das Leben für alle leichter und sicherer machen und die Ihnen eigentlich mehr Zeit schenken sollten, um die wirklichen Schätze des Lebens zu genießen. Aber statt diese freie Zeit zu genießen, die Sie sich so mühsam verdient haben, sind Sie ständig auf Trab. Immer rennen Sie weiter, steigen in Züge und Busse ein und wieder aus, nur um den nächsten und den übernächsten zu erwischen, als ob es Zeitverschwendung wäre, das Leben zu genießen und nichts zu tun, was Geld einbringt. Wieso errichten Sie Gebäude, die so hoch sind, daß sie die Sonnenstrahlen aussperren? Warum nennen Sie es eine Pause, Junkfood zu essen oder zu rauchen? Wieso?«

»Nun ja«, meinte ich, »das ist eine schwierige Frage, Timu, aber ich werde versuchen, es Ihnen zu erklären. Verstehen Sie, um die Dinge zu bekommen, die wir brauchen...«

»Wozu brauchen?« fragte Timu.

»Um unseren Lebensstandard zu verbessern.«

»Nach welchem Maßstab?« wollte Timu wissen. »Sie meinen so etwas, wie ein größeres Haus zu kaufen oder ein besseres Auto? Anscheinend schenken Ihnen diese Besitztümer das Gefühl, im Leben etwas erreicht zu haben. Aber sind das wirklich die Reichtümer, die Ihrem Leben einen Sinn geben?«

Kate starrte mich an, und ich wußte, was sie dachte. Plötzlich hatte ich wieder genauso reagiert wie früher immer. Ich hatte Dinge gesagt, an die ich nicht glaubte, und versucht, diesen Timu von einem Lebensstil zu überzeugen, von dem ich doch wußte, daß er mir meine Träume geraubt und beinahe meine Ehe zerstört hatte. Ich schämte mich vor mir selbst und vor Kate.

Der junge Mann sah sich in seinem Dorf um. »Schauen Sie sich die Menschen dort an«, sagte er. »Sie sind mein kostbarster Schatz. Wir führen ein einfaches Dasein, das aber aufrichtig und bewußt. Und statt gegeneinander zu kämpfen und ständig zu konkurrieren, setzen wir uns zusammen, sobald ein Problem auftaucht. Die Kinder unserer Nachbarn

≈

sind uns genauso lieb wie unsere eigenen.« Er hob ein Kind hoch, das vor uns auf eine Gruppe von Altersgenossen zulief, und sagte etwas in seiner Heimatsprache zu ihm. Der kleine Kerl gab eine kurze Antwort. Dann sagte Timu noch etwas, und ein wunderschönes, offenes Strahlen breitete sich auf dem Gesicht des Jungen aus. Wenn ich jemals Kinder habe, dachte ich, dann wünsche ich mir, daß sie eines Tages genauso lächeln.

»Was haben Sie zu ihm gesagt?« fragte Kate.

Timu setzte das Kind auf den Boden, und es rannte sofort zu seinen Spielkameraden.

»Ich habe ihm erklärt, Sie seien gute Freunde, die von weit her jenseits des Ozeans gekommen sind, um uns zu besuchen. Nur, um ihm beim Spielen zuzuschauen.« Ein Mann aus dem Dorf trat auf Timu zu. Nach einem kurzen Wortwechsel wandte Timu sich uns zu. »Alles ist bereit«, verkündete er, »und der Häuptling erwartet Sie. Bitte folgen Sie mir.«

Wir gingen zur Mitte der Ansiedlung. Die Bewohner hatten sich bereits versammelt, und im Zentrum, umgeben von den Männern und Frauen, saß ein alter Mann. Das muß der Dorfvorsteher sein, dachte ich.

Timu bat uns, vor dem Alten Platz zu nehmen und bei ihm zu bleiben. Die beiden sprachen miteinander, und als sie geendet hatten, wandte Timu sich an uns.

»Unser Häuptling Tamuni ist sehr glücklich, Sie als seine Gäste zu begrüßen«, erklärte er. »Daher sind wir alle hier zusammengekommen. Häuptling Tamuni möchte gern ein wenig mehr über die Welt erfahren, aus der Sie kommen. Ich habe ihm von meinen Erfahrungen berichtet, und das hat seine Weisheit sehr vermehrt. Nun würde er gern wissen, warum Sie hier sind, so weit von Ihrer eigenen Welt entfernt.«

Ich sah Kate an.

»Antworte du«, meinte sie.

Ich suchte mir eine bequeme Sitzposition auf den Kokosblättern, die man für uns ausgelegt hatte, und dachte über meine Antwort nach. »Nun, Häuptling Tamuni, Ihre Frage ist schwer zu beantworten, aber ich will versuchen, mich so klar wie möglich auszudrücken. Wir haben beschlossen, durch die Südsee zu reisen, weil wir der Existenz, die wir in der Großstadt führten, überdrüssig waren. Wir hatten das Gefühl, daß das Leben an uns vorbeizog und wir es nicht so lebten, wie wir eigentlich wollten, nämlich in seiner ganzen Fülle. Wir fanden, daß wir eine Entscheidung treffen mußten, um uns wieder lebendig zu fühlen und unserem Leben ein Ziel und einen Sinn zu verleihen. Also sind wir vor einiger Zeit zu dieser Reise aufgebrochen, ohne zu ahnen, daß wir Ihnen hier begegnen würden.«

Timu übersetzte meine Worte für den Häuptling und seine Leute. Leises Stimmengewirr kam unter den Dorfbewohnern auf. Schließlich hob der Alte die Hand, und alle verstummten. Dann sprach er zu uns. Als er geendet hatte, übersetzte Timu uns seine Rede.

»Häuptling Tamuni sagt, daß nicht der Zufall Sie hergeführt hat, denn er hatte Ihnen etwas mitzuteilen. Er sagt, für manche Menschen sei die Zeit ihr Feind, der sie ihr ganzes Leben lang verfolgt, bis sie sterben. Dies ist die Angst derer, die wissen, daß sie ihr Leben vergeuden. Für sie wird die Zeit immer ihr schlimmster Feind sein. Aber für diejenigen,

≈

192

die endlich Frieden mit sich selbst gefunden und das Wesen der Sterblichkeit begriffen haben, wird die Zeit zu einem stillen Begleiter, einem kostbaren Besitz, einer Erinnerung daran, jeden Moment unseres Lebens auszukosten, ohne ihn für selbstverständlich zu nehmen. Und tatsächlich ist die Zeit nicht unser schlimmster Feind, sondern unser bester Verbündeter.«

»Das sagt sich so leicht«, entgegnete ich. »Sie leben hier in diesem herrlichen Paradies und müssen sich um nichts weiter kümmern, als mit Ihren Kindern zu spielen und die Nahrung anzubauen, die Sie brauchen. Dort, wo wir herkommen, herrschen Konkurrenzdenken und Gier, und jeder strebt danach, der Beste zu sein. Wir arbeiten schwer, um unseren Lebensunterhalt zu verdienen und uns die finanzielle Sicherheit zu schaffen, damit wir auch in Zukunft für uns und unsere Familien sorgen können.«

Timu setzte seinem Häuptling diese Dinge auseinander. Tiefernst lauschte der alte Mann und gab dann, an Timu gerichtet, seine Antwort. Als er fertig war, lächelte er uns zu und wartete Timus Übersetzung ab.

»Dieses Paradies, von dem Sie sprechen«, sagte Timu, »ist weder unsere Umgebung noch das, was Sie in der Welt sehen, aus der Sie kommen. Es liegt in uns selbst. Und sobald Sie das erkannt haben, werden Sie sich nicht mehr darum sorgen, was Sie umgibt, weil Sie sich nicht mehr mit anderen zu messen oder vor ihnen zu beweisen brauchen. Dann werden Sie offenen Herzens wählen können, wer Sie sind und was Sie wirklich sein möchten. Sie werden in der Lage sein, Ihr eigenes, einzigartiges Paradies zu errichten.«

Als Timu zu Ende gesprochen hatte, sah Häuptling Tamuni uns eindringlich an und sagte dann noch etwas, das wir nicht verstanden.

»Was meint er?« fragte Kate.

»Er hat gesagt, daß Sie die Antwort auf diese Fragen finden, wenn Sie heute abend auf Ihr Boot zurückkehren und in dem Buch lesen.«

»Woher weiß er von dem Buch?« warf ich ein.

Timu lächelte. »Unser Häuptling spricht mit dem Herzen«, erklärte er, »und er liest in Ihren Augen dieselben Fragen, die ihn einst bewegt haben. Fragen, die wir uns alle stellen und von denen er weiß, daß sie in dem Buch bereits beantwortet sind«, sagte der junge Mann. »Genau wie der einsame weiße Mann, der vor vielen Jahren an dieser Küste ankam, in einem Boot ganz wie dem Ihren.« Timu lächelte und erhob sich. »Doch jetzt ist es Zeit, das Festmahl zu genießen und zu feiern.«

Nach einem langen Abend, an dem wir alle geschmaust und getanzt hatten, nahmen wir Abschied von den Einheimischen. Unter einem Himmel voller blinkender Sterne, umgeben von dem unbefangenen Lächeln der Dorfbewohner, hatten wir exotische Speisen gekostet, deren Grundlage der heimische Fisch und die Gemüse waren, von denen es auf und um die Insel im Überfluß gab, und Kokosmilch getrunken, die all diesen unglaublichen Gerichten noch zusätzlichen Wohlgeschmack verlieh. Timu begleitete uns zurück zum Strand, wo die *Distant Winds* geduldig auf uns wartete. Am Ufer schüttelte der junge Mann uns ein letztes Mal die Hand. »Es war uns ein Vergnügen, Sie hier zu Gast zu haben«, sagte er. »Bitte erzählen Sie niemandem von

≈

dieser Insel. Dann werden Sie hier immer willkommen sein.«

»Wir verraten keinem etwas«, sagte Kate. »Das versprechen wir Ihnen.«

»Gut!« gab Timu zurück. »Leben Sie wohl, meine Freunde. Sie können in der Lagune ankern, solange Sie wollen.«

»Danke, Timu«, antwortete ich. Er schickte sich bereits an, im Regenwald zu verschwinden, da drehte er sich noch einmal um.

»Vergessen Sie nicht, in das Buch zu schauen…«, sagte er. Dann war er fort, ehe wir ihm etwas antworten konnten.

Diese Nacht verbrachten wir in der Lagune dieses wunderbaren Juwels, das wir inmitten des Ozeans entdeckt hatten.

Kate goß uns noch einen Tee auf. Während unseres Aufenthalts in dem Dorf hatte man uns bewirtet wie gekrönte Häupter. Wir hatten mit den Kindern gespielt und kleine Geschenke mit den Ältesten ausgetauscht.

»Wirklich, das Leben, das wir jetzt führen, ist ein Geschenk, Schatz«, meinte Kate. »Ich hätte mir nie träumen lassen, was ich auf dieser Reise alles an Neuem erleben würde.«

»Mir geht's genauso«, gab ich zurück. »Weise Menschen sind doch wahrlich überall zu finden.«

»Wohin unser Weg wohl geht, Michael?« sprach Kate.

»Was meinst du?«

»Ich meine, wohin dieses Abenteuer uns noch führt. Erinnerst du dich daran, was Häuptling Tamuni sagte, darüber, daß das wahre Paradies in uns selbst zu finden sei? Ich ver-

≈

195

mute, er wollte uns lehren, worauf es im Leben wirklich ankommt. Aber was genau hat er uns mitzuteilen versucht?«

Wir saßen an Deck der *Distant Winds,* als von neuem die
sanfte Brise aufkam und behutsam unseren kostbarsten Besitz aufschlug. Wir hatten das Buch an den besonderen Platz
gelegt, den wir jetzt dafür gefunden hatten – auf dem Oberdeck, unmittelbar vor der Kajüte, wo es vor Regen und
Hitze geschützt war, aber nicht vor dem Wind.

Die Krankheit des Körpers
kann man für eine Zeitlang heilen,
aber die Krankheit des Geistes kann wahrhaftig
unheilbar sein, denn sie überdauert
sogar den Tod des Körpers.
Die Krankheit des Körpers stirbt mit diesem,
aber die Krankheit, die den Geist befällt,
stirbt erst mit der Ewigkeit.
Heile die Krankheit, die deinen Geist quält,
und wahrlich, du wirst für immer leben.
Tamuni

Wir fielen einander in die Arme, denn wir spürten, daß wir
eine Antwort auf unsere Fragen erhalten hatten. In dieser
Vollmondnacht küßten wir uns und schwammen nackt im
stillen Wasser der Lagune. Wir liebten einander wie Teenager, mit der Naivität von Menschen, die nicht nur mit den
Augen, sondern mit dem Herzen sehen. Und die einzigen
Zeugen dieser Nacht wahrer Liebe und echten Lichts waren
die Delphine, die Kormorane und die Möwen, die das
innere Riff bewohnten...

≈

10

Die Reise von einer Insel zur nächsten war schon ein Abenteuer für sich.

Tagelang segelten wir über den Ozean und sahen keinen Menschen. Das Herrliche daran war, zusammen mit Kate diese Nähe zur Natur zu erleben. Wir teilten unsere Zeit mit allen Wesen, die den Himmel und die Wasser der Südsee bewohnten.

Oft bewunderten wir den Flug des gewaltigen Albatros, der im Zickzack über den Himmel zog, immer auf der Suche nach den köstlichen Makrelen, die in dieser Ecke der Welt vorkommen. In seinem Schlepptau segelten die Möwen, stets darauf aus, die Bröckchen einzuheimsen, die der Albatros verschmähte. Gelegentlich erspähten wir einen Kormoran, der gekonnt ins Wasser eintauchte. Niemals entwischte ihm ein Fisch; er fing sie wie ein Profi. Doch die schönsten Erlebnisse bereiteten uns die Delphine, die uns folgten.

Delphine aller Arten schwammen im Kielwasser unseres Schiffes. Sie hüpften aus dem Wasser, ließen sich rückwärts wieder hineinfallen und kehrten ihre hellen Bäuche nach oben. Wir lernten sie zu unterscheiden: den großen und kleinen Tümmler, den Schweinswal, den Fleckendelphin und viele andere. Sie tauchten in Schwärmen von bis zu einhundert Tieren auf und spielten mit den Wellen, die die *Distant Winds* auf ihrem Weg über die Ozeane aufwirbelte; ein herrliches Spektakel, das wir an Land so noch nie zu Gesicht bekommen hatten.

Eines Tages erregte ein seltsames Geräusch, das aus den Tiefen des Ozeans zu dringen schien, unsere Neugierde. Zu Anfang konnten wir uns nicht erklären, was den Laut erzeugte und woher er kam. Aber als die Tage verstrichen und wir uns weiter gen Norden bewegten, hörten wir ihn häufiger. Und dann, an einem strahlend hellen Morgen, sahen wir die Urheber zum erstenmal. Es waren Buckelwale, die einst in diesen Gewässern sehr verbreitet gewesen waren. Doch Walfänger hatten sie schon vor Jahrzehnten fast völlig ausgerottet. Heute sind sie durch internationale Gesetze geschützt und befinden sich langsam, aber stetig wieder auf dem Vormarsch. Wie seit Tausenden von Jahren wandern sie von der Antarktis aus nordwärts, auf der Suche nach wärmeren Gewässern, in denen sie ihre Jungen zur Welt bringen.

Staunend betrachtete Kate die beeindruckenden Riesen, die in den Wogen sprangen und tollten.

»Ist dir eigentlich klar, Michael, daß die Wale im Grunde das ganze Jahr über – abhängig von den Jahreszeiten – von einem Ort zum anderen ziehen? Wir bekommen sie nur im Herbst zu Gesicht, weil sie um diese Zeit die Küste bei Auckland aufsuchen. Aber in Wirklichkeit wandern sie das ganze Jahr über.«

»Da hast du wahrscheinlich recht«, gab ich zurück. »Wir glauben, daß sie sich nur auf Wanderschaft begeben, wenn

≈

198

wir sie an der Küste von Auckland sehen, weil dort unsere eigene Welt liegt. Aber nun erkennen wir, daß es in Wahrheit Tausende gleichzeitig existierender Welten gibt, die alle real sind. Wir nehmen nur einige wenige davon wahr, je nachdem, wo wir uns gerade befinden oder was wir tun. In diesem Augenblick erleben wir eine andere Welt, in der wir die Buckelwale einen Monat später nach Norden wandern sehen als sonst zu Hause.«

Kate sah mich forschend an.

»Du glaubst also, unsere Weltsicht hängt nicht nur davon ab, wer wir sind, sondern auch, wo wir uns gerade befinden?«

»Genau«, antwortete ich. »Ich möchte sogar behaupten, daß es nicht nur darauf ankommt, wer und wo wir sind, sondern bis zu einem gewissen Grad auch darauf, wie viele Orte wir schon besucht haben. Durch Reisen erfährt man aus erster Hand, was real ist. Und nun stelle ich fest, daß der Umstand, daß ich ganz andere Menschen kennenlerne und neue Orte erforsche, mich die Welt sehen läßt, wie sie wirklich ist, und mir in meinem eigenen Leben neue Entscheidungsmöglichkeiten eröffnet. Sobald man sich von seinem festen Wohnort entfernt und zu all diesen Orten reist, beginnt man, die verschiedenen Welten zu verstehen, die uns umgeben. Reisen erweitert wohl tatsächlich den Horizont.«

Kate lächelte. »Sprichst du auch von unserem persönlichen Horizont, Michael?«

Ich trat zu ihr und küßte sie. »Ganz besonders von dem, Kate. Ich dachte, ich hätte dich für immer verloren, aber nun werde ich alles tun, um dich bis in alle Ewigkeit bei mir zu behalten.«

Zärtlich legte sie den Kopf an meine Schulter. »Ach, Michael, du hast mir schrecklich gefehlt, und das schon so lange«, gestand sie. »Ich hatte keine Ahnung, wie ich mir deine Liebe zurückholen sollte, aber jetzt spüre ich endlich, daß du wieder da bist. Die große Liebe meines Lebens, der Mann, in den ich mich auf den ersten Blick verliebt habe. Geh nie, nie wieder weg. Versprichst du mir das?«

»Ich lasse dich niemals mehr allein, Kate«, gelobte ich. Ich betrachtete die majestätische Walmutter, die mit ihrem neugeborenen Jungen spielte.

»Kate, auf dieser Reise habe ich unter anderem gelernt, daß das Glück als abstrakter Begriff nicht existiert. Es gibt nur glückliche Augenblicke. Und wenn wir diese Momente, die wir erleben, wirklich zu schätzen wissen, dann werden all diese Einzelmomente wahren Lichts unser Leben erfüllen und lebenswert machen. Meinst du nicht, daß wir eine Menge solcher glücklicher Augenblicke erlebt haben, seit wir Auckland verlassen haben?«

In diesem Moment öffnete sich das Buch. Kate sah mich an.

»Die Seite ist leer«, bemerkte sie. »Hast du irgendeine Idee?«

»Allerdings«, gab ich zurück und lächelte. »Schau noch mal hin.«

Sie betrachtete die aufgeschlagene Seite.

Im Leben kommt es nicht darauf an,
was man besitzt,
sondern darauf, was man tut.
Michael

≈

200

»Wie hast du das gemacht?« fragte sie. »Ich habe dich nichts sagen hören.«

Ich schaute die Wale an, die durch ihre Atemlöcher gewaltige Wasserfontänen ausspieen, als wollten sie mir zustimmen.

»Habe ich auch nicht«, antwortete ich. »Ich schätze, wir sind dabei, allerhand zu lernen, das man nur erfährt, wenn man seinen Träumen folgt.«

11

Zwölf Tage segelten wir übers offene Meer weiter. Hier, wo kein Land uns den Blick versperrte, erlebten wir jeden Sonnenaufgang und Sonnenuntergang. Zuvor hatten wir bereits bemerkt, daß keine zwei Inseln einander glichen. Und genauso verhielt es sich jetzt mit den morgendlichen und abendlichen Schauspielen, denen wir beiwohnten.

Während der Rand der Scheibe, die wir die Sonne nennen, hinter dem fernen Horizont versank, durchlief der Himmel über uns eine unglaubliche Verwandlung und zeigte uns jede nur mögliche Farbe. Es schien, als schwebe über uns eine Palette, die jeden Tag eine andere Kolorierung annahm. Manchmal kontrastierten die glühenden Farben der Wolken scharf miteinander, dann wieder überzogen sanft flottierende Blauschattierungen den ganzen Himmel. Und nach den heftigen Stürmen, welche die Natur hier immer bereithält, pflegten Regenbogen zu erscheinen, manchmal zu zweien oder dreien hintereinander. Nirgendwo sonst auf der Welt hätten wir die Natur so vollständig, so herrlich und vor allem so unverfälscht erleben können.

Am dreizehnten Tag, nachdem wir Numa-Numa verlassen hatten, erreichten wir endlich das Königreich Tonga. Wir hatten vor, dort unsere Reise für ein paar Wochen zu unterbrechen und die Inseln zu umsegeln.

Das Königreich Tonga besteht aus vier Hauptinselgruppen: der Tongatapu-Gruppe im Süden mit der Hauptstadt Nuku'alofa, der Ha'apai-Gruppe, einem weit auseinandergezogenen Archipel niedriger Koralleninseln, in deren Mitte hohe Vulkane aufragen, der Vava'u-Gruppe mit dem gewaltigen, von Land umschlossenen natürlichen Hafen Port of Refuge, und im Norden den abgelegenen, vulkanischen Niuas. Da unsere Nahrungs- und Spritreserven ziemlich geschrumpft waren, beschlossen wir, zuerst am Vuna-Kai anzulegen, der bedeutendsten Hafenanlage der Hauptstadt des Königreichs Tonga. Sobald wir unsere Vorräte aufgestockt und die *Distant Winds* auf mechanische Fehler oder Beschädigungen überprüft hatten, wollten wir zu den entlegenen Niuas-Inseln weitersegeln. Denn wir hatten beschlossen, mehr Zeit allein zu verbringen.

Wir ankerten also in Nuku'alofa, Tongas Hauptstadt und sein belebtester Hafen. Einige Einheimische hießen uns willkommen. Wenn man zum erstenmal einen Tonganer sieht, begreift man, warum Tonga auch »das Land der freundlichen Riesen« genannt wird. Obwohl die Tonganer von hohem, kräftigem Wuchs sind, lächeln sie wie Kinder. Sie haben ein offenes Wesen und treten allen Fremden freundlich entgegen. Kein Wunder also, daß der Reiz Tongas vor allem in seiner Kultur und den Menschen besteht. Die Tonganer sind außergewöhnlich herzlich, entspannt und besitzen einen großzügigen Zeitbegriff. Sie amüsieren sich gern und erge-

≈

203

hen sich ständig in Neckereien untereinander und gegenüber wohlwollenden Besuchern. Es heißt, wenn einem Tonganer das Lächeln vergeht, dann verfällt er und stirbt.

Am Ende des Kais lag einer der typischen Gemischtwarenläden, die Bedarf für Reisende wie uns verkauften. Für gewöhnlich waren diese Geschäfte gut mit lokalen Erzeugnissen ausgestattet. Dies war ein weiteres Glanzlicht auf dieser Reise: Wir entwickelten uns langsam, aber sicher zu Experten darin, gesunde, exotische Gerichte aus den Erzeugnissen dieser tropischen Länder herzustellen.

Ich ließ Kate auf der *Distant Winds* zurück und ging in den Laden, um unsere Nahrungsmittelvorräte aufzustocken und uns für die kommenden zwei Wochen auszurüsten. Ich kaufte Taroknollen, Yamswurzeln, Maniok, Brotfrüchte, Süßkartoffeln, Fisch und gekochte Taroblätter ein. Außerdem nahm ich noch einen Schraubenschlüssel mit, denn der alte war angebrochen, sowie andere Vorräte wie Kühlmittel, Schmierfett, Öl und so weiter. Nachdem ich meine Einkäufe erledigt hatte, ging ich zurück und stellte fest, daß Kate mit einem hochgewachsenen Tonganer plauderte, der das Boot mit Benzin volltankte.

Ich ging an Bord und lud meine Tüten ab.

»Kate, ich glaube, ich habe alles gefunden, was wir brauchen.«

»Großartig, Schatz«, gab sie zurück. »Könntest du mal bitte herkommen?«

»Sicher.« Ich sprang aus dem Cockpit und trat zu Kate und dem Tonganer.

»Michael, ich möchte dir George vorstellen.«

»Nett, Sie kennenzulernen, George.« Der Mann war fast

≈

204

einen Meter achtzig groß und hatte einen ziemlich festen Händedruck. Von Captain Cook gibt es eine Geschichte aus der Zeit, als er mit der berühmten *Endeavour* Tonga erforschte. Damals soll eine Gruppe Tonganer seiner Mannschaft eines Abends eine Lektion im Boxen erteilt haben, welche die Männer nie wieder vergaßen. Jetzt verstand ich, was er meinte.

»Guten Morgen, Michael«, antwortete George.

»George arbeitet schon sehr lange hier«, erklärte Kate, »und er hat viele Yachties kennengelernt, die mit ihren Booten anlegten und wieder abfuhren.«

Ich erkannte sofort dieses vielsagende Lächeln auf Kates Gesicht.

»Okay, Kate, was ist los?«

George wandte sich an mich. »Ihre Frau hat mir berichtet, daß Sie dieses Boot gekauft haben, Michael. Ist das richtig?«

»Sicher, ja.«

»Und wo?« fragte George.

»In Auckland.«

»Hmm, das ist seltsam«, überlegte George. »Was in aller Welt hatte die *Distant Winds* in Auckland zu suchen?«

»Was finden Sie daran merkwürdig?« fragte ich.

»Michael, ich habe George den Namen unseres Bootes gar nicht gesagt«, warf Kate ein.

»Wie bitte?«

»Ich habe ihm überhaupt nicht verraten, daß es *Distant Winds* heißt«, gab Kate zurück. »Er hat mir nur erzählt, daß er das Boot schon lange nicht mehr auf Tonga gesehen hat.«

»Wissen Sie noch, wer damals der Eigentümer war?« fragte ich George.

≈

»Ach, das Schiff hatte schon viele Besitzer, alles sehr nette Leute. Ich werde sie nie vergessen. Niemals.«

»Warum?« fragte ich.

»Da war etwas in ihren Augen«, erklärte George. »So ein ganz besonderes Leuchten.«

Kate und ich sahen uns an. »Erinnern Sie sich noch an den ersten Eigner der *Distant Winds*?« fragte ich George.

»O ja«, sagte er. »Den werde ich bestimmt nie vergessen. Er war klein und ein guter Skipper, aber er trug die Brille mit den dicksten Gläsern, die ich je gesehen habe.«

Ich spürte, wie mir der Schweiß auf die Stirn trat. »Besinnen Sie sich noch auf seinen Namen?«

»Sicher«, gab George zurück. »Das war Mr. Thomas.«

Kate schmunzelte mir zu, dann lachte sie laut heraus. »Wir sind ganz eindeutig auf dem richtigen Pfad«, meinte sie. »Aber jetzt wollen wir unseren Plan befolgen und zu den Niuas aufbrechen, damit wir unseren eigenen Weg finden, Schatz. Laß uns lernen, einzigartig zu sein, Michael. Wir beide!«

Wir brauchten fast eine Woche ruhiger Fahrt, um Niuafo'u zu erreichen, die nördlichste Insel der Niuas-Gruppe. Wenn wir Einsamkeit suchten, dann hatten wir sie hier gefunden. Niuafo'u ist noch heute eine der abgelegensten Inseln der Welt. Ungefähr einmal im Monat kommt das Versorgungsschiff, doch die Insel besitzt keine Anlegestelle. Viele Jahre lang erhielten die Bewohner von Niuafo'u ihre Post in leeren Kerosinkanistern, die in Öltuch gewickelt wurden. Vorbeifahrende Frachter warfen die Behälter einfach über Bord, die dann von wartenden Schwimmern eingeholt wurden.

≈

206

Wirklich, dieser Ort war genau das Richtige, um uns vom Rest der Welt zurückzuziehen: nur wir beide, zusammen mit der *Distant Winds,* die unsere wenigen irdischen Besitztümer beherbergte.

Es gibt nicht mehr allzu viele Plätze auf der Welt, an denen man tatsächlich das Gefühl hat, sich in der unberührten Natur zu befinden. Doch Niuafo'u gehört auf jeden Fall zu diesen seltenen Kostbarkeiten. Schwefeldämpfe und Lava dringen aus einem zusammengefallenen Vulkankegel, der einmal über vierhundert Meter hoch gewesen ist. Ein zweiter Krater bildet eine Barriere, die das Wasser der heißen Quellen aufstaut, und im Krater selbst hat sich ein weiterer See gebildet. Bäder in diesen Schwefellagunen sind der größte Luxus, den Niuafo'u zu bieten hat. Die fruchtbare Vulkanerde fördert das Pflanzenwachstum, so daß dort einige der größten und farbenprächtigsten Gewächse der Welt gedeihen.

Über Tag erforschten wir die Insel und ihre Schätze, und die Nächte verbrachten wir an Bord der *Distant Winds.* Und wie in der warmen Brise von Norden die Kokospalmen einander raschelnd umfingen, so hielten auch wir uns umarmt. In unserer ungestörten Zweisamkeit spürte ich immer ganz genau, wann wir gleich eines dieser Gespräche beginnen würden, die ich neuerdings so genoß und die uns einander näher brachten als je zuvor. Nun hatten wir uns wiederentdeckt und unserer großen Liebe neues Leben eingehaucht. Und irgendwie half uns auch die *Distant Winds,* unsere Beziehung bis in Tiefen auszuloten, die wir niemals zuvor erreicht hatten. Ich begriff, daß diese wunderschöne Frau

namens Kate eine Mischung vieler wunderbarer Frauen darstellte, von denen einige gerade erst begannen, in meinen ge-
heimsten Gedanken Gestalt anzunehmen.

»Glaubst du an ein Leben nach dem Tod, Michael?« fragte
sie mich einmal plötzlich.

»Was?«

»Ich meine, glaubst du wirklich, daß wir, wenn wir unsere
Körper verlassen, irgendwo anders wieder zusammenkom-
men?«

»Schwer zu sagen«, antwortete ich. »Nach den Erfahrungen, die ich in den letzten paar Monaten gemacht habe,
Kate, kann ich dir nur eines versichern.«

»Und das wäre?«

Ich blickte zum Vollmond auf, der direkt über uns stand.
»Ich glaube aufrichtig an ein Leben *vor* dem Tod, Kate. Nicht
nur, weil ich all dies gesehen habe. Auch die Lehren unserer
Freunde, die aus dem Buch zu uns sprechen, überzeugen
mich davon. Manchmal denke ich, daß sie wohl gern für einen
Augenblick auf die Erde zurückkehren würden. Nur um sich
daran zu erinnern, warum sie so viele schöne Dinge über das
Leben auf diesem Planeten geschrieben haben.«

Nach kurzem Überlegen sprach ich weiter. »Ob ich
glaube, daß es ein Leben nach dem Tod gibt? Ich habe keine
Ahnung, Kate, aber ich hoffe doch. Auf dieser Reise habe
ich Antworten auf Fragen bekommen, von denen ich
glaubte, sie in einem ganzen Leben nicht zu finden. Und
worauf wir jetzt keine Antwort erhalten, das können wir
vielleicht irgendwann in der Zukunft lösen. Vielleicht wissen wir das jetzt noch nicht, aber die Antwort ist bereits da
und wartet darauf, daß wir sie entdecken.

≈

Eines jedenfalls ist sicher, Kate«, fuhr ich fort. »Ich könnte mir ein Leben ohne dich nicht vorstellen. Und solltest du aus irgendeinem Grund vor mir gehen, dann wird allein der Gedanke mich auf dieser Welt halten, daß ich dich wiedersehen werde, irgendwo, an einem Ort, wo wir hoffentlich bis in alle Ewigkeit zusammensein können.«

Kate kam zu mir und umarmte mich sanft. Ich sagte nichts, aber ich spürte, daß sie weinte. »Ich glaube, wir haben bereits damit begonnen, unseren Himmel auf Erden zu erbauen, meinst du nicht auch?«

Sie küßte mich. »Ich werde dich finden, Michael Thompson«, erklärte sie, »ganz gleich, in welcher Welt du lebst oder in welcher Zeit du existierst; und dann gehen wir gemeinsam in die Ewigkeit ein, du und ich.«

Nach drei Wochen, in denen wir unsere Träume gelebt hatten, fühlten wir uns schließlich körperlich und spirituell bereit, Tonga zu verlassen. Selbst unser getreues altes Buch hatte uns geholfen, denn es hatte sich einmal mehr geöffnet, ohne daß wir Rat gesucht hätten.

Stell dir etwas vor,
und du wirst es erreichen.
Träume davon,
und du wirst dazu werden.
Vertraue dir selbst,
denn du weißt mehr,
als du glaubst.
Thomas Blake

≈

Die Geschichten, die wir gehört hatten, die Lektionen, die wir in unseren Gesprächen gelernt hatten, und die Menschen, die wir bis jetzt getroffen hatten, hatten unser Gespür für unser wahres Selbst gestärkt. Nun wußten wir, daß jeder neue Tag uns einem neuen Lebensstil und der Art von Mensch, die wir schon immer hatten sein wollen, näherbrachte.

12

Der Südpazifik ist ein ausgezeichnetes Segelrevier.

Die Routen sind nicht allzu stark befahren, und es gibt keine Piraterie wie im Mittelmeer oder in den Gewässern Indonesiens. Die übliche Segelroute durch den Südpazifik nutzt die nordöstlichen und südöstlichen Passatwinde aus Neuseeland. Man segelt auf den Westwinden bis zu einem Punkt südlich des Wendekreises und dann mit dem Passat gen Norden nach Tahiti.

Wir legten durchschnittlich achtzig Meilen täglich zurück, so daß wir reichlich Zeit hatten, auf einigen der Inseln zu verweilen, die uns am besten gefielen, die Einheimischen kennenzulernen und uns mit ihrer Kultur vertraut zu machen.

Ein weiteres Naturwunder auf dieser Fahrt waren die zahllosen ausgedehnten Korallenriffe, auf die wir während unserer Reise stießen. Die Saumriffe der größeren Inseln, so schön sie auch sind, können es nicht mit dem Zauber der kleineren aufnehmen, die man Atolle nennt. Diese runden oder hufeisenförmigen Korallenriffe, die nur einen winzigen Teil der Oberfläche des Südpazifiks ausmachen, sind von glitzernden, schmalen Meeresarmen umgeben, deren Wasser

≈

vor Leben nur so wimmelt. Auf den Ablagerungen, welche die heftigen Stürme aus dem Meer angespült haben, gedeiht eine üppige Vegetation. Diese vier bis sechs Fuß hohen Atolle sind für gewöhnlich nur von der Leeküste her anzulaufen.

An einem klaren Morgen entdeckten wir am Horizont zum erstenmal die südöstlichste der dreihundertzweiundzwanzig Inseln, aus denen die Fidschi-Gruppe besteht. Während wir uns dem Land näherten, erkannten wir, daß sie eine wunderschöne innere Lagune besaß, umgeben von einem Saumriff. Wir beschlossen, uns eine sichere Passage in die Lagune zu suchen. Vorsichtig manövrierte ich die *Distant Winds* durch die flachen Korallen, die wir überall um uns herum erblickten. Denn das Wasser wies nicht mehr das tiefe Smaragdgrün des offenen Ozeans auf, sondern war von einem blassen Blau, durch das man bis auf den Meeresboden sehen konnte.

Schließlich erreichten wir den östlichen Teil der Lagune, wo wir einen sicheren Ankerplatz fanden. Ich wandte mich an Kate.

»Worauf hast du Lust?« fragte ich sie.

»Wir könnten schnorcheln gehen«, meinte sie. »Ich glaube nicht, daß es hier Haie gibt, und wenn, dann sind sie wahrscheinlich harmlos.«

»Prima Idee!« gab ich zurück. »Ich hole die Ausrüstung aus der Kajüte.« Ich eilte nach unten und schnappte mir die Taucherbrillen, Schnorchel und Schwimmflossen. Das Ganze brachte ich an Deck, wo Kate bereits wartete. Rasch machten wir uns fertig. In diesen warmen, tropischen Gewässern benötigt man zum Tauchen keinen Neoprenanzug, sondern bloß ein T-Shirt zum Schutz vor der starken Hitze und der Sonneneinstrahlung. Blitzschnell waren wir im Wasser.

Wer noch nie ein Korallenriff erforscht hat, dem entgeht eines der größten Naturwunder. Durch einen völlig unberührten Urwald kann man nicht wandern, denn das würde ja gerade bedeuten, daß es keine Wege gibt. Doch es ist möglich, über unberührte Riffe zu schwimmen – die am dichtesten bevölkerten Lebensräume auf der Erde – und sich zu fühlen, als fliege man. Der Meeresboden weist eine Fülle von Farben auf, und die Ansammlungen lebender Polypen erhöhen diesen Reiz noch. Durch Löcher und Spalten schwimmen verschiedene Arten von Fischen hin und her. Staunend betrachteten wir diese lebendigen, bewegten Farben und herrlichen Formen. Ein Riff entsteht durch die Ansammlung unzähliger kleiner Kalkskelette, den Überresten von Myriarden winziger Korallenpolypen. Manche davon sind nicht größer als ein Stecknadelkopf. Ihr Skelett ist für gewöhnlich weiß, doch die lebenden Polypen kommen in vielen verschiedenen Farben vor. Solche Korallengipfel sind ein sicherer Zufluchtsort für Segelflosser, Schmetterlingsfische, Zackenbarsche, Soldaten- und Drückerfische und zahllose andere Arten. Dann sind da noch die winzigen Oktopusse und Krabben, und alle prunken in leuchtenden Farben, die den Meeresgrund wie einen Garten Eden aussehen lassen, während man darübergleitet, als schwebe man in der Luft, und all diese wundervollen Kreaturen bestaunt.

Nachdem wir drei Stunden lang das Riff erkundet hatten, kletterten wir schließlich aus dem Wasser. Wir waren müde und hungrig, und wir hatten einen schlimmen Sonnenbrand.

≈

Doch das, was wir gesehen hatte, erfüllte uns immer noch mit atemloser Bewunderung.

Die nächsten drei Tage verbrachten wir im Inneren des Atolls. Morgens und nachmittags tauchten wir und spielten mit den Fischen, die sich so an uns gewöhnt hatten, daß sie uns aus der Hand fraßen. Ab und zu schwamm ein Delphin in die Lagune, beobachtete uns und kam schließlich zum Tollen näher. Manchmal machten wir harmlose Riffhaie aus, die auf ihrer Beutesuche durch das Atoll kreuzten. Zu Anfang hatten wir uns ein wenig beklommen gefühlt, wenn wir einen sichteten, aber jetzt wurde uns klar, daß diese Empfindung nur auf den Greuelgeschichten beruhte, die man uns über diese Tiere erzählt hatte. Statt uns also wegen unserer Besucher Sorgen zu machen, begannen wir nun, sie in ihrem natürlichen Lebensraum zu bewundern.

In unserer zweiten Nacht auf dem Atoll war der Himmel sternenklar. Millionen Lichter und der Mond standen am Firmament, und vom äußeren Riff her drang das Tosen der Brandung. Kate hatte ein herrliches Mahl bereitet: gebutterte Schollenfilets, garniert mit leicht gedünsteten frischen Gemüsen und wilden Nüssen, alles mit geriebenem Parmesan und einem Hauch Knoblauch überbacken. Ein Obstsalat aus hiesigen Tropenfrüchten, in kleine Stückchen geschnitten und mit Honig gesüßt, vervollständigte das traumhafte Menü. Ich entschied, daß dies die perfekte Gelegenheit war, unsere letzte Flasche neuseeländischen Chardonnay zu öffnen, den wir für eine besondere Gelegenheit aufgespart hatten.

»Du hast ein exzellentes Dinner gekocht, Kate.«

»Danke, Michael.« Wir tranken einen Schluck Wein und

betrachteten die Sterne. Wie nahe wir uns einander in diesem Augenblick fühlten! Als wir so allein auf unserer sich sanft wiegenden *Distant Winds* saßen, fühlten wir uns ganz und gar voneinander erfüllt, und wir spürten das Bedürfnis zu reden.

Wir sahen uns an, und da wir nicht die richtigen Worte für den Anfang fanden, faßten wir uns an den Händen und suchten Rat bei unserem treuen Buch. Sanft schlug der Westwind es auf:

Um die Wahrheit zu entdecken,
bedarf es zweier Menschen:
eines, der sie ausspricht,
und des anderen,
der zuhört.
Khalil Gibran

»Kate?«

»Ja, Liebster?«

»Ich habe in letzter Zeit viel über unsere Reise nachgedacht.«

»Und worüber genau?«

Ich sah mein Weinglas an und überlegte. »Ich fühle mich großartig, weil ich den Entschluß gefaßt habe, diese Reise zu machen, und weil ich dich zurückgeholt habe. Aber obwohl ich weiß, daß wir uns zum Besseren verändern, will mir etwas nicht aus dem Kopf gehen.«

»Und was ist das?« fragte Kate. Ein Schatten huschte über ihr Gesicht.

»Na ja, weißt du, als wir noch zu Hause waren und gear-

≈

beitet haben, hatte ich das Gefühl, daß wir tatsächlich etwas erreichten. Wir folgten den Spuren anderer und taten das Richtige. Jetzt haben wir all diese Welten entdecken können, und ich weiß es nicht mehr.«

»Was weißt du nicht?« fragte Kate, neugierig geworden.

»Ich könnte nicht definieren, was der Sinn und Zweck dieser Reise ist. Als wir noch für unsere Zukunft gearbeitet haben, hatten wir einen Maßstab für unseren Erfolg, denn wir wußten, was das für uns hieß. Heute bin ich mir nicht mehr sicher, was Erfolg bedeutet.«

Kate sah zum Horizont. »Ich schätze«, meinte sie, »daß man Erfolg auf viele verschiedene Arten messen kann. Du willst wahrscheinlich sagen, daß in der Welt, aus der wir kommen, Erfolg nach der Größe deines Hauses bemessen wird, nach deiner Automarke oder der Art von Kleidung, die du trägst. Und plötzlich finden wir uns in einer anderen Welt wieder, in der all das keine Bedeutung mehr hat, und wir erkennen, daß diese Dinge nur in unserer eigenen Gesellschaft von Belang sind, aber nirgendwo sonst.«

»Was versuchst du mir zu sagen?«

»Daß wir erfolgreich *sind*, Michael. Wir haben uns zu dieser Reise entschlossen, ohne eine Ahnung zu haben, was die Zukunft uns bringen würde. Und jetzt finden wir uns zum erstenmal mitten im Ozean wieder, auf einem namenlosen Atoll. Der Wind und die Sterne sind unsere einzigen Zeugen, und wir genießen jede einzelne Minute. Ich würde diesen Augenblick nicht für alle Schätze der Welt eintauschen. Dich zu haben und die Person, zu der ich mich entwickle, und die Wunder der Welt erleben zu können, das ist mir Reichtum genug. Vergiß nicht, daß wir keinem vorbestimm-

≈

216

ten, abgesteckten Pfad folgen, Michael. Wir bahnen unseren eigenen, einzigartigen Weg und lassen uns dabei nur von unserem Instinkt und der Kraft unserer Liebe leiten. Ich finde, das ist doch schon etwas.«

Sie hatte recht. Nichts konnte wichtiger sein als die Augenblicke, die wir erlebten. Was wir empfanden, hätte man für kein Geld der Welt kaufen können. Und wir hatten zu erkennen begonnen, daß wir überall so fühlen konnten, vielleicht sogar in unserer alten Heimat. Denn in unserem Inneren wandelte sich etwas. Wir konnten immer die Persönlichkeiten sein, die wir sein wollten, solange wir die wichtigen Dinge des Lebens nicht aus den Augen verloren, die Dinge, die wir auf dieser Reise zu erkennen lernten.

Als Kate und ich uns lächelnd ansahen, kam von neuem die sanfte Brise von Westen auf. Das Buch öffnete sich wie von selbst auf einer neuen Seite.

Träume
sind der Schlüssel zum Glück.
Seine Träume wahr zu machen,
ist der Schlüssel zum Erfolg.
Kate und Michael

»Dieses Mal haben wir es beide getan«, bemerkte ich. »Wir haben das gleiche gedacht, und die Summe unserer Überlegungen spiegelt sich auf dieser Seite.«

»Ich weiß«, gab Kate zurück. »Ich schätze, wir sind dabei, eins zu werden, du und ich.« Wir hörten auf zu reden und küßten uns. Ich begann zu ahnen, daß uns ein köstliches Dessert erwartete.

≈

13

Auf dem offenen Meer lehrte der Wind uns viele Dinge.

Wie eine Möwe auf ausgebreiteten Schwingen durcheilte die *Distant Winds* die idyllischen Fidschiinseln. Einige davon sind so klein, daß darauf nur eine einzige Kokospalme Platz findet. Manchmal segelten wir am Wind, dann wieder vor dem Wind. Dadurch erkannten wir, daß es nicht darauf ankommt, wie der Wind weht, sondern wie wir die Segel setzen. So bestimmen wir nicht nur die Richtung unseres Geschicks, sondern auch die unserer Träume.

Nun eigneten wir uns auch in der Praxis an, was wir theoretisch schon lange gewußt hatten. Wir begriffen, wie der sogenannte »wahre Wind« – das heißt, so wie er weht, wenn sich ihm nichts in den Weg stellt – durch die Vorwärtsbewegung des Bootes modifiziert wird. Und dieser Wind, der durch die Bewegung des Schiffes zustande kommt, heißt »scheinbarer Wind«. Mit diesem sogenannten Bordwind hat man es zu tun, solange das Schiff, auf dem man segelt, sich bewegt. Diesen Bordwind zu verstehen und den richtigen Moment zum Umsetzen der Segel abzupassen, macht einen guten Skipper aus.

Bei Nacht lernten wir das Kreuz des Südens zu erkennen. Zu Navigationszwecken nimmt man an, daß diese wunderschöne Sternenkonstellation, die nach Süden zeigt, unbeweglich am Himmel steht. So ganz stimmt das zwar nicht, es ist aber genau genug, um die Bewegungen aller anderen Himmelskörper in Relation zum Kreuz des Südens zu bestimmen. In der südlichen Hemisphäre ist dies die Konstante der astronomischen Navigation.

Wir orientierten uns am Azimut, das heißt, dem Anpeilen eines Himmelskörpers von der Position des Beobachters aus. Der Azimutwinkel und der Azimutkreis fanden Eingang in unsere tägliche Routine, denn sie müssen bei jedem Kurssetzen in Betracht gezogen werden; und so kam zu den Informationen aus unseren Seekarten das nautische Wissen, das wir im Verlauf dieser spirituellen Reise erwarben.

Wir lernten eine Menge. Zwar mußten wir uns auf unsere nautischen Kenntnisse verlassen, um uns über unseren Kurs zu vergewissern, aber wir hatten auch begonnen, nach unserem Instinkt und weniger nach festgelegten Regeln zu segeln. Wir hatten gelernt, bei Tag der Sonne und bei Nacht dem Mond zu folgen. Aufmerksam beobachteten wir die Möwen, die sich nach dem wechselnden Wind richteten, wenn wir uns dem Land näherten, und sahen den Walen und Delphinen zu, die den unendlichen Ozean durchquerten. Die Tiere waren unsere Führer geworden, unsere Seekarten. Alles, was uns umgab, war plötzlich ein Teil unserer selbst, und die Liebe, die wir füreinander empfanden, ging in diesen Energiefluß ein. Ungläubig erkannten Kate und ich, daß all diese Erfahrungen,

≈

219

die wir jetzt machten, immer dagewesen waren und nur darauf gewartet hatten, daß wir sie entdeckten und bestaunten. Und liebten.

Auf unserer Reise hatten wir gelegentlich heftige Schauer erlebt, aber stets in der Nähe einer Insel. Doch als der Regen uns eines Tages zum erstenmal auf dem offenen Meer überraschte, wurde das zu einer ganz neuen Selbsterfahrung für uns. Wir hatten weder Sturm noch rauhe See; da war nur das Trommeln der Regentropfen, die vom Himmel strömten und sich zu Millionen auf das Deck der *Distant Winds* ergossen. In der Stadt wären wir gerannt und hätten uns einen Unterstand gesucht, um nicht naß zu werden. Doch als jetzt der Regen zu rauschen begann, liefen wir an Deck, um ihn zu spüren, uns mit reinem Wasser zu benetzen und symbolisch zu reinigen.

Mit einemmal wurde mir klar, daß Kate etwas Außergewöhnliches erlebte. Was ihre Augen netzte, war nicht der Regen, sondern Tränen. Sie schien im Regen von innen heraus zu leuchten.

»Was hast du?« fragte ich.

»Ich kann Gottes Anwesenheit spüren. Er ist im Regen und in der See, und ich fühle Ihn. Ich kann Ihn *sehen*.«

»Wie schaut Er aus?«

Sie richtete den starren Blick auf den Horizont. »Er sieht aus wie ein Delphin, verstehst du? Und auch wie ein Wal. Er spricht mit der Stimme des Windes und des Donners. Er flüstert uns Träume zu, obwohl wir manchmal nicht zuhören. Er wohnt im Sonnenaufgang und im Sonnenuntergang. Er ist in jedem Stern, den wir bei Nacht sehen. Und inmitten dieser magischen Einsamkeit, die wir erreicht haben, Michael, da erinnert Er mich an all die guten Dinge des Lebens, an alles, das rein und schön ist.«

Sie hielt inne, und ihre Tränen verschmolzen mit dem kristallklaren Regen.

»Weißt du noch, was wir in der Schule über Gott gelernt haben? Daß Er ein Gott des Feuers und der Strafe sei? An diesen Gott glaube ich nicht mehr. Die Zeiten ändern sich, Michael, und genau jetzt, genau hier, in der Wahrheit dessen, was meine Augen schauen, mein Herz empfindet und meine Seele begreift, da kann ich sehen, was Gott wirklich ist. Und weißt du, was? Gott hat nichts mit irgendeiner Religion zu schaffen. Er hat mit Schönheit zu tun, mit Wahrheit. Denn die Schönheit ist die Wahrheit, und die Wahrheit ist die Schönheit.«

Kate nahm meine Hände und hielt sie fest umklammert. »Weißt du, was ich erkannt habe, Liebster? Die Hölle existiert nicht, jedenfalls nicht als ein konkreter Ort, zu einer bestimmten Zeit. Das Fegefeuer ist, wenn man nicht in der Lage ist, all das Schöne zu genießen, das nur auf uns wartet, das, was wir zu entdecken beginnen. In der Hölle lebt, wer nicht zu schätzen weiß, was Gott uns geschenkt hat, damit wir uns daran erfreuen und es auf ewig werthalten.«

Als ich Kate so reden hörte, wurde mir ein wenig mulmig zumute. Ein Teil von mir weigerte sich immer noch, ihr zu glauben, ihr zuzuhören. Seit ich ein Kind war, hatte man mich etwas vollständig anderes gelehrt als das, was sie erzählte. Plötzlich hatte ich das Gefühl, fast eine Sünde zu begehen, indem ich ihr zuhörte.

≈

Da öffnete sich, während es noch regnete, das Buch:

Du siehst Dinge,
und du fragst:
Warum?
Aber ich träume Dinge,
die niemand je erblickt hat,
und ich frage:
Warum nicht?
Kate

»Was geschieht mit dir, Kate?« fragte ich besorgt.

»Etwas Wunderbares«, antwortete sie. »Glaub mir, zum erstenmal in meinem Leben habe ich den Regen wirklich fallen gesehen. Zum erstenmal habe ich diese Stimme in meinem Inneren gehört, die mir sagt, wer ich wirklich bin.« Sie kam zu mir und gab mir einen zarten Kuß.

»Ich liebe dich, Michael«, sagte sie, »ebensosehr, wie ich es liebe, am Leben zu sein.« Aus ihren wunderschönen grünen Augen sah sie mich an, dann schaute sie aufs Meer hinaus.

»Endlich habe ich meine Schwingen ausgebreitet«, erklärte sie. »Ich habe fliegen gelernt. Und nichts wird das je wieder rückgängig machen können. Nichts.«

Sie sah zum Horizont.

»Manche Menschen leben ihre Träume, Michael. Und manche tun das nicht und verschließen ihre Augen für immer vor der Wahrheit. Warum, das weiß wahrscheinlich nur Gott. Ich weiß nur, daß ich meine Augen nie wieder zumachen werde. Nie mehr.«

≈

14

Zehn Tage, nachdem wir die letzte der Fidschiinseln hinter uns gelassen hatten, erreichten wir eine entzückende langgestreckte Inselkette. Vanuatu wird diese Gruppe genannt, was in der Sprache der Einheimischen bedeutet »das Land, das immer schon da war«. Sie beginnt hundert Meilen südlich der Torresinseln, verläuft in nordsüdlicher Richtung und endet östlich von Neukaledonien, unserem nächsten Reiseziel. Die üppige Vegetation überzieht diese Inseln wie ein dicker Teppich. Tiefgrün hebt das Archipel sich vor dem blauen Himmel ab, und das Meer verbindet beide. Hübsche weiße Fleckchen wirken auf den ersten Blick wie Schaum. Doch bei näherem Hinsehen erkennt man, daß es sich um bezaubernde Korallenköpfe handelt, zwischen denen leuchtend bunte Fischchen hin- und herflitzen. In diesem Gebiet dicht vor der Küste nimmt das seichte Wasser, auf dem sich das Sonnenlicht widerspiegelt, einen wunderschönen Smaragdton an. Ständig weht eine leichte Brise, so daß man das feuchtheiße Klima, das in diesem Teil des Südpazifiks herrscht, einigermaßen aushält.

Seit fast zwei Wochen hatten wir kein Anzeichen von Zivilisation mehr gesehen. Daher dachten wir mit gemischten

≈

223

Gefühlen daran, daß wir nun an einen Ort gelangen würden, wo uns das ganze moderne Leben vorgeführt würde. Doch andererseits waren wir auch ganz froh, denn wir mußten das Boot auftanken und Proviant sowie anderen Bordbedarf einkaufen, ehe wir unseren Törn fortsetzten.

Vor langer Zeit hat meine Mutter mir einmal einen Rat gegeben, den ich nie vergessen habe: »Denk immer an eines, Michael. So bedeutsam es ist, in deinen Träumen nach den Sternen zu greifen, genauso wichtig ist es auch, mit beiden Beinen fest auf der Erde zu stehen.«

Im Grunde ist ja auch nichts verkehrt am modernen Leben, dachte ich. Der Trick besteht darin, ein Gleichgewicht zu finden zwischen dem, was die Natur einen lehren kann, und dem Guten, was die Gesellschaft zu bieten hat. Man darf sich dabei bloß nicht von einer Welt in den Bann schlagen lassen, in der nur materielle Güter zählen.

Ich suchte den größten Laden der Stadt auf. Das Geschäft bot ein gutes Sortiment an frischem tropischen Obst und einheimischen Gemüsen an. An einer Tankstelle schaute ein Mann gerade unter die Motorhaube eines ziemlich betagten Wagens. Neben ihm stand ein anderer, vermutlich der Besitzer. Überall rannten Kinder herum, die nur mit Shorts bekleidet waren und dieses frische Lächeln trugen, das nur Kinder haben. Ein paar junge Männer luden Lebensmittel von einem Lastwagen ab, der vor dem Gemischtwarenladen parkte, wahrscheinlich das, was sie selbst anbauten. Ich zog meine Liste hervor und machte mich daran, alles einzukaufen, was wir auf der Fahrt zu unserem nächsten Ziel – Neukaledonien – brauchen würden.

Es machte mir großen Spaß, die herrlichen Erzeugnisse

≈

der Umgegend wie frisch geerntete Möhren, Zwiebeln, Süßkartoffeln und Okraschoten einzukaufen. Feilschen gehörte auf den Inseln zum guten Ton, und niemand schien sich daran zu stoßen. Das gehört halt zur hiesigen Kultur.

Ich bezahlte die Lebensmittel und wollte den Laden schon wieder verlassen, als mein Blick auf eine öffentliche Telefonzelle fiel, die erste, die ich seit vielen Wochen sah. Wenn ich recht überlegte, hatte ich fast vergessen, daß es so etwas wie Telefone gab.

Mir kam eine Idee. Ich würde Mr. Blake anrufen und ihm erzählen, wie froh ich war, mich zu dieser Reise entschlossen zu haben. Ihm für das Buch danken, das er uns geschenkt hatte und das dazu beitrug, daß unsere Fahrt ein so wunderbares Abenteuer geworden war.

Ich besorgte mir eine Telefonkarte und las mir die Anweisungen für Ferngespräche in der Telefonzelle durch. Dann rechnete ich den Zeitunterschied zwischen Auckland und Vanuatus weltoffener Hauptstadt Port-Vila aus. Ja, Mr. Blakes Buchladen war auf jeden Fall noch geöffnet. Ich beschloß, ihn anzurufen.

Das Telefon klingelte eine Zeitlang, dann meldete sich am anderen Ende eine Frauenstimme, die ich nicht kannte.

»Kann ich Ihnen helfen?«

»Guten Tag. Ja, kann ich mit Thomas Blake sprechen?«

»Entschuldigen Sie?«

»Kann ich bitte mit dem Eigentümer des Buchladens sprechen?«

»Darf ich fragen, wer Sie sind?«

»Sicher, hier ist Michael Thompson, ein Freund von Mr. Blake.«

≈

Am anderen Ende trat ein längeres Schweigen ein. »Würden Sie bitte einen Moment warten?« fragte die Frau. Ich hörte, wie sie mit einer Kollegin sprach. Auch deren Stimme war mir unbekannt. Jetzt übernahm die andere das Gespräch.

»Guten Morgen, Mr. Thompson. Sie hatten nach Mr. Blake gefragt?«

»Ja, Madam.« So langsam wurde ich ärgerlich. Das war schließlich ein Ferngespräch, und ich verschwendete Zeit und Geld. »Könnten Sie ihn jetzt bitte an den Apparat holen?«

Kurzes Schweigen, dann sprach sie weiter. »Wir bedauern, Sir, aber hier ist jetzt kein Buchladen mehr, sondern ein Café.«

Jetzt war ich verblüfft. »Seit wann denn das?«

»Hmm, na ja, vor ungefähr zwei Monaten ist der Besitzer des Buchladens erkrankt.«

»Thomas?«

»Waren Sie eng mit ihm befreundet?«

»Nicht so richtig, aber wir sind gute Bekannte. Ich habe häufig Bücher bei ihm gekauft.«

Tiefes Schweigen am anderen Ende der Leitung.

»Sir, ich weiß gar nicht, ob ich Ihnen das jetzt sagen soll.«

»Was denn?«

»Der Besitzer des Buchladens ist vor einem Monat verstorben«, erklärte die Frau. »Ich weiß davon, weil seine Mitarbeiterin sich bei uns um eine Stelle beworben hat. Die Arme braucht den Job wirklich; sie ist schrecklich traurig über seinen Tod.«

Ich schwieg, denn ich hätte auch nicht gewußt, was ich sagen sollte. Ich stand wie unter Schock.

≈

»Sir? Sind Sie noch dran?«

Ich konnte nicht antworten. Sachte legte ich den Hörer auf. Ich konnte an nichts anderes denken als an Mr. Blakes Worte, als ich seinen gemütlichen, kleinen Buchladen zum letztenmal verlassen hatte.

Ich wünsche Ihnen ein wunderbares Leben, Michael ...

Immer noch ungläubig schloß ich die Augen. Er hat gewußt, daß wir uns nicht wiedersehen würden, dachte ich.

Von der Küste her zog sich der Himmel langsam zu. Die Wolken, die sich über den Morgenhimmel schoben, färbten sich im Widerschein der Sonne silbrig. Als es zu regnen begann, stand ich auf, nahm meine Brieftasche und meine Einkäufe und ging langsam zum Schiff zurück. Jetzt brauchte ich einen Drink, und außerdem wollte ich nicht allein sein.

Ich sprach mit Kate und brachte ihr die schlechte Nachricht so schonend wie möglich bei. Zuerst war sie sehr bestürzt und brach in Tränen aus. Aber bald beruhigte sie sich wieder.

»Glaubst du, daß es vielleicht so kommen mußte?« fragte sie.

»Wie meinst du das?«

»Na ja, kannst du dir vorstellen, was passiert wäre, wenn wir von unserer Reise zurückgekehrt wären und Mr. Blake getroffen hätten? Wie hätte er uns wohl die Sache mit dem Buch erklärt?«

Das war ein Argument. Was hätte Thomas Blake wohl zu den augenscheinlich magischen Kräften dieses Buchs gesagt, das er uns zum Geschenk gemacht hatte?

≈

»Wahrscheinlich hast du recht, Liebling«, gab ich zurück.
»Natürlich wäre es perfekt gewesen, wenn wir nach unserer
Rückkehr mit ihm hätten reden können, nun, da wir wissen,
daß er etwas ganz Besonderes war, so eine Art Engel. Aber
ich schätze, die Zeit war noch nicht reif dazu. Vielleicht waren da Dinge, die wir noch nicht erfahren sollten; oder seine
Mission war beendet, und er mußte gehen. Außerdem, wenn
er so etwas wie ein Engel war, was macht es dann schon aus,
ob er verschwunden ist oder seinen irdischen Körper verlassen hat?«

Kate sah mich an. »Vielleicht hast du recht. Vielleicht
mußte es so sein. Mir tut nur leid, daß ich immer noch so
vieles im Leben nicht verstehe.«

Einmal mehr strich die sanfte Brise über das Deck der
Distant Winds, und wieder öffnete sich das Buch:

Wann stirbt jemand wirklich?
Wenn wir aufhören, an ihn zu denken.
Und wann geht ein Mensch
tatsächlich von uns?
Wenn wir uns nicht mehr an ihn erinnern.
Michael

»Glaubst du, er hat sich in einen Engel verwandelt?« fragte
Kate.

Ich hatte keine Zeit zu antworten. Die nächste Buchseite
schlug auf – so schnell hintereinander war es noch nie geschehen –, und wir beide betrachteten sie mit Tränen in den
Augen.

≈

Menschen sterben nicht,
wenn man sie ins Grab legt,
sondern wenn sie
ihre Träume aufgeben.
Thomas Blake

»Er ist wirklich ein Engel, oder?« fragte Kate.

Ich trocknete mir die Augen, umarmte sie ganz fest und lächelte.

»Daran hege ich nicht den geringsten Zweifel.«

15

Vanuatu war der nördlichste Punkt, den wir auf unserem Törn anlaufen würden.

Seit wir in Auckland in See gestochen waren, hatten wir mehr als dreitausendfünfhundert Meilen zurückgelegt und eine unendliche Vielfalt an Pracht und Schönheit gesehen, malerische Inseln und leuchtende Korallenriffe, winzige, knallbunte Fischchen im seichten Wasser und eine Herde von Walen, die miteinander sangen. Wir hatten alle möglichen Wetterlagen erlebt, vom phantastischen Sonnenuntergang an einem klaren Tag bis zu unaufhörlich herunterprasselndem Regen. Aber das Wichtigste war, daß wir zu uns selbst und zueinander gefunden hatten. Nun maßen wir Glück nicht mehr daran, wieviel wir besaßen. Denn jetzt wußten wir, daß wir einander hatten, und das war mehr als genug. Viele Menschen hatten uns geholfen, zum wahren Glück zu finden – angefangen bei Thomas Blake, der den Anstoß zu unserer spirituellen Suche gegeben hatte, über Mr. Roberts, ohne den wir die *Distant Winds* nie gefunden hätten, bis zu all den wunderbaren Menschen aus verschiedenen Kulturen, die uns all diese vielen anderen Welten eröffnet hatten. Und genauso, wie wir eines Tages plötzlich beschlossen hatten, dieses magische Abenteuer anzutreten, ohne eine Ahnung, was die Zukunft bringen würde, hatten wir mit einemmal das Gefühl, es sei an der Zeit, nach Auckland zurückzukehren, wo wir hingehörten.

Als wir die Segel der *Distant Winds* setzten, um Kurs nach Süden einzuschlagen, erblickten wir einen majestätischen Albatros. Auch der gewaltige Vogel schien erkannt zu haben, daß er sein angestammtes Gebiet verlassen hatte und weiter als beabsichtigt nach Norden vom Weg abgekommen war. Nun mußte er sich ebenfalls zurück in die südlichen Meere wenden, denn dort lag seine Heimat.

Eine melancholische Stimmung ergriff uns, und in der Weite des Ozeans stieg so etwas wie Trauer in unseren Herzen auf. Fern am Horizont tobte ein Gewitter, und die Blitze verliehen dem Nachmittagslicht einen so strahlenden, goldenen Schein, daß ich wünschte, ich könnte es in eine Flasche füllen und für immer behalten.

»Sei nicht traurig, Kate«, meinte ich in dem Versuch, sie zu trösten. »Dies ist noch nicht das Ende der Reise. Wir drehen nur nach Süden, aber vor uns liegen noch jede Menge Abenteuer.«

Sie sah mich an. »Ich bin nicht traurig, Michael, bloß ein bißchen melancholisch, und ich koste diesen Augenblick aus. Ich habe gelernt, daß man nicht unbedingt zu lachen braucht, um glücklich zu sein, oder zu weinen, um Trauer zu empfinden. Ich akzeptiere ganz einfach, was ich in diesem Moment fühle. Ich bin zwar nicht gerade froh, aber mir geht es gut.« Sie lächelte mir zu und nahm meine Hand. Ihre grünen Augen leuchteten wie Smaragde.

≈

»Erinnerst du dich noch, was Mr. Blake auf die erste Seite des Buches schrieb, als er es uns geschenkt hat? Er hat uns gesagt, wir sollten unsere Tage mit Glück und unsere Nächte mit Träumen erfüllen. Und wenn diese Träume Wirklichkeit und schließlich zu süßen Erinnerungen geworden seien, sollten wir sie niemals vergessen. Genau das empfinde ich jetzt. Ich erinnere mich an all die schönen Momente, die wir gemeinsam erlebt haben, diese Augenblicke, die nie zurückkehren und für immer entschwunden sind, die wir aber niemals vergessen werden. Denn weißt du, was? Wir führen wirklich zwei parallele Leben, Michael; das, welches wir tatsächlich leben, und das, an das wir uns immer erinnern werden. Und beide Leben sind real und stark.«

Ich versuchte, ihrem Gedankengang zu folgen. »Was genau willst du ausdrücken, Kate? Daß diese gemischten Gefühle aus Heiterkeit und Trauer einfach ein Teil dessen sind, was wir in diesem Moment empfinden sollen, und daß wir sie als einen Teil der Veränderungen betrachten müssen, die in unserem Inneren vorgehen?«

Sie lächelte. »Erinnerst du dich an die vielen Geschichten über Menschen mit Nah-Tod-Erfahrungen, die wir gehört oder gelesen haben? Ob ihre Berichte nun stimmen oder nicht, Menschen, die einmal dem Tode nahe waren, haben jedenfalls ein ganz besonderes Leuchten im Blick. Die meisten von ihnen fürchten das Sterben nicht mehr. Trotzdem machen sie sich sofort daran, in ihrem Leben andere Prioritäten zu setzen. Was früher wichtig war, zum Beispiel materielle Sicherheit, verliert plötzlich an Bedeutung, und andere Aspekte treten an diese Stelle: Familie, Freunde, der

≈

232

Wunsch, anderen zu helfen und jeden einzelnen Tag bewußt zu erleben. Es ist, als hätten diese Menschen erkannt, daß alles, was uns so selbstverständlich erscheint, nicht für immer dasein wird. Und genau das geschieht mit uns auf dieser Reise. Wir lernen, daß finanzieller Erfolg nichts Schlechtes ist, aber nur, solange man ihm den Platz einräumt, der ihm wirklich zukommt, und solange er einem nicht die kostbare Zeit raubt, die man dazu nutzen sollte, ein wirkliches menschliches Wesen zu werden.«

»Das ist eine harte Nuß, Kate«, meinte ich. »Glaubst du, unsere Freunde könnten uns helfen, das zu verstehen?«

»Klar. Wir wollen uns konzentrieren und schauen, was sie uns zu sagen haben.«

Schweigend nahmen wir uns bei den Händen und betrachteten die Segel der *Distant Winds,* die uns unserem Ziel zutrugen.

Die sanfte Brise näherte sich, schlug das Buch auf und verschwand dann ebenso rasch wieder, wie sie gekommen war.

Immer noch Hand in Hand, starrten wir das Buch an. Diese Seite enthielt zwei Sinnsprüche.

Unter allen Wegen,
die du im Leben einschlagen kannst,
befindet sich einer,
der bedeutsamer ist als alle anderen.
Dies ist der Pfad, der dich verändern
und zu einem wahren Menschenwesen machen wird.
Thomas Blake

≈

Ein Mann ist um so reicher,
je mehr Dinge er sich zurückzulassen
leisten kann.
Thoreau

Schweigend saßen wir da. Kate hatte recht gehabt, und nun hatten wir endlich erkannt, daß diese Erfahrung uns zu wahren Menschenwesen machte, die jeden Augenblick genossen, jeden Tag etwas Neues erfuhren, einander immer besser kennenlernten und die Welt mit offenen Augen, im Licht der Wahrheit, betrachteten.

Uns war auch klar, was der Grund für unsere gemischten Gefühle war: Wir wußten, daß wir früher oder später in die Welt zurückkehren mußten, aus der wir gekommen waren. Wie würden wir darauf reagieren? Würden wir die Dinge anders sehen? Und würden die anderen uns so annehmen, wie wir jetzt waren? Aber war es tatsächlich so wichtig, von anderen akzeptiert zu werden?

Würden wir je wieder dieselben sein?

≈

16

In einer klaren Nacht steht das Kreuz des Südens am Himmel wie eine Ansammlung von Juwelen.

Hat man einmal Alpha und Beta Centauri gefunden, so ist es leicht, das Kreuz des Südens eindeutig zu identifizieren, denn sie deuten direkt darauf hin. Um auf dem offenen Meer seine Position festzustellen, verfolgt man die Längsachse des Kreuzes bis zum entferntesten Stern der Konstellation. Dies ergibt die südliche Himmelsrichtung. Verlängert man die Achse des Kreuzes fünfmal um sich selbst, gelangt man zum südlichen Himmelspol.

Die Nacht war wolkenlos, so daß wir den Himmel in seiner ganzen Pracht und Herrlichkeit betrachten konnten. Sterne schimmerten und hüpften am Nachthimmel, und darüber hing majestätisch der Vollmond und übergoß die See, die spiegelglatt dalag, mit seinem hellen Licht.

Wir hielten Kurs auf den südlichen Himmelspol, mit einer kleinen Abweichung nach Westen, um die kürzeste Route zu unserer nächsten Station zu finden, der zu Frankreich gehörenden Inselgruppe Neukaledonien, die vierhundert Meilen entfernt lag. Wenn wir Glück hatten und noch ein paar Tage die Nordwinde ausnutzen konnten, würden wir

≈

durchschnittlich achtzig Meilen täglich zurücklegen, so daß wir nur eine Woche bis nach Neukaledonien brauchen würden.

Bei Nacht zu segeln, war eine Erfahrung für sich. Da wir nicht sehen konnten, wohin wir steuerten, mußten wir uns auf unsere Kenntnis der Sterne und unsere Navigationsausrüstung verlassen. Doch ohne es zu bemerken, hatten wir begonnen, eine Art Intuition zu entwickeln, die uns rechtzeitig mitteilte, wenn etwas nicht in Ordnung war. So wie ein Blinder Gerüche und Geräusche wahrnimmt, die anderen Menschen entgehen, begannen wir, nicht nur mit unseren Augen, sondern auch mit unserem Instinkt zu sehen.

Besonders eine Gelegenheit veranschaulichte uns diese neue Fähigkeit ganz deutlich. Wir saßen zusammen auf dem Unterdeck, spielten Karten und hörten leise Musik. Vor einer Stunde hatten wir die Segel auf den zuvor festgelegten Kurs gesetzt, und da der Wind in letzter Zeit ganz ausgezeichnet mitgespielt hatte, fühlten wir uns ganz sicher, daß nichts schiefgehen konnte. Zumal wir wußten, daß wir noch mehrere hundert Kilometer von Neukaledonien entfernt waren.

Plötzlich legte Kate die Karten ab.

»Etwas nicht in Ordnung, Kate?« fragte ich.

»Hast du das nicht gehört?«

»Was denn?« Ich war verwirrt.

»Dieses Geräusch.«

»Was für eines denn?«

»Stell bitte die Musik ab, Michael.«

Ich tat, worum sie mich gebeten hatte. »Hörst du es jetzt noch?«

≈

236

»Nein. Ich glaube, es ist fort.«

»Mach dir keine Gedanken«, meinte ich. »Vielleicht hast du dir das Ganze nur eingebildet. Komm, laß uns weiterspielen. Das ist wahrscheinlich bloß wieder einer deiner Tricks, weil ich gerade gewinne.«

Dann konnte ich nicht weitersprechen. Ich spürte einen Laut, den ich nicht genau bestimmen konnte, aber ich wußte, daß er real war. Das Merkwürdige war, daß er aus meinem Inneren kam, als versuchte er, mich vor etwas zu warnen.

Kate sah meinen Blick. »Du fühlst es auch, nicht wahr?«

Ich stand auf. »Laß uns nach oben gehen. Da stimmt was nicht.«

Wir gingen an Deck und schauten uns um. Die Nacht wirkte genauso friedlich, wie wir sie zuletzt vor einer Stunde gesehen hatten. Trotzdem, irgend etwas war nicht in Ordnung. Ich schaltete das Topplicht der *Distant Winds* ein und richtete es nach vorn aus.

Wir trauten unseren Augen nicht. Hundert Meter vor uns zählte ich mindestens zehn oder zwölf Buckelwale, die geradewegs auf uns zuhielten. Ich hatte Geschichten darüber gehört, daß diese Riesen der Meere ohne weiteres, ja sogar unbeabsichtigt, den Kiel eines Segelboots zerschmettern können.

»Wirf das Nebelhorn an, Kate«, schrie ich verzweifelt. »Wir müssen sie auf uns aufmerksam machen!«

Kate ließ unablässig das Nebelhorn ertönen, während ich sämtliche Lichter einschaltete. Die Herde war uns schon bedrohlich näher gerückt; jede Sekunde konnte es zum Zusammenstoß kommen.

≈

»Hak sofort deinen Sicherheitsgurt ein, Kate!« Ich tat es ihr nach und machte mich auf das Schlimmste gefaßt.

Die nächsten paar Minuten, in denen die Wale neben und unter der *Distant Winds* vorbeizogen, schienen Ewigkeiten zu dauern. Es sah ganz danach aus, als hätten wir in letzter Sekunde richtig gehandelt, so daß die Herde uns noch entdeckt hatte. Das Leittier hatte von seinem Kollisionskurs abgedreht, und die anderen Wale waren ihm gefolgt. Nun sahen wir zutiefst erleichtert, daß die Herde die *Distant Winds* passiert hatte.

Wir nahmen unsere Sicherheitsgurte ab und überprüften zum letztenmal, ob keine Wale mehr in der Nähe waren. Außerdem beschlossen wir, für den Fall der Fälle einige Lichter brennen zu lassen. Schließlich setzten wir uns auf das Oberdeck. Ich goß mir einen Schluck Brandy ein. Danach fühlte ich mich bedeutend besser.

»Was ist passiert, Kate? Hast du dasselbe ungute Gefühl gespürt, das von innen aufzusteigen schien?«

»Allerdings, Michael. Zuerst dachte ich, da wäre irgendein Geräusch, aber dann wurde mir klar, daß dieses Etwas aus meinem Inneren kam, als wollte es mich vor etwas warnen.«

»Na ja, es hat jedenfalls geklappt!« meinte ich. »Was immer das war, es hat uns mit Sicherheit das Leben gerettet. Aber woher kam es, und warum haben wir so reagiert?«

Dieses Mal wehte die sanfte Brise von Norden, um unseren kostbarsten Besitz aufzuschlagen.

≈

Eine Wolke weiß nicht, warum
sie sich in eine gewisse Richtung und mit genau dieser
Geschwindigkeit bewegt.
Sie spürt einen inneren Drang und weiß,
wo der richtige Ort liegt.
Aber der Himmel kennt den Grund, und das Muster,
dem alle Wolken folgen.
Und auch du wirst das erfahren
wenn du dich hoch genug in die Lüfte erhebst,
um hinter den Horizont zu blicken.
Richard Bach

Still standen wir da. Dazu gab es nichts mehr zu sagen. Nach einer Weile ergriff Kate das Wort.

»Michael?«

»Ja, Kate?«

»Habe ich dir je erzählt, daß ich als Kind große Angst hatte, weil ich Stimmen hörte oder Dinge fühlte, die andere Leute merkwürdig nennen würden?«

»Mmmmh, ich kenne das Gefühl«, gab ich zurück. »Ich vermute, wenn man noch jünger ist, dann ist das Herz noch offen und in der Lage, alle Botschaften aufzunehmen, die aus dem Inneren kommen. Aber mit der Zeit büßen wir diese Fähigkeit ein, bis wir schließlich glauben, so etwas sei nicht ganz geheuer.«

Kate lächelte. »Meine Lehrerin in der Schule pflegte von ›bösen Verirrungen‹ zu sprechen, dem ›Unkraut‹, das wir ausreißen müßten, wenn wir unsere Seele retten wollten.«

»Ist es nicht komisch«, meinte ich, »wie manchmal Unkenntnis oder die Furcht vor dem Unbekannten dazu führen, daß man Dinge ganz furchtbar falsch beurteilt?«

Ohne daß wir ein weiteres Wort gesprochen hätten, öffnete unser kostbares Buch sich von neuem.

Ich habe stets bedauert,
daß ich nicht so weise war
wie der Tag,
der mich geboren.
Thoreau

Kate lächelte. »Weißt du, was ich meiner alten Lehrerin erklären würde, wenn ich sie jetzt wiederträfe?«

»Verrate es mir.«

»Ich würde ihr sagen, daß ich die schönste Reise meines Lebens unternommen habe und daß diese Fahrt mich verändert hat, indem sie mir die Wahrheit zeigte, die sich denen, die sie suchen, eröffnet. Denen, die lernen, auf die Stimme aus ihrem Inneren zu hören. Und nun, nach Jahren, hat sich die Verirrung, die in mein Herz gewandert war, endgültig eingenistet. Das, was meine Lehrerin mich als Unkraut zu sehen gelehrt hatte, ist die Lieblingsblume auf dem Feld meines Herzens geworden.«

≈

240

17

Eine Woche ging vorüber, und als wir eines Morgens zum Horizont sahen, erblickten wir majestätische Berggipfel, die hoch in den Himmel aufragten und einen scharfen Kontrast zu den blühenden Wiesen und dem Wald bildeten, die sich unter ihnen erstreckten. Wir steuerten auf die Naturwunder Neukaledoniens zu.

Diese Inseln sind immer noch französisches Überseeterritorium, daher vermuteten wir, daß der französische Einfluß in der Kultur der Bewohner deutlich spürbar sein würde. Neukaledonien ist eines der Gebiete, in denen die Verschmelzung von einheimischer und fremder Kultur relativ reibungslos vonstatten gegangen ist, und die Menschen leben schon lange in Frieden.

Mit Hilfe einer sanften Brise von Osten erreichten wir innerhalb einer Stunde das äußere Riff der größten Insel Grand Terre, und noch einmal fast dreißig Minuten dauerte es, bis wir an der größten Marina von Nouméa anlegten, der Hauptstadt Neukaledoniens und einer der blühendsten Hafenstädte des Südpazifiks. Da es außer dem Tourismus keinerlei Industrie auf den Inseln gibt, müssen alle Güter auf dem Luft- oder Wasserweg heranbefördert werden.

≈

Kate und ich hatten vor, ein paar Wochen an diesem idyllischen Fleckchen Erde zu verbringen und sowohl die hiesige Kultur als auch die Naturschönheiten der Insel zu erkunden. Doch zuerst beschlossen wir, unsere Nahrungsmittel- und Treibstoffvorräte zu ergänzen, die rasch zur Neige gingen.

Während Kate die *Distant Winds* mit einem Wasserschlauch von der Marina abspritzte, um die Salzschicht zu entfernen, ging ich zum Lebensmittelgeschäft, das nicht weit vom Pier entfernt lag. Menschen aller Rassen tätigten dort ihre täglichen Einkäufe. Frisches Obst wurde in einer erstaunlichen Vielfalt angeboten.

Nachdem ich unsere Essensvorräte eingekauft hatte, unternahm ich noch einen Abstecher in einen Haushaltswarenladen, denn wir mußten ein paar Taue auswechseln. Sie waren durch die starken Winde, mit denen wir vor zwei Tagen zu tun gehabt hatten, schwer mitgenommen. Auch mein Handkompaß war beschädigt, so daß ich einen Ersatz kaufen mußte.

»Wohl gerade auf der Insel angekommen?« sprach mich ein Mann an.

»Ja, das stimmt.«

»Sind Sie der Eigner der *Distant Winds*?«

»Der bin ich.«

»Willkommen auf Neukaledonien«, sagte der Fremde. »Mein Name ist Alec, und ich lebe schon lange auf diesen Inseln. Glauben Sie mir, Sie werden nicht bedauern, hier haltgemacht zu haben.«

Ich nahm meinen Gesprächspartner genauer in Augenschein. Durch die starke Sonneneinstrahlung auf dieser Seite

≈

242

der Erdkugel war seine Haut tiefbraun, doch er war eindeutig europäischer Abstammung; hochgewachsen und wahrscheinlich Franzose, wenn man nach dem Akzent ging, mit dem er Englisch sprach. Obwohl ich ihn gerade erst kennengelernt hatte, kam er mir wie ein guter, ehrlicher Mensch vor.

»Dann wohnen Sie in Nouméa?«

Mein Gegenüber lächelte. »Aber nein. In Nouméa lebt man wie in der Großstadt, und wenn ich das gewollt hätte, hätte ich auch in Paris bleiben können. Nein, ich wohne ungefähr dreißig Meilen von hier in den Bergen an der Ostküste. Mit Sophie, meiner Frau.«

»Wie kam es dazu, daß Sie Paris verlassen haben?«

Wieder lächelte der Fremde. »Den Grund kennen Sie wahrscheinlich ebenso gut wie ich.«

»Um die ganze Fülle des Lebens auszukosten? Aus dem Teufelskreis des Alltags auszubrechen und zu entdecken, was tatsächlich wichtig ist? Um herauszufinden, wer Sie wirklich sind?«

Er brach in herzliches Gelächter aus. »Ich hätte es nicht besser ausdrücken können.« Nach kurzem Schweigen fuhr er fort. »Hätten Sie Lust, heute mit meiner Frau und mir zu Abend zu essen? Ich hoffe, Sie entschuldigen Sophies gebrochenes Englisch. Sie könnten bei uns übernachten, und ich bringe Sie dann morgen in aller Frühe zu Ihrem Boot zurück. Wir würden uns über Ihre Gesellschaft freuen.«

»Nun ja, ich müßte zuerst mit meiner Frau sprechen und hören, ob sie einverstanden ist.«

»Selbstverständlich«, meinte Alec. »Ich bin noch den ganzen Vormittag in der Stadt. Sie können mir eine Nachricht

≈

bei Michelle, der Besitzerin des Ladens, hinterlassen. Sie ist eine sehr gute Freundin von mir.«

»Vielen Dank, Alec. Wird gemacht.« Wir schüttelten uns die Hand und verabschiedeten uns. Ich zahlte die Taue und den Kompaß und ging in Richtung Tür. Als ich mich anschickte, den Laden zu verlassen, stellte ich mir vor, wie ich Kate wegen dieser Essenseinladung fragen würde. »Du weißt genau, daß ich nur zu gern annehme«, würde ihre Antwort lauten.

Ich blieb stehen.

War es nicht einer unserer Beweggründe für diese Reise gewesen, einander besser kennenzulernen, unseren Eingebungen und unserem Wissen übereinander zu vertrauen? Aber wie sollte das funktionieren, wenn wir weiter so dachten wie in unserem alten Leben: immer erst einmal sicherheitshalber um Erlaubnis fragen und mechanisch statt instinktiv handeln?

Ich drehte mich um und trat wieder zu Alec. »Ich bin mir sicher, daß meine Frau sehr gern mit Ihnen und Sophie essen wird. Wir nehmen Ihre Einladung mit Freude an.«

»*Très bien*!« antwortete Alec in seinem perfekten Pariser Tonfall. »Dann hole ich Sie um fünf Uhr nachmittags an der Marina ab.«

»Ich danke Ihnen. Wir freuen uns darauf, den Abend mit Ihnen und Ihrer Frau zu verbringen.«

Wie erwartet war Kate hoch erfreut darüber, mit einem anderen Paar zu Abend zu essen, Menschen, von denen wir wußten, daß wir gemeinsame Themen haben würden. Wir liebten die französische Küche, und außerdem wäre es

≈

244

großartig, sich einmal bewirten zu lassen, nachdem wir uns so lange selbst bekocht hatten. Und der *Distant Winds* würde es auch guttun, eine wohlverdiente Pause einzulegen, die Schwingen ruhen zu lassen und eine Zeitlang zu rasten.

Wie versprochen tauchte Alec um fünf Uhr am Pier auf. Ich stellte ihn Kate vor, und dann stiegen wir in seinen Geländewagen und brachen zur Ostküste der Insel auf.

Sobald wir Nouméa verlassen hatten, schlugen wir die Hauptstraße der Insel ein, die parallel zur Küste verläuft. Von hier aus genossen wir eine atemberaubende Aussicht über die Insel: Steile grüne Berge fielen fast senkrecht zum Meer hin ab. Darunter schlugen mächtige Wogen donnernd gegen die Felswände. Sehr selten erblickten wir tief unter uns schmale Strände, die manchmal aus weißem und dann wieder aus schwarzem Sand bestanden – ein Hinweis auf den teils vulkanischen Ursprung der Insel.

Wir hatten ungefähr dreißig Meilen zurückgelegt, als Alec in eine ungepflasterte Straße einbog, die landeinwärts in die Berge führte. »Hier beginnt der Pfad anzusteigen«, erklärte er. »Noch dreihundert Höhenmeter, dann sind wir zu Hause!«

Er hatte nicht im geringsten übertrieben. Die Straße begann sich in Serpentinen zu winden und wurde immer steiler. Jetzt begriffen wir endgültig, warum auf dieser Insel Fahrzeuge mit Allradantrieb absolute Notwendigkeit sind. Abgesehen von der Hauptstraße stellen alle anderen Straßen Feldwege oder unbefestigte Pisten dar, die immer wieder geebnet und von neuem errichtet werden müssen, wenn der Regen sie fortspült.

≈

»Wir sind beinahe da«, verkündete Alec. Er nahm eine scharfe Kurve und bremste. »*Voilà*!« rief er aus.

Der Pfad war hier zu Ende. So mußte es im Paradies aussehen. Inmitten des Regenwaldes, auf allen Seiten umrahmt von imposanten Baumriesen, lag eine grasbewachsene Lichtung, grüner als der allerreinste Smaragd. Lichtbündel fielen zwischen den hohen Stämmen hindurch und beschienen exotische Wildblumen in allen Farben von makellosem Blau bis Leuchtendrot. In der Mitte dieses bezaubernden Blumenmeers stand ein kleines Holzhaus. Einige Pferde, die friedlich umherstreiften und grasten, vervollständigten das idyllische Bild.

Die Haustür öffnete sich, und eine schlanke blonde Frau erschien und winkte uns zu.

»Alec, ich habe auf dich gewartet.«

»*Bonsoir*, Sophie«, gab dieser zurück. »Ich mußte erst die Benzinpumpe des Wagens reparieren, daher habe ich ein bißchen länger gebraucht.« Dann wandte er sich uns zu. »Ich möchte dir zwei Freunde aus Neuseeland vorstellen, die eben auf den Inseln angekommen sind. Ich dachte, es wäre eine gute Idee, sie mit einem französischen Dinner willkommen zu heißen.«

»Aber natürlich! Wann sind Sie eingetroffen?« fragte Sophie in ihrem stark akzentuierten Englisch.

»Heute morgen«, antwortete Kate. »Wir sind schon eine ganze Weile unterwegs, seit wir Auckland verlassen haben, und wir wollten unbedingt Neukaledonien besuchen. Und heute haben wir endlich mit unserer *Distant Winds* angelegt.«

Sophies Miene veränderte sich abrupt.

≈

246

»Mit der *Distant Winds,* sagten Sie?«

»Ja«, entgegnete Kate. »So lautet der Name unserer Yacht. Stimmt etwas nicht damit?«

Alec und Sophie sahen einander an und lächelten dann. »Ganz im Gegenteil«, meinten sie. »Und jetzt treten Sie bitte näher und lassen Sie uns auf der Veranda ein Glas Wein zusammen trinken.«

Die nächsten paar Stunden verbrachten wir damit, uns unsere Lebensgeschichten zu erzählen, während Kate Sophie dabei half, einen herrlichen *Mahi-Mahi,* einen hiesigen Fisch, auf französische Art zuzubereiten. Er wurde in blumigem Weißwein geköchelt und dann mit einheimischen Kräutern und Gewürzen überstreut. Das Essen war herrlich, typisch französische *Cuisine,* und wir genossen zu dem zarten, würzigen Fischfilet einen delikaten, kühlen weißen Burgunder. Schließlich brachte Sophie frisch aufgebrühten Kaffee, der hier auf den Inseln erzeugt wurde. Er schmeckte phantastisch.

»Und wie seid ihr nun darauf gekommen, euch in diesem Teil der Welt niederzulassen?« wollte Kate von Sophie und Alec wissen. Inzwischen waren wir beim »du« angelangt.

»Schaut euch doch um«, antwortete Sophie. »Hier riecht man die Blumen noch richtig, und das in freier Natur gewachsene Obst schmeckt noch nach etwas. Man sieht die Schönheit des Meeres und der Berge und Millionen Sterne in der Nacht. Viele Plätze auf der Welt sind schön, aber es bedarf einer bestimmten Einstellung, um sie genießen zu können. Zu Hause konnten wir das nicht.«

»Als wir noch in Frankreich lebten«, fiel Alec ein, »hatten

≈

247

wir keine Zeit, all diesen Dingen Aufmerksamkeit zu schenken. Wir hatten zu viel mit unseren Geschäften zu tun. Ständig waren wir auf Trab und brauchten immer noch mehr Zeit, um alles mögliche zu erledigen, das wir für wichtig hielten. Eines Tages wurde uns plötzlich klar, daß wir unser Leben im Rahmen der Möglichkeiten eingerichtet hatten, die uns in der Stadt, in der wir lebten, zur Verfügung standen. Und wir erkannten, daß es viel mehr Wahlmöglichkeiten geben müßte, das Leben zu führen, das wir wollten.« Alec zündete sich eine Zigarre an. Nachdem wir sein Angebot zu rauchen höflich abgelehnt hatten, fuhr er fort. »In Paris blieb uns nicht viel Zeit, die Welt zu entdecken. Daher trafen wir eine drastische Entscheidung. Eines Nachts beschlossen wir, daß wir die Nase voll hatten. Wir mußten ein Risiko eingehen, denn wir hatten das Gefühl, unser Leben zöge einfach an uns vorbei. Also verkauften wir alles, was wir besaßen, und erwarben Flugtickets nach Neukaledonien. Als wir aus dem Flughafen traten, die feuchte, heiße Luft rochen und zum erstenmal die grünen Inseln sahen, wußten wir, daß wir uns richtig entschieden hatten.«

»Und wann war das?« fragte ich.

»Vor zehn Jahren«, antwortete Alec. »Dank eines Freundes haben wir dieses Stückchen Himmel entdeckt. Wir haben das Haus selbst gebaut, ein paar Pferde gekauft und angefangen, einen Teil unserer Nahrungsmittel selbst anzubauen. Ihr könnt euch vorstellen, daß man unter diesen Umständen mit wenig Geld auskommt. Was in Frankreich wahrscheinlich ein finanzielles Problem wäre, ist hier keines.«

Plötzlich hörten wir, wie vor dem Haus ein Pferd heran-

≈

galoppierte. Wenige Sekunden später stürmte ein kleiner Junge von vielleicht acht oder neun Jahren in den Raum.

Sophie sprach den Kleinen auf Französisch an. Langsam kam er auf uns zu.

»*Bonsoir, madame. Bonsoir, monsieur*«, begrüßte er uns lächelnd und rannte dann in die Küche.

Kate und ich sahen uns an. »Euer Sohn?«

»Ja«, gab Alec zurück. »Sein Name ist François. Er ist hier auf den Inseln geboren.«

»Aber ist das denn kein Problem für euch?« wollte Kate wissen. »Ich meine, wie steht's mit der Schule, seiner Sicherheit...?«

Sophie lächelte. »Kate, in dieser einfachen Welt ist vieles kein Problem, was man in unserer alten Welt als eines betrachten würde. Zehn Minuten zu Pferd von hier entfernt liegt die Dorfschule. Den Jeep benutzen wir nur, um in die Stadt zu fahren; wir haben reiten gelernt, das ist viel einfacher und verschmutzt den Regenwald nicht. Die Tiere kosten uns nicht viel. Sie weiden die Pflanzen hier in der Gegend ab und laufen frei umher. Was François nicht ohnehin über seine französischen Wurzeln lernt oder was wir aus unserer alten Welt sonst noch sinnvoll finden, bringen wir ihm selbst bei. Er hat jede Menge Freunde, die in der Umgebung wohnen und zur selben Schule gehen. Und was seine Sicherheit angeht, was könnte ihm schon zustoßen? Warum sollte ihm jemand etwas antun wollen? In diesen Kulturen betrachtet man Kinder als wertvoll, den größten Schatz, den man besitzen kann, und alle Erwachsenen geben gut auf sie acht.«

Alec trat ans Fenster und betrachtete den leuchtenden

Mond. »Könnt ihr euch einen besseren Start ins Leben für unseren Sohn vorstellen? Wenn er älter ist, werden wir ihn nach Frankreich mitnehmen; in unsere alte Heimat, in die Welt, die wir hinter uns gelassen haben. Dann liegt die Entscheidung darüber, wo er leben und was er anfangen will, bei ihm. Aber er wird etwas Wertvolles besitzen, das niemand von uns je hatte.«

»Und was ist das?«

»Er wird die *Wahl* haben, denn er hat die Welt in ihrer wahren Dimension erschaut, und deswegen wird er in der Lage sein, seinem Herzen und dem, was er mit eigenen Augen gesehen hat, zu vertrauen. Schon merkwürdig. Eine perfekte Welt gibt es nicht, Michael und Kate, aber man kann daran arbeiten, seine eigene täglich ein wenig zu verbessern. Manchmal vermissen wir unsere französischen Traditionen schon ein bißchen, aber über unser schönes Neukaledonien können wir wirklich nicht klagen. Ich schätze, es kommt einfach darauf an, beides gegeneinander abzuwägen und dann die richtige Entscheidung zu treffen.«

Er hielt kurz inne. »Viele Menschen auf der ganzen Welt würden euch sagen, daß sie wissen, was sie im Leben erreichen wollen. Diesen Leuten ist aber nicht klar, daß sie nur eine begrenzte Auswahl in Betracht ziehen. Was sie zu werden beschlossen haben, ist nicht unbedingt das, was sie wirklich wollen, da sie niemals andere Welten erlebt, verschiedene Wahlmöglichkeiten gesehen haben. Gibt es einem nicht zu denken, daß meistens der Sohn eines Arztes ebenfalls Mediziner werden will? Daß das Kind eines Architekten die gleiche Laufbahn einschlagen möchte? Ich vermute, daß ein Teil unserer Berufswünsche auch durch unsere Anlagen bestimmt wird, aber das heißt nicht, daß dies eine persönliche Entscheidung ist. Um zu entscheiden, muß man eine Wahl treffen. Um zu wählen, muß man verschiedene Möglichkeiten haben. Und um diese Wahlmöglichkeiten vollständig frei in Betracht zu ziehen, muß man Risiken eingehen und auf die Stimme aus seinem Inneren hören.«

Kate und ich sahen uns an. Dem war nichts hinzuzufügen, denn dieses wunderbare Paar, das an diesem magischen Ort lebte, hatte alles schon gesagt. Und was noch wichtiger war, sie lebten auch nach ihrer Überzeugung.

»*À votre santé*!« prostete Alec uns zu.

»*Cheers*!« gaben wir zurück.

Wir leerten unsere Gläser. Sophie wandte sich an Alec. »Meinst du, jetzt ist der richtige Zeitpunkt, die beiden danach zu fragen?«

»Ich kann mir keinen besseren vorstellen.«

»Was wollt ihr denn von uns wissen?« schaltete sich Kate ein.

»Alec hat mir berichtet, der Name eures Schiffes sei *Distant Winds*. Habt ihr euer Boot selbst so getauft, oder hatte es diesen Namen schon?«

»Wir haben ihm den Namen selbst gegeben. Nun ja, nicht wirklich; aber wir haben die Anregung eines Bekannten aufgegriffen.«

»Bewahrt ihr auf eurem Boot ein Buch in einer hölzernen Schachtel auf?«

Wir trauten unseren Ohren nicht. »Woher wißt ihr das?«

»Erinnert ihr euch, daß wir euch erzählt haben, wie ein Freund uns vor zwanzig Jahren diese Lichtung gezeigt hat?« fragte Alec. »Nun ja, die Einheimischen sagen, dieser

≈

251

Mann sei in einem Boot mit dem Namen *Distant Winds* auf die Insel gekommen. Dann verschwand er eines Tages, und zwei Jahre lang hat ihn niemand mehr gesehen, obwohl die *Distant Winds* die ganze Zeit über am Pier lag. Anscheinend ist er in die Einsamkeit der Berge gezogen, um nachzudenken. Als er schließlich wieder auftauchte, hielten die hiesigen Leute ihn für verrückt, weil er ständig in einem Buch mit leeren Seiten herumblätterte, als lese er darin.«

»Blake«, rief ich aus. »Das war er.«

»Ja«, bekräftigte Alec. »Thomas Blake hat uns dieses Stückchen vom Paradies gezeigt, und er hat noch etwas viel Besseres getan.«

»Was war das?«

Die beiden lächelten einander zu. »Er hat uns beigebracht, in dem Buch zu lesen. Wo andere nur Leere sahen, da haben wir gelernt, mit dem Herzen zu schauen.«

Wir fanden keine Worte. Alles geschah zu schnell, das waren einfach zu viele Zufälle. Zufälle? Ganz und gar nicht. Was wir Zufall nennen – das hatte ich inzwischen gelernt –, sind einfach Dinge, die passieren, wenn wir unserer Bestimmung folgen.

»Wir sind ebenfalls dabei, in dem Buch lesen zu lernen«, erklärte Kate.

»Ich weiß«, gab Sophie zurück. »Das sehe ich in euren Augen. Ich erkenne auch, daß ihr selbst darin schreibt. Und glaubt mir, wenn ihr morgen auf eure geliebte *Distant Winds* zurückkehrt, werdet ihr noch mehr Seiten lesen können.«

Schweigend sahen wir einander an und dachten an den Mann, der so viel für uns alle getan hatte.

≈

»Laßt uns einen Trinkspruch ausbringen«, meinte Alec. »Worauf sollen wir anstoßen?«

»Auf unseren guten Freund Thomas Blake!« rief ich aus.

»Auf die Lebensfreude«, setzte Kate hinzu.

Sophie und Alec schauten sich an. Schließlich sagten sie voller Wärme:

»Auf die *Distant Winds*, die uns alle zusammengebracht hat.«

18

Mehr als sechs Monate waren jetzt vergangen, seit wir unser schönes Auckland verlassen hatten, um eine Antwort auf unsere Fragen nach dem Leben, nach uns selbst und unserer Liebe zu suchen.

Manchmal überlegten wir, daß es uns bestimmt schwerfallen würde, zurückzukehren und unser altes Leben wiederaufzunehmen. Wir hatten nun entdeckt, wie wir unser Leben führen wollten, und waren uns sicher, daß wir nicht einfach weitermachen konnten wie zuvor. Obwohl wir unsere Reise zu Beginn als Abenteuer begriffen hatten, wurde uns jetzt klar, daß es nicht mehr nur darum ging, sondern daß wir eine andere Lebenseinstellung entwickelt hatten. Wir waren ein Risiko eingegangen. Und nun – frei von allen Dingen, mit denen wir uns einst umgeben hatten – wurde uns langsam klar, was im Leben wichtig war: das, was man nur empfinden und teilen, aber niemals besitzen kann. Und vor allem war dadurch Kate zu mir zurückgekommen.

Nach und nach veränderte sich die Farbe der *Distant Winds,* denn die Winde der Südsee sowie die Salzkruste, die in der glühenden Sonne trocknete, hatten ihr schwer zugesetzt, und Teile unseres Bootes waren stark korrodiert. Es war Zeit, ihm die gründliche Reinigung und den frischen Anstrich zu gönnen, die es verdiente. Wir beschlossen, bei unserem nächsten Stopp jemanden damit zu beauftragen, der außerdem nach den Segeln sehen sowie Rumpf und Kiel überprüfen sollte.

Aus Gründen, die wir selbst nicht ganz verstanden, hatten wir in letzter Zeit oft darüber diskutiert, eine Familie zu gründen; etwas, woran wir zuvor auf unserem Törn überhaupt nicht gedacht hatten. Wir führten das Leben, das wir uns immer gewünscht hatten, besaßen die Erinnerungen an diese Reise, die uns immer kostbar sein würden, und unsere tiefe Liebe zueinander war von neuem erblüht. Jetzt würden wir unseren Kindern bessere Eltern sein können. Wir konnten ihnen von frühester Jugend an die verschiedenen Wahlmöglichkeiten vorstellen, die das Leben jedem von uns bietet, und ihnen zeigen, wie man Herz und Geist öffnet und den Weg wählt, den man einschlagen möchte; ohne Rücksicht darauf, was andere denken mögen. Und wer weiß, vielleicht würden wir eines Tages eine weitere Reise mit ihnen antreten, um ihnen all diese anderen Welten zu zeigen, von denen jede uns etwas zu lehren hat.

Wenn die rechte Zeit kam, würden wir eine ganze Welt besitzen, die wir unseren Kindern zeigen konnten. Und genau wie Alec und Sophie ihrem Sohn, würden wir ihnen die wunderbare Chance schenken, zwischen einem Leben zu unterscheiden, das andere einem aufdrängen wollen, und dem, das sie wirklich führen wollen.

Nachdem wir den ganzen Vormittag gesegelt waren, fuhren wir endlich in das Riff ein, das die Ostküste von Norfolk Is-

≈

land umgibt. Von unserer Position aus entdeckten wir Häuser, die so vertraut aussahen wie in unserem heimatlichen Auckland. Denn Norfolk Island gehört zu Australien und wird von weißen Siedlern aus England und Australien bewohnt. Heute ist es ein beliebtes Ferienziel für australische und neuseeländische Touristen. Die Insel war bereits bewohnt, als Kapitän Cook sie im Jahr 1774 »entdeckte«. Zuerst errichtete man eine britische Strafkolonie, und dann wurden dort die Bewohner der Insel Pitcairn angesiedelt, Abkömmlinge tahitianischer Frauen und englischer Seeleute, die auf der berüchtigten *Bounty* in diese Gegend gelangt waren – dem englischen Schiff, auf dem später in der Südsee eine Meuterei ausbrach.

Eine Umgebung vorzufinden, wie sie uns aus unserem geliebten Neuseeland vertraut war, gab uns das Gefühl, schon zu Hause zu sein. Als wir in das Innere des Riffs einfuhren, begrüßte uns ein Schwarm zum Spielen aufgelegter Delphine fröhlich mit Sprüngen und keckernden Rufen. Immer näher kam die wunderschöne Küste mit ihrem üppig wuchernden Pflanzenwuchs, aus dem dann und wann eine einzelne Palme aufragte. Das flache, aber bezaubernde, vor Leben wimmelnde Riff schützte die Insel und die *Distant Winds* vor der brodelnden Brandung.

Spät am Nachmittag warfen wir Anker, in der Nähe eines wunderschönen, kristallklaren Wasserfalls, der auf einer der Hügelkuppen entsprang. In dem Sprühregen aus winzigen Wassertröpfchen in allen Farben leuchteten immer neue Regenbogen auf, um sich gleich wieder aufzulösen. Der Anblick war geheimnisvoll und vertraut zugleich. Wir beschlossen, den Rest des Tages auf der *Distant Winds* zu ver-

≈

bringen, dieser alten Yacht, die wir vor so langer Zeit in Auckland gekauft hatten und auf der wir uns jetzt wie zu Hause fühlten. Auf diesem Schiff hatten wir gelernt, daß es uns brachte, wohin wir wollten, solange wir nur genügend Entschlossenheit an den Tag legten.

»Kate?«

»Ja, Schatz?«

»Ich habe nachgedacht.«

»Und worüber?«

Ich setzte mich auf das Oberdeck und blickte zu Millionen von Sternen auf, zwischen denen der Mond in einem wunderschönen Hellorange leuchtete. »Ich habe eine Menge über Mr. Blake nachgedacht und über all das, was uns auf dieser Reise widerfahren ist. Ich glaube schon zu verstehen, was er mit seinem Leben angefangen hat, aber ich begreife immer noch nicht so ganz, warum gerade wir.«

»Was meinst du damit, ›warum gerade wir‹?«

»Na, du weißt schon, das magische Buch, diese einzigartige Erfahrung, die wir durchleben … Und das geschieht ausgerechnet uns.«

Kate lächelte. »Du hast es immer noch nicht begriffen.«

»Was?« gab ich ein wenig ärgerlich zurück.

»Das sind nicht nur wir, Michael«, erklärte sie. »Das gleiche geschieht überall, in jedem Teil der Welt. Hast du nicht den Gesichtsausdruck der Menschen auf all den Inseln gesehen, die wir besucht haben? Vielleicht ist es uns leichter gefallen, eine Beziehung zu Menschen wie Alec und Sophie anzuknüpfen, weil wir im Grunde die gleichen Träume hegen, aber anderen Leuten passiert es wiederum auf andere Weise. Weißt du nicht mehr, was in den Großstädten vor

≈

257

sich geht? Ist dir nicht aufgefallen, daß viele Menschen neuerdings früher in Pension gehen oder zumindest in Teilzeit
arbeiten? Dann kaufen sie sich die Harley Davidson, den
Wohnwagen oder das Boot, von denen sie immer geträumt
haben; nicht weil sie Wert auf diese Gegenstände als materiellen Besitz legen, sondern weil sie damit neue Orte entdecken können. Siehst du nicht, wie viele Menschen heutzu-
tage länger Urlaub nehmen, ohne an ihre Karriere oder ihre
finanzielle Zukunft zu denken? Eltern und Großeltern verbringen mehr Zeit im echten Austausch mit ihren Kindern
und Enkeln. *Erkennst du denn nicht, was wir während der
vergangenen acht Monate getan haben?*«

»Ich habe eine Antwort auf deine Frage«, gab ich zurück.

»Dann heraus damit, denn du weißt genau, daß ich weiß,
was du sagen wirst.«

Ich nahm ihre Hand und gab ihr einen Kuß.

»Wir erfahren die ganze Fülle unseres Lebens«, meinte
ich. »Ich habe das Gefühl, tausend Leben zugleich zu leben.«

»Ja, Liebling«, erwiderte Kate. »Eine Menge Menschen
beginnen heute, ihr Leben in vollen Zügen zu leben, jeder
auf seine einzigartige Weise. Ich glaube, wir erkennen langsam, daß wir nur dieses einzige, kostbare Dasein besitzen,
das uns geschenkt worden ist, und daß jede Sekunde zählt,
wenn man sich ein Leben mit Sinn und Ziel aufbauen will.«

Nach diesem Gespräch trat eine ganz besondere Stille
ein, denn es gab nichts mehr zu sagen. Ich genoß die Empfindung, daß – obwohl diese Unterhaltung mit Kate in
einer aufgeregten Stimmung begonnen hatte – bei diesem
Gedankenaustausch keiner von uns versucht hatte, den

≈

258

anderen zu verletzen, wie das früher so oft der Fall gewesen war. Wir hatten gelernt, verschiedener Meinung zu sein und dennoch den anderen zu respektieren, beschirmt von der tiefen Liebe, die wir füreinander empfanden. Vorbei waren die bedeutungslosen Debatten, die nur ein Ziel gehabt hatten, nämlich einander weh zu tun, und die beinahe unsere Beziehung zerstört hätten. Wir hatten wirklich gelernt, einander zu lieben, auf jeder Ebene, auf der ein Mensch einen anderen lieben kann, und das war ein gutes Gefühl. In der kleinen Welt der *Distant Winds* und unserer Träume hatten wir das Licht der Wahrheit gefunden, das wir so verzweifelt gesucht hatten und das uns gleichsam mit Millionen anderer Menschenwesen auf der ganzen Welt verband.

Lange Zeit hielten wir uns fest umarmt und ließen uns von der Energie der Wahrheit, die wir gerade entdeckt hatten, durchströmen. Und natürlich war uns klar, was als nächstes geschehen würde.

Wir fühlten eine leise Brise von Westen, und aus irgendeinem Grund wußten wir, daß sich das Buch, das Thomas Blake uns geschenkt hatte, zum letztenmal auf dieser Reise öffnen würde.

Wir betrachteten die Seite, doch diese enthielt statt eines Gedichtes oder Aphorismus eine Kurzgeschichte. Stumm lasen wir sie.

Fern der wimmelnden Menschenmassen ging ein Mann in die Wälder, um unter einem Himmel voller Sterne und neben einem plätschernden Wasserfall seiner Seele eine Rast zu gönnen.

≈

259

»Was tust du hier in dieser wunderschönen sternenklaren Nacht?« fragte der Wasserfall.

»Ich ruhe meine Seele aus«, antwortete der Fremde.

»Deine Seele? Wovon?« fragte der lebendige Wasserfall.

»Das würdest du nicht verstehen«, entgegnete der müde Wanderer. »Danke einfach den Bergen und dem Bach, die dich hier halten, fern von der Zivilisation, wo deine Musik meiner Seele Ruhe schenken kann.«

Eine Weile schwieg der Wasserfall und dachte nach. »Tatsächlich«, sagte er dann, »solltest du den Bergen und dem Bach danken, weil sie dich nirgendwo halten. Dir ist das Recht geschenkt, eine Wahl zu treffen, und du kannst nach Belieben kommen und gehen. Und dennoch muß deine Seele rasten? Ich wünschte, ich könnte mit dir zu diesen wimmelnden Menschenmassen reisen und sehen, woher du gekommen bist.«

Nie vergaß der Fremde die Worte des Wasserfalls. Ein Jahr verging, und die schlimmste Dürre seit Menschengedenken ließ die Wälder der Insel verdorren, in die er sich einst zurückgezogen hatte, um seiner Seele Rast zu schenken. Als er nach dieser Zeit in die Wälder zurückkehrte, war der Bach gänzlich ausgetrocknet, und an der Stelle, an der einst der Wasserfall gesungen hatte, war nur noch kalter, trockener Stein.

»Trauere nicht um den Wasserfall«, sprach ihn der Wind von fern an, »denn er wurde zu der Wolke, die dir jetzt Schatten spendet. Lerne die Dinge im Licht der Wahrheit zu sehen, und du wirst mit Verstehen gesegnet werden. Der Wasserfall hat entdeckt, daß er doch eine Wahl hatte. Nun ist er zu einer Wolke geworden, die sich schließlich in

≈

Regen verwandeln wird, und dann … wer weiß? Nachdem er in die Zivilisation gereist ist, wird er vielleicht von neuem wünschen, ein lebendiger Wasserfall zu werden; denn jedes Wesen der Schöpfung hat eine Wahl, und der Akt der Entscheidung schenkt unserem Leben Bedeutung.«

»Aber wo in diesem ewigen Kreislauf ist mein Platz?« fragte der Fremde.

»Du solltest noch einmal alles betrachten, was du gelernt hast. Beobachte und verstehe die Dinge, die um dich herum geschehen. Sie alle sind ein Teil von dir, und du bist ein Teil von ihnen. Dann wirst du deine Wahl treffen können.«

Er verstand, was der Wind von fern zu ihm gesagt hatte. Um seinen wahren Lebenszweck zu erkennen, mit aufrichtigem Begreifen und ohne Begrenzungen, würde er sich auf die Suche danach machen müssen.

Und nun, als er zum Himmel aufblickte und den lebendigen Wasserfall wie einen weißen Watteball sah, begann der Regen auf ihn herabzufallen. Das ist der lebendige Wasserfall, dachte er. Wahrhaftig, alles ist eins, wie der Wind es gesagt hat.

Und so kehrte der Fremde ruhig zu den brodelnden Massen zurück, in die er gehörte, so wie der Regen zu dem Bach wurde, in den er gehörte. Denn er hatte seinen Lebenszweck erkannt: die Schätze, die er entdeckt hatte, mit anderen zu teilen.

Thomas Blake

≈

Mit Tränen in den Augen schwiegen wir eine Weile und stellten uns vor, wie Thomas Blake lange vor uns hier gewesen war, auf demselben Schiff gesessen und denselben Bach beobachtet hatte. Wir dachten daran, was er empfunden und für sich selbst entdeckt hatte, indem er seiner inneren Stimme folgte, der Stimme, die aus seiner Seele aufstieg, und die, wie er es versprochen hatte, nun zu uns sprach, die wir vom Glück begünstigt waren.

Kate sprach als erste wieder.

»Thomas Blake hat also den wahren Geist der Natur entdeckt und dadurch erkannt, wer er wirklich war.«

»Und wer war er?« fragte ich.

»Er wußte, daß er ein Lehrer war und daß er die Kunde von dem, was er gesehen hatte, weitergeben mußte. Aber auf eine besondere Weise. Er mußte andere Menschen lehren, daß man, um wirklich frei zu sein, einiges aufgeben muß; und daß wir die Welt so sehen müssen, wie sie wirklich ist, und nicht, wie wir manchmal glauben.«

Ich schwieg eine Zeitlang und überlegte.

»Nun ja, ich schätze, wir haben gelernt, daß wir nicht unbedingt immer das wollen, was wir wirklich brauchen. Aber die wichtige Frage, Kate, ist doch, geht das jemals zu Ende?«

»Schwer zu sagen«, meinte sie. »Ich vermute, je weiter man sich spirituell entwickelt, um so klarer wird die Antwort.«

»Manchmal bringen wir mehr Zeit damit zu, unseren Jahresurlaub zu planen, als zu überlegen, was wir mit dem Rest unseres Lebens anfangen sollen. Wahrscheinlich läuft deswegen manchmal das Leben einfach an uns vorbei. Wir hinterfragen unsere alltägliche Routine nicht, und statt hinauszugreifen, um ein aufregenderes und erfüllteres Leben zu entdecken, indem wir uns auf das Gesamtbild konzentrieren, geben wir einfach auf und lassen uns im Strom dahintreiben. Wir vergessen, daß da draußen eine ganze Welt darauf wartet, daß wir sie entdecken, anschauen und bewundern. Und dabei müssen wir uns nur die Zeit nehmen, sie wahrzunehmen.«

19

Neuseeland kam immer näher, und unsere Reise neigte sich dem Ende zu.

Wir hatten die Norfolk-Inseln froh und dankbar verlassen. Während der Tage, die wir dort verbracht hatten, hatten die Einheimischen uns so behandelt, als gehörten wir zu ihnen. Wir hatten ihnen unsere Geschichten erzählt und den ihren gelauscht. Wie leicht man doch überall Freunde findet, wenn man sich anderen Menschen gegenüber aufrichtig öffnet, dachte ich.

Zwischen unserer Heimat und uns lag jetzt kein Land mehr. Wir segelten mit einer sanften Brise, die unsere Reise zu Beginn sehr angenehm gestaltete. Doch als wir später auf das offene Meer hinausblickten, wurden wir von einer Trauer ergriffen, die sich nicht abschütteln ließ. Dies war nicht länger einfach eine immense Wasserfläche, sondern ein neuer Freund, den wir nie wieder verlieren würden. Und wir wußten, daß wir an Land diese Momente magischer Einsamkeit vermissen würden, an die wir uns trotz unserer diesbezüglichen Ängste zu Beginn der Reise inzwischen so gewöhnt hatten. Wir fühlten uns ein wenig beklommen, weil wir nie wieder dieselben sein würden. Wir konnten nicht mehr einfach zurückgehen und denken wie früher. Denn jetzt hatten wir die Welt mit unseren eigenen Augen gesehen, geleitet von einem magischen Buch, das uns ein ganz besonderer Mann geschenkt hatte. Er hatte seinen reichen Erfahrungsschatz und alles, was er gelernt hatte, mit uns teilen wollen.

»Was werden wir nur anfangen, Michael?« fragte Kate mit einemmal.

»Wie meinst du das?«

»Was sollen wir jetzt aus unserem Leben machen? Ich weiß, daß wir beide tief in unserem Inneren das gleiche denken, nämlich daß wir nie wieder dieselben Menschen sein werden. Es wird schwer werden, sich wieder an die Dinge zu gewöhnen, die wir getan haben, ehe wir diese Reise angetreten haben. Wir werden sie nicht mehr mit denselben Augen sehen.«

Die Nacht war klar und voller leuchtender Sterne. Allenthalben kamen Sternbilder zum Vorschein. Gott, unter dem von künstlichem Licht erhellten Himmel der Großstadt hatte ich sie fast ganz vergessen! Und hier standen sie alle dicht an dicht in der einbrechenden Dunkelheit, und das Kreuz des Südens mit seinem benachbarten »Schmuckkästchen« wies nach Süden und führte uns nach Hause.

»Wir werden die Sache wohl auf uns zukommen lassen müssen«, meinte ich. »Gehört das nicht auch zu dem, was wir gelernt haben? Wenn dann die Zeit kommt, eine Entscheidung zu fällen, werden wir sie treffen. Wir haben jetzt gelernt, frei zu sein, Kate. Für immer. Und es gibt eigentlich keinen Grund, warum wir das auf unserer Reise Gelernte nicht auf die Welt anwenden können, in die wir zurückkehren. Oder in jeder anderen Welt. Wir brauchen nur unseren

≈

265

Instinkt und unsere Phantasie einzusetzen, um die beiden Welten, in die wir jetzt gehören, zusammenzuführen.«

»Wir sind jetzt wieder fünfzehnjährige verliebte Träumer«, sagte Kate, »nur daß wir äußerlich älter erscheinen und eine größere Strecke Leben hinter uns liegt. Aber das Kind in unserem Inneren ist von neuem erwacht, und nun können wir die einfachen Dinge des Lebens genießen und wahre menschliche Wesen werden. Und du hast dieses Leuchten in deinem Blick zurückgewonnen, das aus deiner Seele kommt und der Grund dafür ist, daß ich dich in jeder Sekunde meines Lebens liebe.« Sie lächelte, und ihre Augen schimmerten tränenfeucht.

Einmal mehr kam die sanfte Brise von Westen.

Die einzige Gefahr im Leben
besteht darin,
niemals ein Risiko einzugehen.
Kate und Michael

Wir sahen einander nur an. Wir hatten geglaubt, das Buch würde sich nie wieder öffnen. Doch es hatte von neuem gesprochen, weil wir selbst etwas hinzugefügt hatten. Und dort, mitten auf dem Ozean, nachdem wir still einen weiteren herrlichen Sonnenuntergang beobachtet hatten, ließen wir einfach die Weisheit des Augenblicks in uns einsinken. Vieles würde noch die Zukunft beantworten müssen, die vor uns lag, aber eines war sicher: Wir empfanden wieder eine tiefe Liebe füreinander. Nicht für etwas aus unseren Erinnerungen, sondern für die Träumer, zu denen wir beide von neuem geworden waren.

≈

20

Nachdem wir in etwas weniger als einem Jahr über sechstausend Seemeilen zurückgelegt hatten, lag nun der Hafen von Auckland nur noch fünfzig Meilen vor uns.

Mitten in der Nacht weckte uns ein plötzlicher Wetterumschwung. Als wir schlafen gegangen waren, hatte das Meer glatt und ruhig dagelegen, doch nun war es in Aufruhr geraten. Die Wogen wuchsen immer höher und begannen, die *Distant Winds* mit ungezügelter Wut zu peitschen. Der Himmel schien sich mit dem Ozean verbündet zu haben und hatte sich zu einer finsteren, samtigen Wolkendecke zusammengezogen, die nur durch gelegentliche Blitze durchbrochen wurde. Wir mußten die Bucht so schnell wie möglich erreichen.

Diese abrupte Verschlechterung des Wetters war nicht bloß ein kleiner Sturm, sondern eher ein gewaltiges Unwetter. Gewaltige Brecher stürzten donnernd über den Bug unserer braven *Distant Winds*. Es war, als wolle das Meer uns entschlossen daran hindern, unseren Zielhafen zu erreichen. Und dieser Sturm konnte nur noch schlimmer werden. Ein solches Gewitter hatten wir auf dem offenen Meer noch nie erlebt, und wir wußten, daß wir in ernsthaften Schwierig-

keiten steckten. Wir mußten uns auf das Schlimmste ein-
richten.

»Kate, übernimm bitte für ein paar Minuten das Steuerrad, während ich Funkkontakt mit Auckland aufnehme. Leg
deinen Sicherheitsgurt an, und ich hole die Schwimmwe-
sten.«

»Okay, Michael, aber bleib nicht zu lange fort.« Ich nahm
den ängstlichen Unterton in ihrer scheinbar ruhigen Stimme
wahr.

In der Kajüte versuchte ich, Verbindung zu den Hafenbe-
hörden aufzunehmen.

»Auckland, hier ist die *Distant Winds*. Bitte melden.«
Nichts. Ich probierte es noch einmal.

»Auckland, die *Distant Winds* hier. Bitte melden Sie sich.«
Vielleicht habe ich nicht die richtige Frequenz erwischt,
dachte ich und stellte am Funkgerät herum.

»*Distant Winds,* hier Hafenbehörde Auckland. Wir empfangen Sie sehr schlecht.«

»Auckland, danke, daß Sie antworten. Wir befinden uns
fünfzig Seemeilen nordöstlich der Bucht von Auckland. Vor
uns zieht sich ein Unwetter zusammen. Wir wüßten gern
Genaueres über die Wetterverhältnisse ...«

»Was in Gottes Namen tun Sie da draußen?« fiel die
Stimme aus dem Radio ein.

»Nun ja, wir kommen von Neukaledonien und wollen
Auckland anlaufen.«

Am anderen Ende trat langes Schweigen ein. »*Distant
Winds,* wir haben heute morgen eine Warnung an alle Schiffe
ausgegeben. Im Osten bilden sich starke Winde und Gewitter, die nach und nach aufs Meer hinauswandern.« Der

≈

268

Mann hielt inne und sprach dann weiter. »Sie ziehen direkt auf Sie zu, *Distant Winds*. Unter diesen Bedingungen können wir nichts unternehmen, um Ihnen zu Hilfe zu kommen. Bitte halten Sie uns auf dem laufenden, und vergessen Sie nicht, den Notsender einzuschalten, wenn Sie Probleme bekommen.«

»*Roger,* Auckland, das werden wir.«

»Viel Glück, *Distant Winds*.« Die Stimme klang besorgt.

»Danke.« Nun waren Kate und ich auf uns allein gestellt. Nicht in Panik verfallen, sagte ich mir. Ruhig bleiben und das Wissen einsetzen, das du auf diesem Törn erworben hast. Zwar hast du noch nie mit einem solchen Sturm zu tun gehabt, aber das heißt nicht, daß du es nicht mit ihm aufnehmen kannst.

Durch den Wind hörte ich Kate schreien.

»Michael, beeil dich bitte. Ich kann bald nicht mehr.«

Ich schnappte mir die Rettungswesten, aktivierte das Notsignal, zog mein Ölzeug über und stürzte nach draußen. Das Wetter verschlechterte sich rapide.

»Danke, Kate, jetzt übernehme ich wieder«, rief ich. »Bitte sieh nach, ob alle Taue gespannt sind, und überprüf das Ruder.«

Ich sicherte die vordere Luke, alle Schapptüren und Fenster. »Die Luftschächte sind jetzt dicht«, sagte ich mir laut. Dann ging ich zurück und sicherte alle Riegel, so daß das Cockpit vollständig vor Wasser geschützt war.

Auf unserer Reise hatten wir schon rauhe See und kleinere Stürme erlebt, aber so etwas noch nicht. Der Ozean schien seine Muskeln anzuspannen, und vier Meter hohe Wellen stellten die Beharrlichkeit der *Distant Winds* auf die

≈

269

Probe und deckten sie von allen Seiten ein. Jetzt befanden wir uns im Zentrum des tobenden Unwetters. In welche Richtung wir auch blickten, wir sahen nur neue Blitze und immer höher anwachsende Wogen. Der Regen trommelte so heftig auf uns ein, daß es schmerzte. Unsere geliebte *Distant Winds* wurde von allen Seiten unter Beschuß genommen. Ich hatte kaum Zeit, meinen Sicherheitsgurt einzuhaken, als auch schon eine Welle über das Deck brach.

»Michael?«

»Ja, Kate?«

»Ich liebe dich.«

»Ich dich auch.«

»Es wird schlimmer, stimmt's?«

Ich konnte sie nicht anlügen. »Ja, Kate, es kommt noch übler. Aber wir müssen kämpfen.«

»Ich weiß«, schrie sie. Wir mußten beide aus vollem Hals brüllen, denn der Wind riß uns die Worte förmlich von den Lippen. Der Regen kam jetzt so schnell und heftig herunter, daß man sich vorkam, als stünde man unter einem herab-stürzenden Wasserfall. Das Trommeln der Tropfen war zu einem einzigen ununterbrochenen Dröhnen verschmolzen.

Kate ging in den Maschinenraum, um sich zu vergewis-sern, daß die Pumpen arbeiteten. Als sie wieder auf das Oberdeck trat, drehte ich mich für eine Sekunde zu ihr um. Ihr stand das Entsetzen ins Gesicht geschrieben.

»Michael, das Unterdeck läuft voll Wasser!«

»Funktionieren die Pumpen?« fragte ich.

»Ja, Liebling, aber sie werden mit diesen Wassermassen nicht fertig.«

»Okay, Kate, beruhige dich. Geh nach unten und fang an,

alle Möbelstücke und alles, was wir sonst noch entbehren können, über Bord zu werfen. Dann können wir uns länger über Wasser halten.«

»In Ordnung, Schatz.« Sie sah mich eindringlich an.

»Weißt du, was mir gerade klargeworden ist, Michael?« fragte sie.

»Was?«

»Ich habe keine Angst vor dem Tod. Hier mit dir zu sterben, ist nichts Schlimmes. Nur wenn wir unser Leben nicht zur Gänze ausgekostet hätten, das wäre eine Sünde gewesen.«

Wir sahen einander an und lächelten inmitten der tobenden Elemente. »Laß uns bitte trotzdem alles versuchen, um nicht zu sterben«, sagte ich.

Der starke Wind hatte sich inzwischen zu einem tückischen Sturm ausgewachsen. Hektisch holte ich das Großsegel nieder und ließ nur die Sturmfock stehen, ein dreieckiges Beisegel am Bug. Der Motor lief mit voller Kraft, aber trotzdem mußte die *Distant Winds* darum kämpfen, den Kurs zu halten. Steuern war fast unmöglich. Wir wurden hin- und hergeschleudert, große Wellen sprangen an Bord, und Wasser begann ins Cockpit einzudringen. Nur unsere Sicherheitsleinen, die an einem stählernen Wirbelschäkel befestigt waren, retteten uns davor, über Bord gespült zu werden. Noch hielt der Kiel, aber wie lange? Wenn er brach, war alles aus. Wir würden uns wie wild drehen, bis eine gewaltige Woge uns unter sich begrub, und das wäre dann das Ende. Und es würde völlig sinnlos sein, unsere Rettungsinsel einzusetzen. In diesem Sturm hätten wir damit überhaupt keine Chance.

≈

Kate war völlig erschöpft von ihren Bemühungen, das gesamte Mobiliar über Bord zu werfen, um die *Distant Winds* leichter zu machen. Ich sah, daß sie kurz davor war, aufzugeben.

Plötzlich trat ein »Smooth« ein. Ich hatte darüber gelesen. So nannte man den Zeitraum von ein paar Sekunden, ehe die nächste gewaltige Woge brach. Ich wußte, was ich zu tun hatte.

»Kate, geh in die Kajüte. Jetzt gleich!«

»Was soll das heißen, Michael? Ich lasse dich nicht allein.«

Ich sah sie an. »Tu es!« schrie ich. »Hier draußen wirst du sterben. Schalte den Notscheinwerfer ein und bleib dort. Sofort!«

Sie sah mich an. Mir war klar, daß sie bleiben wollte, aber sie wußte genausogut wie ich, daß sie sich in Lebensgefahr begab, wenn sie sich noch länger draußen aufhielt. Die ersten Anzeichen einer Unterkühlung machten sich bemerkbar und schwächten sie noch weiter. Sie entriegelte den Lukendeckel und rannte nach drinnen. Ich konnte die Luke gerade noch sichern, bevor eine riesige Welle gegen die *Distant Winds* krachte.

Die gewaltige Kraft der Woge erschütterte den Holzboden so stark, daß ich aus dem Boot geschleudert wurde. Ich fiel ins Wasser, ging jedoch dank des Sicherheitsgurts nicht tief unter. Das Schiff, das nicht dafür eingerichtet war, dieses Ungleichgewicht zu tragen, lehnte sich zu mir herüber. Mein Kopf befand sich gerade noch oberhalb des wild brodelnden Wassers. Ich mußte hier heraus. Langsam zog ich mich an der Sicherheitsleine heran, aber eine Welle krachte gegen mich, so daß ich den Halt verlor. Ich begann von neuem, mich heranzuziehen, und gerade, als meine Finger das Deck berührten, schlug von der entgegengesetzten Seite her eine neue Welle ein. Die *Distant Winds* krängte stark, es fehlte nur ein Meter, dann wäre sie gekentert. Mit aller Kraft klammerte ich mich fest und betete zu Gott, das Boot möge sich aufrichten. In dem Moment, als es das tat, schwang ich mich an Deck und stemmte mich gegen den Wind, um den Mast zu erreichen.

Ich stand kurz davor, in Panik zu verfallen. Ist das das Ende? dachte ich. Ich konnte mir lebhaft vorstellen, wie Kate zu Tode verängstigt für uns beide betete. Würde das Leben zeigen, daß wir uns die ganze Zeit über geirrt hatten? Daß wir uns endlich der Realität stellen mußten, nämlich, daß wir etwas versucht hatten, das über unsere Kräfte ging?

Ich wollte schon aufgeben; ich hatte keine Kraft mehr. Doch da sah ich trotz des Regens, der mir fast vollständig die Sicht nahm, undeutlich die Gestalt eines Mannes, der die Sturmfock fest im Griff hielt.

Werde ich jetzt verrückt? dachte ich. Bekomme ich Halluzinationen? Ich hatte gehört, dies sei eines der ersten Symptome der Unterkühlung, und war überzeugt, daß dies der Anfang vom Ende war. Mehr als alles andere wünschte ich mir, ich hätte diese letzten Momente mit Kate verbringen können. Ich hätte meine Frau, die ich endlich wiedergefunden hatte, um Verzeihung dafür bitten können, daß ich nicht immer für sie dagewesen war. Dann wäre der Tod nicht ganz so schlimm.

Doch dann geschah etwas Unvorstellbares. Der merkwürdige Schemen löste das Segel, so daß die *Distant Winds* sich besser manövrieren ließ. Ich rang verzweifelt nach Luft und sog den Atem in hektischen, tiefen Zügen ein. Während dessen richtete die *Distant Winds* sich langsam auf und befand sich bald nicht mehr in unmittelbarer Gefahr.

Lächelnd wandte die geisterhafte Gestalt sich zu mir um, und ich vernahm durch das Heulen des Windes eine vertraute Stimme.

»*Ich wünsche Ihnen ein wunderbares Leben, Michael.*«

Ich konnte es nicht glauben.

»Mr. Blake?«

»*Ein wunderbares Leben, Michael*«, wiederholte er und drehte sich in den Wind.

In diesem Augenblick überspülte eine große Welle das Deck der *Distant Winds*. Als ich wieder richtig sehen konnte, war er verschwunden.

Ich verstand, was er gemeint hatte. Genau in dem Moment, als ich hatte aufgeben wollen, war er zu mir gekommen. Er war die Hand, die ich seit meiner Kindheit in meinem Leben so oft gespürt hatte und die mir half, wenn ich es am nötigsten brauchte. Und plötzlich erkannte ich, daß ich kämpfen mußte. Die sanfte Brise, die uns so häufig den Zauber der Welt gezeigt hatte, stellte unseren Willen auf die Probe und verlangte nach einer entschlossenen Reaktion.

Meine Panik verflog, und eine neue, nie gekannte Kraft stieg aus meinem Inneren auf.

»Heute werde ich nicht sterben!« brüllte ich in den Wind. »Ich werde leben, und ich werde ein wunderbares Leben haben!«

Fest umfaßte ich das Steuerrad. Ein unglaublicher Friede erfüllte mich. Ich mußte kämpfen.

≈

»Alles in Ordnung, Michael?«

Ich schrak hoch.

»Kate?«

»Michael, bist du okay?« fragte sie noch einmal.

Ich sah erst sie und dann den Himmel an. Alle Wolken, die dort gestanden hatten, um uns zu prüfen, waren verschwunden. Statt dessen erblickte ich einen strahlend blauen Himmel über smaragdgrünem Wasser. Nichts wies mehr darauf hin, daß wir nur mit knapper Not dem Tod entronnen waren.

»Was ist passiert?« fragte ich Kate. Langsam kam ich wieder zu Bewußtsein.

»Du hast den Sturm besiegt, Liebling. Es ist mehr als zwölf Stunden her, daß ich dich hier oben zurückgelassen habe. Ich glaubte schon, alles sei verloren. Wasser drang in die Kajüte ein; die Pumpen wurden nicht mehr damit fertig, und ich mußte jedes einzelne Möbelstück und alle Ausrüstungsgegenstände, die nicht niet- und nagelfest waren, über Bord werfen. Und dann habe ich einen Blick auf dich erhascht, wie du in den Wind geschrien hast. Ich bin wieder hinuntergegangen, habe die Luke verriegelt und für uns gebetet. Viel, viel später spürte ich, daß der Sturm nachließ und das Meer sich beruhigte. Ich wartete, bis ein Sonnenstrahl in die Kajüte fiel und ich wußte, daß es ungefährlich war, die Luke zu öffnen. Dann sah ich dich. Du hast genau da gesessen, wo ich dich zurückgelassen hatte, und das Steuerrad wie hypnotisiert umklammert. Da war ein Ausdruck in deinem Blick, den ich noch nie zuvor gesehen habe, Michael.«

»Was für ein Ausdruck?«

≈

»Als hättest du etwas erblickt, das nicht von dieser Welt war.«

Ich stand auf und betrachtete den ruhig daliegenden Horizont.

»Kate, ich habe einen Engel gesehen.«

»Du hast *was*?«

»Vergiß es«, sagte ich. »Eines Tages werde ich es dir erklären.«

Sie umarmte mich. »Danke, daß du uns beiden das Leben gerettet hast.«

Ich konnte kaum sprechen; meine Empfindungen schnürten mir die Kehle zu. Ich küßte sie. Dann setzte ich mich wieder auf den Boden und legte den Kopf auf ihre Knie. Meine körperlichen Kräfte waren vollständig erschöpft. Doch bevor ich wieder ohnmächtig wurde, brachte ich noch eines heraus.

»Vergiß niemals, daß wir ein wunderbares Leben haben müssen, Kate. Niemals.«

≈

Epilog

Zwei Wochen waren seit unserer Ankunft in Auckland vergangen.

Inzwischen hatten wir uns körperlich und seelisch von unserem Erlebnis im Sturm erholt. Die neuseeländische Küstenwache hatte uns kurz vor der Einfahrt in die Bucht aufgefischt. Die Männer konnten sich immer noch nicht erklären, wie wir ein solches Unwetter hatten überleben können. So einen Sturm hatte noch niemand überstanden, und alles, was sie uns sagen konnten, war, daß unsere Rettung an ein Wunder grenzte.

Wir kehrten in unsere alten Geleise zurück und sahen uns nach Arbeit um. Doch obwohl wir uns wirklich Mühe gaben, gestaltete sich die Jobsuche schwieriger, als wir gedacht hatten. Trotzdem hatten wir beschlossen, unsere Zukunftspläne nicht zu überstürzen und auf den richtigen Moment zu warten, den Augenblick, in dem unser Herz uns sagen würde, was wir als nächstes unternehmen sollten.

Unterdessen dachten wir, es wäre eine gute Idee, ein paar unserer alten Freunde zu einem Abendessen zusammenzubringen und ihnen von unserer Reise zu erzählen. Kate telefonierte herum, und sie nahmen unsere Einladung gern an.

≈

Wir tischten ein köstliches Essen auf, in das wir all die exotischen Rezepte einfließen ließen, die wir auf den Inseln gelernt hatten. Jetzt wußten wir ja, wie man die ausgefallenen Gewürze und Kräuter verwendete, um einem Gericht das gewisse Etwas zu verleihen. Danach erzählten wir von unserem Törn, den unglaublichen Orten, die wir gesehen, den Menschen, die wir kennengelernt hatten, und dem Sturm, den wir überstanden hatten, kurz bevor wir die Bucht von Auckland erreichten.

»Und habt ihr von eurer Reise auch irgendwelche Souvenirs mitgebracht, Kate?« fragte Peter, einer unserer Freunde.

»Ehrlich gesagt, nein«, gab Kate zurück. »In dem Sturm haben wir leider fast unseren gesamten Besitz verloren. Aber unseren wertvollsten Schatz konnten wir retten.«

»Und was ist das?« wollte Peter wissen.

»Ein Buch mit inspirierenden Texten. Der Großteil davon ist während unserer Reise entstanden.«

»Können wir es sehen?«

»Klar, wieso nicht?« gab Kate zurück. Sie ging in unser Schlafzimmer und holte das Holzkästchen. Sie reichte Peter das Buch, das alle Lektionen enthielt, die uns so viel bedeutet hatten. Doch als der Band unter unseren Freunden herumging, schauten sie verblüfft drein und schienen nicht zu wissen, was sie sagen sollten.

»Stimmt etwas nicht?« schaltete ich mich ein.

Ein Raunen lief durch das Zimmer. Plötzlich brach Peter in schallendes Gelächter aus, und die übrigen Gäste fielen ein.

»Soll das ein Witz sein?« fragte Peter.

≈

278

»Was meinst du?« gab ich verständnislos zurück.

»Was ich meine? Komm und sieh dir das selbst an.«

Ich nahm ihm das Buch aus den Händen und hielt es Kate hin. Wir schlugen es auf.

In der Welt ist es einfach,
den Meinungen der anderen zu folgen;
in der Einsamkeit fällt es leicht,
sich nach den eigenen Ansichten zu richten,
aber ein großer Mann ist der,
welcher inmitten der Menge vollständig gelassen
die Unabhängigkeit bewahrt,
die er in der Einsamkeit erworben.

»Emerson«, erklärte ich.

»Richtig«, sagte Kate.

Stille hatte sich über den Raum gesenkt. Kate und ich sahen einander an. Wir brauchten die Bemerkungen unserer Freunde gar nicht zu hören. Sie konnten immer noch nicht sehen.

»Guter Witz, Michael und Kate!« rief Peter aus. »Ganz bestimmt habt ihr gelernt, exquisites, exotisches Essen zuzubereiten, und wir wissen, daß ihr eine lange, herrliche Reise unternommen habt. Aber wir hatten ja keine Ahnung, daß ihr auch gelernt habt, Bücher zu lesen, die nur leere Seiten enthalten!«

Wir kehrten noch einmal zu dem Pier zurück, an dem wir damals die *Distant Winds* entdeckt hatten und wo unser magisches Abenteuer begonnen hatte. Mr. Roberts hatte uns

≈

279

angeboten, die Yacht zurückzukaufen, da sie sich als seetüchtig erwiesen hatte, und sein Angebot war großzügig ausgefallen. Schließlich hatten wir ihm die *Distant Winds* überlassen, nicht ohne an Deck noch ein letztes Mal tief durchzuatmen. Wir sagten einem Freund Lebewohl, der unendlich viel dazu beigetragen hatte, daß wir unsere Liebe zueinander neu entdeckt hatten, ohne dafür eine Gegenleistung zu verlangen. Freunde wie die *Distant Winds* sind in den Zeiten, in denen wir leben, schwer zu finden, dachte ich bei mir. Doch obwohl es uns tief betrübte, unser Schiff zu verkaufen, wußten wir in unseren Herzen, daß dies bestimmt nicht seine letzte Reise über das offene Meer gewesen war.

»Erinnerst du dich noch, was wir Mr. Roberts über die *Distant Winds* erzählt haben, Kate?«

»Klar«, antwortete sie. »Es war eine gute Idee, ihm zu sagen, wir hätten dem Schiff keinen Namen gegeben. Vielleicht wird so der nächste Eigner mit den Augen der Wahrheit erkennen, was das Boot bedeutet, ohne seinen wirklichen Namen zu kennen. Den wird er selbst herausfinden müssen.«

»So ist es«, gab ich zurück. »Ich habe gelernt, daß niemand die *Distant Winds* wirklich besitzen kann. Aber sie kann einen an wunderbare Orte führen und einem helfen, seine Träume zu verwirklichen.«

Kate setzte sich. Sie sah traurig aus.

»Ich fühle mich ziemlich verlassen«, sagte sie.

»Ich auch, Schatz. Anscheinend begreifen unsere Freunde nicht, was wir auf unserer Reise wirklich gelernt haben. Diese Fahrt hat unser Leben verändert und bereichert, und ich schätze, es ist unsere Pflicht, anderen zumindest mitzuteilen, was wir gesehen und erfahren haben. Nun müssen wir noch lernen, mit diesem Wissen andere Menschen zu erreichen, die sich ebenfalls auf der Suche befinden. Menschen, die denken wie wir und nur auf ein Zeichen warten, um den Sprung ins kalte Wasser zu wagen. So wie Thomas Blake uns geholfen hat.«

»Und wie sollen wir das anfangen?« fragte Kate.

Mir kam eine Idee. »Vielleicht sollten wir ein Buch über unsere Reise schreiben. Um anderen von unseren Abenteuern zu erzählen, den Orten, die wir entdeckt, und den Lektionen, die wir gelernt haben, indem wir unseren Horizont erweiterten. Und um die Gedanken der Freunde, die uns geholfen haben, und die von uns selbst entdeckten zu verbreiten. Das alles könnten wir niederschreiben, damit andere erfahren, wie ein solches Erlebnis zwei Menschen von neuem zusammenbringen kann, für immer.« Ich hielt inne und sah meine wunderschöne Frau an.

»Heute weiß ich mit Bestimmtheit, daß jeder tun kann, was wir geschafft haben: seine Träume verwirklichen und ein besserer Mensch werden. Jeder auf seine eigene, einzigartige Weise.«

»Ein Buch«, überlegte Kate. »Ich finde das eine großartige Idee. Wie sollen wir es nennen?«

»Da gibt es nur eins, Schatz, und das weißt du genausogut wie ich.«

Sie sah mich forschend an und lächelte dann.

»*Distant Winds* soll es also heißen!«

Das Buch, das unser bester Lehrer geworden war, öffnete sich noch einmal.

≈

281

*Die wirkliche Reise des Lebens
besteht nicht nur darin,
neue Welten zu suchen,
sondern seine eigene
mit offenen Augen zu betrachten.*

Wir sahen einander an.

»Blake«, sagte ich.

»Richtig«, gab Kate zurück.

Wir verstummten eine Zeitlang. Kate ergriff als erste das Wort.

»Michael?«

»Ja, Kate?«

»Das war die letzte Seite.«

»Ja«, sagte ich. »Dieses Buch hat uns schon genug geholfen. Nun müssen wir auf uns selbst bauen und auf unsere Liebe. Auf die Menschen, die wir beide wirklich sind.«

»Ich weiß«, sagte Kate. »Das hättest du nicht extra sagen müssen.«Sie hielt inne und schaute zum Horizont. »Glaubst du, es gibt noch mehr Menschen wie Alex und Sophie? Oder wie Thoreau, Emerson, Blake und all die anderen? Mehr Menschen wie uns?«

»Aber klar. Daran zweifle ich nicht mehr«, entgegnete ich. »Jetzt bin ich mir sicher, daß man in jedem Winkel der Erde Menschen findet, die ihren eigenen Träumen nachhängen.«

»Gut zu wissen«, meinte Kate. »Endlich wird der Globus zu einem spirituelleren Ort, und mehr und mehr Menschen lernen die wirklichen Reichtümer des Lebens zu schätzen. Die, die man weder kaufen noch verkaufen kann.«

≈

Ich legte das Buch in die Holzschachtel zurück und klappte den Deckel zu. In diesem Moment trat ein junges Paar, das am Pier auf- und abgegangen war, auf uns zu.

»Entschuldigen Sie, Sir«, sprach das Mädchen mich an.

»Ja bitte?«

»Wissen Sie, wem der Bootshandel am Ende des Piers gehört?«

»Ja«, sagte ich. »Einem Mr. Roberts. Warum, wollen Sie ein Boot kaufen?«

»Allerdings«, erklärte der junge Mann. »Wir haben eine lange Reise vor.«

Kate lächelte. »Sie sind wohl auch der täglichen Routine müde und brauchen eine Veränderung in Ihrem Leben?«

»Ja«, antwortete das Mädchen, ein wenig verblüfft über Kates Offenheit. »Wir wollen andere Welten entdecken, um herauszufinden, wer wir wirklich sind, verstehen Sie?«

Kate lächelte.

»O ja, das tun wir«, sagte ich.

»Ach übrigens, wie heißen Sie?« fragte Kate das schlanke rothaarige Mädchen.

»Ich bin Debbie, und das ist mein Freund Sam.«

Kate sah mich an. Ich lächelte. »Übernimm du das ruhig«, sagte ich.

»Tja, Debbie und Sam«, begann Kate, »das klingt jetzt vielleicht ein bißchen merkwürdig, weil wir uns eben erst kennengelernt haben. Aber Michael und ich würden Ihnen gern etwas für Ihre Reise schenken. Sie müssen uns nur zwei Dinge versprechen: daß Sie das Päckchen erst öffnen, wenn Sie sich auf dem offenen Meer befinden, und daß sie es, was immer geschehen mag...«

≈

283

Schweigend umarmte ich Kate. Ich wußte nicht genau, was die Zukunft bringen würde; ich war mir nur sicher, daß wir einander hatten und daß wir unser Leben und unsere Liebe in die eigene Hand nehmen würden.

Da vernahm ich eine Stimme aus meinem Inneren. Ich griff nach Notizbuch und Stift und begann zu schreiben:

In Neuseeland, dem wunderschönen Land, in dem ich geboren bin, liegt Auckland, die Hauptstadt dieses smaragdgrünen Inselreichs, das man oft auch »das Land der langen Wolke« nennt. Dort erstreckt sich, umgeben von üppigen, sanft gewellten Hügeln…

Die Sonne schickte sich an, hinter dem Horizont zu versinken, und ein Feuerwerk von Farben überzog den Himmel. Schweigend saßen wir da und betrachteten die Welt um uns herum. Wir waren keine Teenager mehr, aber auch noch keine alten Leute. Im Grunde kam es auch nicht darauf an, denn wir hatten endlich gelernt, was nur sehr alte und sehr junge Menschen beherrschen: beieinanderzusitzen, ohne zu sprechen, und trotzdem im Wunder unseres Schweigens zufrieden zu sein. Wir waren jetzt eins, und die Summe der Teile war größer als die Teile selbst. Und als ich dann weiterschrieb, hörte ich vom Meer her ein Wispern:

Ein wunderbares Leben für Sie, Michael…

Sergio Bambaren – Die Geschichte eines Träumers

Sergio Bambaren Roggero wurde am 1. Dezember 1960 in Lima, Peru, geboren, wo er auch die britische High School absolvierte. Bereits von frühester Kindheit an war er fasziniert vom Ozean, der untrennbar mit dem Stadtbild Limas verbunden ist. Diese Liebe zum Wasser sollte ihn für den Rest seines Lebens entscheidend prägen und ihm unter anderem den Anstoß geben, sich auf das Abenteuer eines Lebens als Schriftsteller einzulassen.

Seine Freude am Reisen und seine Begeisterung für andere Länder führten Bambaren in die USA, wo er an der Texas A & M University Chemotechnik studierte. Ein Gebiet, das ihn sehr interessierte – doch seine große Liebe war und blieb der Ozean. Um so oft wie möglich seiner Leidenschaft, dem Surfen, frönen zu können, reiste er mit Vorliebe in Länder wie Mexiko, Kalifornien, Chile oder Peru.

Schließlich entschied Bambaren sich, nach Australien, genauer nach Sydney, auszuwandern, wo er als Verkaufsleiter arbeitete. Auch von der neuen Heimat aus unternahm er viele Reisen, unter anderem nach Südostasien und an die afrikanische Küste – immer auf der Suche nach der perfekten Welle.

Nachdem er einige Jahre in Sydney gelebt hatte, legte Bambaren ein *sabbatical*, d. h. einen Forschungsurlaub, ein, um nach Europa zu reisen. In Portugal schließlich, an einem herrlichen Strand, eingerahmt von Pinienwäldern, fand Bambaren einen ganz besonderen Freund und erkannte, welchen Weg im Leben er zu gehen haben würde: Ein einsamer Delphin inspirierte ihn dazu, sein erstes Buch, »Der träumende Delphin. Eine magische Reise zu dir selbst«, zu schreiben.

Als er wieder nach Sydney zurückkehrte, erhielt Sergio Bambaren ein Angebot von Random House Australia, seinen Roman zu verlegen, doch er schlug es aus, da er das Gefühl hatte, die Änderungen, die der Verlag vornehmen wollte, würden den Inhalt und die Botschaft seines Buches zu sehr verändern. Er entschied sich 1996, sein Buch im Selbstverlag herauszubringen.

Diese Entscheidung veränderte Sergio Bambarens Leben grundlegend: Er verkaufte in Australien mehr als 60 000 Exemplare von »Der träumende Delphin«. Der Traum, ein Leben als Schriftsteller zu führen, begann endlich Form anzunehmen.

»Der träumende Delphin« wurde mittlerweile in fünfundzwanzig Sprachen übersetzt, unter anderem in Russisch, Kanton und Slowakisch. In Deutschland steht der Titel seit Jahren auf der Bestsellerliste des »Buchreports«. Ähnlich gute Ergebnisse erzielte er unter anderem in Lateinamerika und Italien.

Ebenso begeistert wurden auch seine anderen Bücher aufgenommen: »Ein Strand für meine Träume«, »Das weiße Segel«, »Der Traum des Leuchtturmwärters«, »Samantha«, »Die Botschaft des Meeres«, das Weihnachtsmärchen »Stella«, »Die Zeit der Sternschnuppen« und »Der kleine Seestern« wurden in vielen Ländern zu großen Erfolgen.

Sergio Bambarens großes Interesse am Ozean und sein Anliegen, sämtliche Walarten zu schützen, machten ihn zum idealen Kandidaten für den Posten des Vizepräsidenten der ökologischen Organisation »Mundo Azul« (Blaue Welt). Seither bereist Bambaren im Auftrag dieser Organisation die verschiedensten Länder, mit dem Ziel, die Ozeane und ihre Lebewesen zu erhalten. In Zusammenarbeit mit »Dolphin Aid« setzt er sich mit Therapieformen auseinander, bei denen der Kontakt von behinderten Kindern zu Delphinen für bessere Heilungschancen sorgen soll.

Sergio Bambaren lebt zur Zeit wieder in seiner Heimatstadt Lima,

Peru, wo er, wenn er gerade nicht reist, am liebsten surfen geht – umringt von Delphinen mit den Wellen eine Einheit zu bilden gibt ihm die Inspiration und Energie, weiterhin für all diejenigen zu schreiben, die wie er irgendwann in ihrem Leben beschlossen haben, nach dem Motto zu leben: »Laß dich nicht von deinen Ängsten daran hindern, deine Träume wahr zu machen!«